风吹起了月光

王柳云 著

北京出版集团
北京十月文艺出版社

目录

第一章 —— 001

第二章 —— 089

第三章 —— 175

第四章 —— 249

第一章

一

夕阳从高耸的河岸沉下，教室窗户的玻璃上还余有几抹橘红色的亮光，校园后山顶的树梢和石尖也闪着昏红。风吹起了月光，淡淡如一片白石，在东边低矮的山顶升起，虚幻地飘移。这个时点，月亮和夕阳遥遥对望，它们见面了，但它们永远不会在一起。

一个矮小的年轻女人在木槿花丛那儿往教学楼张望，呼唤：国良，国良。

杨国良是我现在一年级班上的同桌，大我一岁，但并不比我高。他家在学校后山大河对岸那个村子里，他爸爸种水稻和水果，闲时也下河捕鱼。那边村里也有小学，但我们这是市郊区中心小学，国良的姑姑嫁到了这附近，也算半个城里人，她在小集市摆有固定摊位卖菜，顺便接了小侄子在家住，方便上学。

今天放学后，我们小组负责打扫教室，一共七八位同学，组长在讲台边赶作业，她要检查完我们的卫生、确认合格才能走。有两个人划拉了几下扫把就溜出了校门；还有两个在小花池那儿看蜻蜓飞，想扑捉一只红翅膀的，没捉到，又追赶了一会儿蝴蝶，忙活个没完……

国良将一件衣服铺在空地上，一边练单手侧手翻，一边数数。他要连续侧翻三到五次，最后双脚落在那件衣服上，才算成功。他很在意别人说他个子矮，所以经常锻炼。他每次都要在好几棵树干上划一道横线，下次去时再划一道，如果发现高出了那么一点点，便高兴地比给我看。他终于在四个侧手翻后准确跳立在衣服上，于是坐在小花坛旁歇息。他姑姑卖菜收摊晚，这当儿他用石头与枯枝搭造了个小房子，并捉了一条四脚蛇住在里边，又用树叶和花瓣覆盖住它。小四脚蛇可不明白自己为什么置身在那儿，惊慌失措地从石缝里拼命往外爬，他才搭的石头房啪地又塌成一堆碎石。

听到姑姑的呼叫，国良晃悠着个大圆脑袋跑了过去。姑姑发现他没拿书包。他忘了放在哪里，便小碾子似的东蹿西跑，末了终于在一棵树下找到了，坐上姑姑的三轮车回家。天空剩下几抹余光，虫群在细风里起伏鸣唱，我跟在他们的小三轮车后小跑着向家里赶去。

沿校门外铁路旁的小路，穿过火车站，就到了我和妈妈住的地方。那是一个叫白鹭湾的小火车站，经停的多为货运火车，站台上堆积着待装运的锰矿、锌矿、石膏石和从远处拉来卸载的煤。傍晚，有一趟慢火车在此停靠几分钟，供客人上下车。它一直只有很少的客人，稀疏的灯光昏沉沉照着，我无数次放学后在月台的大柱子后立下，打量每个路过的人，希望见到那个熟悉的身影走近或回头认出我，说：月儿，月儿，我是爸爸。然后亲密地抱起我，哪怕只说一句话便离去也是可以的。然而，希望落空了，我再没见到他。

走出站台，从小石子路到家，路旁小树丛忽高忽低的影子令人害怕，我从书包里拿出黑伞，打开，撑在头上。我的妈妈一见，飞跑过来抱住我，问我到底是从哪里走来的。她下班回来，在公路和铁路间来回走了几趟也没找见我，都急晕了。但我不会告诉她我心里的秘密。

我家租住的房子在二楼，后边是一排低矮的棚屋，每个租户一个煮饭间。这片红砖瓦楼是一家锌矿厂废弃的职工宿舍，厂子搬到别处后，这里密集地住着来城市谋生的农村人。妈妈才三十岁，但看上去苍老消瘦。她在城北郊一个菜市场给一户人家看摊卖豆腐，那对夫妻晚上做好豆腐，白天男人去一家钢铁厂上班，他老婆还要照顾两个孩子上学，所以雇人帮工。本来那户人家看不上我妈，说她太瘦了，怕是一盒豆腐也拿不动呢。所幸之前看摊的是妈妈的熟人元玲阿姨。她和妈妈同年，从外县嫁到这里，和一个城里人生了一个儿子，比我大一点儿。那男的偶尔干零活，就在火车站卸煤或拉矿石，但嫌累常不去，后来又买了辆摩托车夜里偷着载客。他爱喝酒，结果有一晚出车时出车祸死了。没到两个月，元玲阿姨的娘家人便来接她回去，她的儿子就留给公婆带。走之前，元玲阿姨来找我妈，和她反复说将来的打算。那时我妈妈给一家裁缝店做裤子，那老板做了很多裤子摆夜摊卖，一再拖了工钱不给妈妈，搞得我家很多时候连菜油也买不起，更别提吃上肉了。工作不好找，元玲阿姨便提议让我妈妈去接手帮忙卖豆腐，那人是她丈夫家的远亲。豆腐摊的女主人一再拒绝，元玲阿姨就陪我妈妈在那里试工了一个星期，女主人见我妈妈做事麻利，一分钱不落，才同意了。后来元玲阿姨离开的时候，不知出于什么原因，没和我们打招呼就悄悄走了，她儿子哭得脸都肿了。我再没见过她，只记得她十分漂亮。

妈妈骑辆旧自行车早出晚归，早上主要是卖豆浆和豆腐脑。我多么渴望吃上一碗豆腐脑，味儿咸香，漂着点儿葱末子。我向她求了好多次，妈妈从没答应过，说每月的工资二百二十块，吃一碗豆腐脑六毛钱，弄不好还会被摊主误会偷吃，万万不可。到七点后，上学、上班的买完了早点，妈妈开始卖水豆腐和熏干子。晚上呢，要等最后的豆腐卖完，等豆腐摊的男主人打钢铁厂下班，用三轮车来拉桌子、木盒、板子。他走了，妈妈才能回家。每天清早，她把我放到后座上带往学校，在马路上一遇到转弯或坡道，她就喘着气下车，缓缓地推着车走。我听人议论我妈妈，说她怕是活不长久的，我生怕她死了我也活不下去，从一年级第二学期开始就坚持走路上学。

我们几个伙伴一块儿走，但他们要么疯跑，要么慢吞吞，后来我提前一个人走。清晨，火车站台被打扫干净。穿过站台，便是一大片在山坡间的火车站员工及家属住宅区，有低矮的红砖平房和小院子，也有自己搭出来的小屋，或一连串的长院落，院里搭着葡萄棚，墙角种着桃子、李子树，树下种花，墙头和屋角爬着紫藤、牵牛。穿行其间，高大的梧桐、刺槐、苦楝、小叶桉树荫茂盛，在风里滴落有香味的露珠。鹧鸪和斑鸠在秘处鸣叫，时而又群起低飞。我的一个男同学郭予时家就在那里边，他爸爸在火车站工作，那是一个儒雅又帅气的年轻男人，经常手拿两面红绿色小旗，胸前挂一只漂亮的小钢哨，把火车头从一条轨道引到另一条轨道，再把那些乌黑的大车厢拼接或拆调。当别的火车进站时，他挥动小旗，或吹一两下小钢哨。郭予时放学后常带我去站台看他爸爸引导着火车头前进与倒退，他的眼里充满自豪，我的眼里充满羡慕。当他爸爸跨上站台时，我同学大声叫道：爸爸！我大声叫道：叔叔！郭爸爸就来牵一牵我的小手，说，是月儿呀。那感觉如我见了爸爸似的那么心甜。别人有那么帅气有才的爸爸，我记忆中的爸爸有着尖黑的长脸，偶尔露出诡秘的笑容，一说话就提外面好看的女人……我似乎渐渐地没那么想念了。

家属住宅区靠路边，有一户人家院子里养了七八只奇怪的鸟，它们一抬头都高过我，一低头又十分温驯地向我眨动红色的眼睛。每一只鸟的喉下都长着皱成一团的肉坠，郭予时告诉我那是火鸡，它们和土鸡一样吃草、吃菜叶、吃果皮。我一下子喜欢上那群火鸡，常拔点嫩草去撩拨它们，只为和它们一起开心地嘀咕一些我理解与不理解的话题。我们很快成为朋友，它们和我熟悉后，老远见着我就咯嘛咯嘛地叫唤，待走近，我穿过竹条子栅栏伸手给它们挨个喂草，抚摸它们的羽毛。有一天，我摸过后继续上学，谁知它们挤开竹栏门，逃出来蜂拥而上，叼住我的红色衣袖和下摆，又伸颈啄我的衣领，完全把我当成伙伴，要跟我在一块儿。末了，它们伸头高高地包围住我，我吓坏了，一眼看见郭予时飞快地跑来，顺手抄起一条竹竿子把火鸡们赶开，拉着我朝学校飞跑，他边跑边说，月儿别怕。

一回头,火鸡们全速跟了上来,它们粗壮厚重的脚掌咚咚地跺地有声。

别回头!他紧紧拉着我,大声吩咐。

二

杨国良读书很好,但不爱说话,老师提问时,他总是晃悠着个大脑袋,腼腆地答一句便低头脸红。

下课后,出教室便是小操场,我们一群同学玩碰圈。抬一个膝盖,双手拿一只弹力圈抱住,另一条腿单腿跳,看到对面同学跳来,就赶紧避开,被弹力圈撞到便输了。妈妈已经好几年没给我买过任何一件玩具了,我这个弹力圈是杨国良玩剩下来的。有一回一堆同学一起玩,我被人家不小心撞翻,膝盖擦破了皮。施老师抱我去校医处敷了药。她是我们的班主任,才二十八岁,戴圆眼镜,白而秀慧,在旁边的师范专科学校毕业后来到这里教书。上课铃响后,她抱着才包扎了膝盖的我回到教室。被人抱着的感觉无与伦比的美好,妈妈也抱我,但那是她给人家卖完豆腐疲惫不堪地回到家,坐在床边抱一下我。那张床既当板凳也当沙发,她对我所有的爱与怜惜全在那快抬不起来的胳膊肘里。其实她是连肩也搭在我身上,像孵蛋似的囫囵抱着我,极少有气力能把我抱离地面。我们俩就这样倒到床上去了,然后妈妈会亲吻我的头发,说这是猫咪的毛儿呀,我们糊里糊涂就睡着了。

施老师则是真的抱住我,我脚离地面,两眼半眯,想象着她也是我的妈妈,她在走,而我在云中徜徉。我又想起火鸡们列队跟随而来,多么令人向往的场面。

到星期天,膝盖还疼,我便一个人留在家里,写完作业后,我在写字台、衣柜的抽屉里到处翻。妈妈有一管深色的口红,好久不用了,记得那时她打扮得多么漂亮,留着披肩长发,黑眼睛流转,我们一家人去市区玩,妈妈一口气给我买了三条不同的裙子,可惜现在早穿不进去了。我打开口红的玻璃小盖,它可以旋出旋入,闻了闻,淡淡的,不知什么味儿,用小剪刀在四周刨下薄薄一层,它里边仍然是同样的色。妈妈知道后会骂我吗?我把它盖好,又放回抽屉。傍晚,我觉得腿不疼了,听到四周都是伙伴们玩闹的声音,便慢慢走下楼去。

我想去棚屋子我家灶台上找点儿吃的。

毛毛虫和他姐捉到一条大蚯蚓,在一块石板上玩杀猪。毛毛虫五岁,还没上学,他姐八岁,在我们小学对面山头的私立学校读一年级。这边的公立小学向每个外来学生每年收三百块钱借读费，我妈妈打工才赚那么点儿钱，仅借读费就花掉一大部分，难怪她常连油也买不起。除了借读费，重要的还有插班考试，我是考进去的。而本地户口的孩子，哪怕再不擅长读书，也能按部就班地读公立学校。

毛毛虫的爸爸妈妈是自由恋爱结婚的，但后来那男人三天两头动手暴打老婆，那个好看的女人常在半夜挨打时传出凄惨的哀号。她一开始舍不得两个孩子，后来撑不住还是跑了，跑得远远的才单方面离了婚。那个男人偶尔会走进我家来对着我妈妈笑，说可以两家凑成一家过，妈妈从来不和他搭话，牵着我到楼下院子看李奶奶她们聊天。李奶奶见毛毛虫的爸爸还盯着我妈妈看，便不动声色向我妈摇头递眼色，我妈点头。

毛毛虫他姐见到我，对毛毛虫说，月月没爸爸的，她爸跟新妈去了。

我想，你们没妈，还比不上我。

打她。毛毛虫说。

姐弟俩一下子冲过来将我推倒，开打！我膝盖疼跑不开，放声大哭，李奶奶在不远的厨房里煮饭，听到哭声跑了出来，见他们两个打我，骂了声：废崽。妈妈这时也下班回来了，她给他俩一人头上甩了一巴掌，他们便跑了。

下个星期天，妈妈见我膝盖长出新肉，还没好利索，又不放心留我独自在家，就带着我去城北她打工的那家豆腐摊，让我坐在旁边玩儿。因为是星期天，出来吃早点的人没平日多，水豆腐却卖得很快，每到节假日，老板就多打几板豆腐预备好。好容易忙到近十点，妈妈才有点闲空，我终于等来了一碗豆腐脑，是早上卖剩下的，妈妈仍然给了一块钱。

这家豆腐摊在一条商业街的一角，旁边就有一家拉面馆。妈妈早晨出门时用保温盒带了我俩中午吃的米饭和咸菜，但中午我看到拉面馆那里有一个年轻的师傅站在档台后边扯面团，又摔又揉又搓，几秒钟就把面拉拨得细丝儿般，扔进汤锅去，变魔术般浮上来，翻着好看的曲线花。

我提出要吃一碗拉面。

妈妈拗不过，花两块钱买了一碗端出来让我吃。我慢慢地吃着面，可一看另一边的小店门口当街煮着一锅茶叶蛋，那一阵阵诱人的香气飘来，我扯住她的衣襟央求她买一只。妈妈仰头望天，思索了一阵，眼里快闪出泪花来了，然后，她瞪了我一眼，抿了抿嘴，很决断地回答道，不可以，这个月钱不够用了。

我的膝盖终于好了，又开始满校园跑，想起我的施老师，她像妈妈一样甚至更好，她就像照在山坡的晚霞一样温暖。那天进到教室，同桌杨国良依然晃悠着大脑袋在背书。我一坐下，他便悄悄把一个小纸包塞进我手心说，给你煎的鱼，我爸捞的河鱼。他生怕别人看到，于是一手翻书，嘴里还连贯地诵读着课文，大黑眼珠子看向天花板又转向讲台。施老师没事般坐在台前，余光里早把杨国良的一套动作尽收眼底，不经意一笑，似乎想起了什么。

她的脸，如天边那片飘忽的月，泛着清澈湖水般的柔光。

我一边掏书，一边打量小纸包，暗黄的素纸里有条细长的煎鱼，油渍亮灿灿地浸透纸背，我口水快溢出来了。

三

最后一次见到爸爸，那时我还没上学，和几个小伙伴在竹丛旁边玩。他把家里的小货车停在宿舍楼区外的路边，上面装满被子、衣服、桌子、炉子什么的，一个长头发的姐姐坐在驾驶室里，我想爸爸是给她送货挣钱的，欢喜地跑过去说，爸爸，我有多想你啊！你去哪里了，那么久没回来，给我买好吃的了吗？

爸爸匆匆打我身边走过，没搭理我，径自上楼了。我又热切地招呼那个姐姐，你来我家坐一会儿吧。

她没看我。

我飞快地跟上楼去，说，爸爸，你好久没抱过我了。他又快速地从家里走了出来，手里提着照相机，妈妈也会照相，以前拿它给我拍了好多照片。但爸爸拎着它绕过我向车走去，见我跟着，恶狠狠地叫我走开，说，跟你妈去！

他扔下这句话，开车走了，倒车时那姐姐将手和头全搭在我爸肩膀上。

有一天，他又会回来。我想。

邻居李奶奶、大耙子奶奶和几个女人在议论，说今天我姑姑到这门口打探几回了，确定我妈不在家，我爸便溜回来取走一些他想要的重要物件。

其实他们早在一起了，那女的才二十出头，两人准备去吉首开店。大耙子奶奶说。

妈妈傍晚从店里回来，元玲阿姨忙和她说了我爸爸回来取东西这件大事。过去元玲阿姨还说我妈有福气，男人聪明有技术。我妈夸元玲阿姨才是真有福，实打实地生个儿子，一屁股就坐稳了。那时元玲阿姨的男人还卖力地去火车站卸货打零工，赚到一点钱就拿回来交给她管。而我妈呢，我爸开辆小货车赚钱快，我们一家人很快乐。后来爸爸常出远门，好久不回家，妈妈提心吊胆，听说他在外和这个那个鬼混上了。慢慢地，我爸爸就没钱拿回来了。妈妈想着既然我爸已经开始变坏，怕是拉劝不回的，先养大我再说，便赶紧去向人家学做衣服。她有时还幻想着，也许我爸爸有一天念着从前的好又会回头。后来元玲阿姨的丈夫买了摩托车，夜里偷着载客，很快就变了个人。元玲阿姨来和我妈聊知心话，说来说去都是她们当初不该嫁外地，若是在家遇着事，娘家叫几个人来磨叽个道理，男人也不敢太放肆。

这次，我爸爸确定无疑地跟人走了。我妈实打实地知道自己被抛弃了，没出声，脸上却悲哀到比死还难看，她缓缓地坐下，却一屁股倒下，不省人事。元玲阿姨吓坏了，叫了李奶奶和大耙子奶奶过来，掐人中、抹凉水、摩擦胸口，叫她苏醒过来，我吓得尖声哭叫，听着她们的话，我知道天掉下来了，妈妈你万万不可以死啊！

妈妈晕晕地呆滞了半响，手指动了动，我急切地拉住她的手摇晃，她终于滚落下一滴眼泪。

你没长大，我不会死。妈妈说。

对啊对啊！大耙子奶奶嗓门老大，说，三条腿的蛤蟆没有，两条腿的男人多了去，再找一个不就得了！我明天就给你介绍。说得元玲阿姨都笑了起来。

大耙子奶奶姓什么没人知道，她是这一带土生土长的农民，等划规了城市郊区，她丈夫就在锌矿厂做了临时工，后来又转了正式工人。她呢，跟着干点零工，也刨点荒地种菜养鸡，现在她老头退了休，两人吃着他那份退休金生活。她儿子也是锌矿厂的职工，一个孙子已经十六七岁，读高中了。

在她孙子六七岁时，她三十岁不到的儿媳妇离婚后嫁给了一个丧偶的小干部，那老男人当时已五十几岁，儿女都已各自成家。大耙子奶奶一家就那么个条件，毫无办法。但那儿媳妇自打另嫁后，每年负担孙子的学费、生活费，平时吃的穿的用的也都送回来，来看儿子像走娘家似的，说大耙子奶奶带孙子辛苦了，礼物里边包着新衣服送给这位前婆婆，大耙子奶奶便认她的好。

前年，儿媳妇嫁的老男人患脑梗死说走就走，死了，才六十几岁，死后他的亲生儿子把房子、东西都要了回去。儿媳妇看着像净身出户，其实早留下一笔钱，见前夫十几年了还在自己过，又回来复婚，在矿工新区买了集资房。大耙子奶奶一家人没说她半句不是，反倒开口闭口全亏得我家那儿媳妇！

旁人看不上眼的事儿，大耙子奶奶才不当回事，说她那儿媳妇命里有福，有钱就是脸面。她一说，听的人也跟着点头称是。

而李奶奶呢，和大耙子奶奶是几十年的老邻居了，他们两夫妻都是外来人。李奶奶年轻时有一副好歌喉，现在唱歌仍非常动听。她年轻时从农村被招到文工团，但因为长得不是那么好看，在六十年代又被分配到锌矿的食堂管理饭菜票。她的丈夫是北方人，打过朝鲜战争，回来分配到矿上。本来让他学开汽车，但他更愿意做木工，修理厂房的门窗和板凳。两口子就这样一南一北组合结婚了。后来她丈夫四十七八岁生病去世，如今李奶奶守寡已经十几年了。

李奶奶的儿子和大耙子奶奶的儿子差不多年龄，李奶奶的儿子在焦煤厂守夜看窑，但大部分时间是在那里打牌，他每天出门前都许愿出门踩到狗屎，走大运。赌博的人都认为撞到狗屎便是发大财的好兆头，能博到横财，但好像他从来没有踩到狗屎。

李奶奶的儿媳妇见大耙子奶奶的儿媳妇捞到了一个有钱的男人，便也不再上班，和一个开饭店的老板好上，也捞到了一笔钱。但她有了钱却不养自己的孩子，而是在夜市里爱上一个小男人，最后把钱全搭了进去，那男人也不见了踪影。于是她又回来，李家自然不待见她，丈夫也视她为空气。她如今快四十岁了，一无所有，又不工作，天天见人就埋怨。李奶奶用自己的退休金养着孙子。大耙子奶奶成天在李奶奶耳边吹嘘，瞧我家那儿媳妇，李奶奶只有好脾气地哼一声。

六岁时妈妈就送我到中心小学读一年级。李奶奶家的孙子比我大几岁，已经上四年级了。她经常送孙子去学校时带着我一起走，交代我一定要记住不可跟陌生人走，怕我被拐走。有时她还会把留给她孙子吃的悄悄分拨一点出来给我吃，但我听妈妈的，忍住，说我吃过了。

租住我家隔壁的周阿姨小我妈一岁，他们夫妻重男轻女，大女儿出生后想要儿子，怀上第二个去检查又是女胎，就打针引产，结果七个月后还是生了下来。二女儿生下来倒是会哇哇大哭，长到几岁时才被发现智力不对。引产针把胎儿的脑子弄坏了，可是她仍坚强地活着，父母便将她留了下来。她五岁了仍没有记性，大小便拉在裤子里，从裤口溜下。周阿姨经常打呀打呀，女娃儿终于记得大小便时褪下裤子了，但站着拉完又不懂将裤子提回腰上，就踩着裤子走路。

第三胎生了一个儿子，两夫妻欢喜又满足，凡好吃的好穿的都优先给这个儿子。其实周阿姨的丈夫在钢铁厂打零工并不稳定，一家五口从农村来，日子过得有一顿没一顿。她大女儿叫盈萍，比我大两岁，个子高，又常挨饿，就偶尔掏家里留的一点钱拿去小店买各种糖果饼子。周阿姨回来见钱没了，二女儿说是姐姐买好吃的了，她又将大女儿打呀打呀，我妈妈常跑去劝说，别打呀，女儿过几年就长大，能自立赚钱了。周阿姨哭出声来，对我妈说，那是留着买米的一点钱呀。

周阿姨初到这个城市，也是找了份帮人看菜摊的工作。她个子高挑有一米七，天生貌美，皮肤白皙，在菜摊上打了不到一年工，就怀上了第三胎。待生下来是个儿子，长得文秀，就有个五十多岁的男子来和周阿姨丈夫做朋友，给他家儿子包了个大红包，又一定要给这孩子起名叫轶夫。这男子开了家花店让周阿姨去看店。但周阿姨的丈夫常怄气醉酒关门大睡，不给她开门。

周阿姨为了防止大女儿掏钱，就把钱装在了身上。盈萍一到星期天便带妹妹弟弟到果品公司后门去，一去一整天，傍晚才回，有一次遇见了，盈萍说她找到了好地方，下周带我去。

待到下周，我们四人沿着从火车站岔出来的一条轨道走呀走，那条冷清的铁路线似乎很长，到了尽头，那路伸进了一座关上门的大房子，盈萍告诉我那是果品公司的大冷库。房后边早有一些孩子和几个老人在等候，刚好有一辆翻斗车被推出，哐当翻倒，烂梨子、坏苹果，还有些叫不出名的果子纷纷滚下坡去。下边是农村的荒茅杂地，还有个大泥沟，大家跳进果子堆里去抢。盈萍麻利，捡到好几个大水果，卷进衣襟扔给妹妹弟弟，那些只烂了几个小点的，他们连揩也不揩，直接咬掉坏烂处开始吃好的部分。她又跳进去翻拣，抬头看着我没动，大声说，月儿，快跳下来动手哇！

李奶奶的孙子浩浩也在人堆里，他是和元玲阿姨留下的儿子一块儿来的，比我们早到。他自制了一个兜子装在竹竿子上，见有一个稍好的大苹果，便伸竿子一捞，恰好滚进网兜里，他高兴得直跳。我迟迟没动，待人群散开，小心翼翼地捡到几个烂掉半边的梨子，这是别人都看不上的。他们大都挑拣只烂一点儿的，那种果在城郊的果摊上削去一点儿便宜卖，当然比不得这么白捡划算呀。盈萍和妹妹弟弟三人边走边玩边吃，等着我。待我追上他们，盈萍笑我太没用了，连果子都不懂捡。

回到家，我切掉梨子坏掉的部分，洗干净，吃了半边，剩下的想留到明天。因为来之不易，这梨子吃起来还真甜。浩浩哥已经在门口吃他捡的大桃子了，李奶奶细心地给他剥桃子的皮，说这个桃子不错，兴许是被人挑花眼错扔的。不过明天别去了，明天要好好上学。我因为捡到烂果子，生怕他笑话，踮着脚打他们面前飞快溜走。到拐弯处一回头，恰好看见浩浩踮起脚在李奶奶耳边说细话，眼睛还看着我，我猜他是在说我不敢下坡捡果子。看他在笑，我的脸顿时热到了耳朵根。

我把半边梨放到碗里，上边盖住，又怕妈妈知道，思来想去将碗藏到我睡的被子下，到夜里闻着被窝里全是果香，太晚了，妈妈已经睡着了吧，我蒙着被子悄悄地咬下一口，细嚼慢咽……

你跟盈萍去捡果子了吧。原来妈妈只是躺着，没睡着，这不，被她发现了。

月儿，你把它捂被窝里干吗呢？我一回来见那里鼓鼓囊囊，早抖开看了，又盖回去，就看你怎么办。妈妈说。

他们都去了，他们常去，他们不会滑下坡，可以在果子堆里捡那些刚坏一点儿的。我不敢，只捡到烂了一半的。我忐忑不安，说下次再也不去了。

妈妈没开灯，从黑暗中伸手把我揽到她身旁，拍拍我说，睡吧。她自言自语说城北太远了，看能不能在学校旁的小街找份煮捞面的活儿，工资也是两百多块，但能吃两顿米粉，省一点钱。

夜已深，月儿已升在窗外，从半开的帘子里射进灰白色亮光，远处为夜伴奏的虫鸣此起彼伏，从昏沉的月色中传来。我缓缓地睡去。

星期五下午，妈妈居然到学校来接我，带我去一家路边小店吃了一碗粉皮。粉皮价钱一块，她买了一碗让我吃，自己则去看那扇油漆剥落的木板门，那上面贴着"招小工"的纸。待我吃得差不多，妈妈走进里边去和一个女人说话，问还要不要人。

那女人拿了个捞面筛出来，妈妈也跟着退到档口。

那是你女儿？女人皱了皱眉头问。

是的，读二年级了，我想离得近，也方便。妈妈说。

那中年女人撇一撇嘴，很算计地说，你方便我可不方便，你带个女儿迟到早退的，又想吃白食？我可没答应招你。要招，我也要更年轻的没结过婚的姑娘妹，那种人老实。说完，她走进里边给客人捞面去了。

妈妈拉起我的手，讪讪地走出那家小店。她的脸色灰暗，路上再没说一句话。

她只好继续每天骑七八里地去城北给人守豆腐摊。

四

在太阳出来早天气好的日子，李奶奶会在厨房里唱歌，她唱着那些比我妈年龄还大的老歌，声音清越，有穿透力。大耙子奶奶有一句没一句地听着，吧啦吧啦拍几下掌，她可不是给老邻居鼓掌，而是活动经脉，然后说，站出来到空地来唱嘛，今天又吃什么好菜？又弯腰告诉我，她昨天领到退休金啦，差不多有四百来块钱呢。

嘿，老李。大耙子奶奶又叫了一声，李奶奶停止了歌唱，走出来，说自己酿了点糯米甜酒，可软可甜啦，要舀点儿尝几口啵？李奶奶每一支歌都唱不到头，要么忘记了词，要么串到现在的流行曲调，要么唱到中间声音上不去，然后怪自己疏于练习。

我不吃，我游村那女儿田里打的新谷酿了一大坛子，前几天可劲地给我捎来一大罐子。蜜甜蜜甜，我得封住让它变老，那吃来得劲儿。大耙子奶奶说，然后又说李奶奶福气好，毕竟是早年从文工团下放来的，退休金比她那老头还多几十块钱。

不过话说两头，我那老头的退休金每月交由我开支，他自己倒好，又去我女儿村上给她家看鱼塘，又养着我们自己的鸡和鸭子，还种了点儿地，每年谷米背回来吃，好过一点死钱，经得起开销。大耙子奶奶顾自开心地笑了起来。

李奶奶一下子沉了脸，折进厨房，说给她孙子浩浩弄点吃的。大耙子奶奶便拉我去楼上她屋子里玩，给了我一根芝麻麻花，一开口又说是她家儿媳妇上上次买给她吃剩下的。我拿在手里看了一阵子，等了一会儿才吃，这是我得到的经验，好东西放着一丁点儿一丁点儿分次吃，别人一口吃下好几个还没觉出味，我慢慢吃却觉得吃到了很多很多，回味足足够。

大耙子奶奶关上门，坐在矮凳子上，小声给我讲故事，说的是李奶奶家的从前。李奶奶的大女儿二十来岁时，和矿上的一个年轻人恋爱了两年，都说好结婚的，那人却悄悄调到市里去了。这姑娘没对家里人说，又想不开，便偷偷到河岸下去投水，投之前还折腾着把订婚的手表褪下来，又把对方买的一件衣服脱下来，看样子原本是想带着这两样物什走的，但临了临了，许是要彻底了断吧。李奶奶的小儿子，就是浩浩的叔叔，正在岸上草丛里挖葛根，那时他才二十岁不到，但马上就要成为矿上的正式工人了，忽然看见姐姐在河边脱衣服放东西，一看不对劲，喊着叫着下去救，她没听见，自顾自跳下去了。弟弟也不顾性命扑下去捞救。哪里救得着哇，那地方水深又是漩涡处，急浪连着急浪，两人都被卷入水底。

啊！我惊得张大嘴巴，芝麻麻花也握不住，忙问，后来呢？

后来什么啊，两个都死了！那浩浩的爷爷，也就是李奶奶的老头没过几年就也去了，说是病死，哪里呢？就是为这事伤心气死的。大耙子奶奶交代我万不可说出去，要不她在我屁股上抽柴棒子。她叹口气，说浩浩那个叔叔比浩浩的爸有才干，人家那机器一比画就懂修理，一进厂就是技术工人，这剩下浩浩的爸，就是个混油子，没有用。

故事讲完，她打开门放我出去，又大声对楼下李奶奶说，老李，瞧我给月儿这小丫头吃个好吃的，我那儿媳妇给我买的，也让她尝个品牌。

我怯怯地打李奶奶厨房小窗望进去，果然见她在低头独自伤神，那大耙子奶奶说她农村的女儿这么好那么疼爷娘来着，李奶奶总是第一时间想起她的大女儿和小儿子。正想转身溜掉，李奶奶抬头看见了我，便开门让我进去，又自言自语说不知浩浩跑哪儿去了。

肯定是和盈萍他们，要么和毛毛虫姐弟在竹林里搭房子，玩打仗。我说。她问我怎么不去，我说眼下不去。其实我是不想和盈萍的妹妹弟弟玩，她妹妹太脏了，还爱向人吐唾沫，她弟弟呢，撒野耍横，对着我们的玩具撒尿。那毛毛虫打小学他爹，爱打人，但盈萍的妹妹不怕，她记起报仇时，会猛地搂住毛毛虫一顿咬。而浩浩呢，因为比他们都大，谁都能对付，一伙人全听他的话。我谁也对付不了，宁愿不去。这话我不对李奶奶说，却拣了句乖话，说李奶奶啊，浩浩哥搭房子是建筑师，打仗呢是小领导，上哪儿他们都一溜跟着。果然李奶奶听了开怀大笑，说，盼他大了出息才要得。

八岁的我找到了一个最大的乐子，就是在这座城市的角落里穿行。起初是害怕车来人往的拥挤，城里人住的房子都在偏街窄弄里，那里边有盆景、小瓜棚架、鸽子和在墙头睡懒觉的猫，我从门里看去，可以看到那些陌生人家的晾衣架、洗水槽、生锈的自行车和窗户内桌子上摆的菜碟碗盆，一边走着，一边记路，一绕又走到我熟悉的大马路上，然后打另一条巷穿插而入，向着妈妈所在的那片街区走去，原来不到一个小时就到啦。我不大告诉她，怕她担心，说我疯玩，大部分时间我会去北郊书店读那些我喜爱而妈妈却没钱买的书。

有一天下午，后两节课是体育课和劳动课，我们完成任务就放学了，回家太早不好玩，我穿小巷子走到妈妈帮人卖豆腐的地方，只剩几块豆腐没卖，于是妈妈带着我去了那条街上最大的商场。那里有两层楼，楼里很多柜台。其实那里边很多东西我们都买不起，就是去逛逛看看，凑热闹。我看见一个小吃柜台上有各种布丁，我很小时，爸爸还和我们在一起，我常常可以吃上它们，酸甜可口，果香迷人。妈妈心血来潮，决定买一个三块钱的大布丁，于是叫服务员拿来一个。

那位服务员二十几岁，脸上抹了浓妆，穿得也很时髦，看着我和妈妈寒酸的模样，又只买一个，她实在不想搭理。

我买一个大布丁，请你拿一下。

妈妈平静而坚持地对她说。对方眼也没抬，显出傲慢的神情。

我买一个三块的布丁。你拿一下吧。

我妈妈出奇的好脾气，又说了一遍。那个服务员非常气恼，用指尖随便夹住一个布丁，没好气地往柜台上一扔，布丁在宽大的玻璃台上滚了一段路，差点没掉到我脚下的地板上。

妈妈把折好的三块钱人民币一张一张打开，抛向空中，落在地上，又捡起来，收回兜里，然后对着那布丁食指一弹，它啪地又跳到柜台里去啦。

我们空手离开了。

我把这事儿讲给李奶奶听，她夸我妈硬气，又说城市里的人可不懂事了，自以为高着咧，那什么水泥面上既不长菜又不生谷米，还有那么多净耗日子的，势利的，街上那些商场亏损的钱多了，那些懒散态度不好的人到时也得走人，还能装几天呀。

我哈哈地笑了起来。

李奶奶说，这世上不由得谁待见谁，不待见谁，各走各的路，三十年河东，三十年河西，没有谁穷一世，也没有谁红到老，人要尽本分，人就是来做人的。

我似懂非懂地看着她。她那么好的人，头发全白了，方脸有点呆板，发际线很低，鼻孔朝天，塌鼻梁，实在找不出年轻时漂亮过的痕迹。

晚上回来，妈妈用尖椒炒了两个鸡蛋，就算是我俩晚饭的菜。妈妈一边吃一边说她想去找家小饭店打工，学会炒菜，将来也开家小饭店，这样子我们什么好吃的菜都有了。我马上说，那你下次去找工作时打扮好看点，我一定不跟你去现眼，别人问你，只说没结过婚的哦。

妈妈哈哈大笑起来，笑到泪流满面。

五

那年秋天很热,有天回家,大耙子奶奶给了我几个金黄的橙子,表皮爆开,露出里边大红色的果肉,用刀切开来吃,很甜。

大耙子奶奶虽然和李奶奶年龄差不多大,但她结婚早,这会儿六十岁不到,孙子外孙全大了,一个也带不着,闲得慌,成天就做无事忙。原来是沿河岸向北两三里地的园艺场橙子大丰收,天旱了很久,前几天一场大雨,果树淋够了水,干渴的果子囫囵吸水,一惊一炸,不少果子便爆了。园艺场的人忙不过来,托找熟人帮忙把爆皮的橙子摘下,有工钱,裂果还谁摘下归谁。大耙子奶奶一听到消息,便和几个老少伙伴去摘足了一大麻袋,给女儿、她家儿媳妇、孙子。这裂果不好存放,大耙子奶奶挑好的留下,剩下的包括我家、隔壁周阿姨家和因为照顾浩浩上下学吃喝拉撒去不成的李奶奶,都得到了一兜子。她还说老李呀,我俩除开小时候,其他几十年都在一起,过到老了。这回我挑大的,金黄色的给你哦。李奶奶说,那么哪天我唱支歌给你听。得咧,我也会唱,就是太忙没有空给自己唱。大耙子奶奶自夸地说。

　　傍晚，一院子的人都站在院里吃橙子，可劲地吃，因为橙子爆了皮，不吃到肚子里去明天就坏了。况且大耙子奶奶和另外几个人约了明天还去园艺场，看今晚有没有新爆开的可摘。大家伙一起笑着，敞开肚皮吃着橙子，换作平时，两三块一斤的橙子谁也舍不得花钱买。恰在这时，妈妈回来了，她自行车一放稳，一个时髦的年轻女人便尾随她进了门，看了好一阵，我才认出那是前年死了老公的元玲阿姨。

　　元玲阿姨给我买了一包零食，里边有几个布丁。其实布丁就是果冻。我迫切地想伸手去拿，但又装成用手掌扇风，移开了身子。

　　吃呀，月儿。阿姨就是买给你吃的，小女儿长高啦。说完她就掏出来几个让我吃。

　　真不敢认了，你变得更年轻了，像个二十几岁的姑娘。妈妈欣赏地看着她烫了大波浪的长头发。元玲阿姨穿了条枣色的花长裙子，还挎了个真皮的小包。妈妈问她干吗去了。元玲阿姨说她开始去了广东的厂里打工，去年又在那边找了个广东本地人，已经住到一起快要结婚了，这不买点东西来看儿子一下。

　　嘿，那你运气真好。妈妈羡慕地说。

两人聊了一阵，元玲阿姨说出来意，她想做媒把我妈妈介绍给她娘家的堂弟，说那个人实诚，爹娘都没了，只有他一个人在家。

在家干吗啊，不出去赚钱养活自己吗？妈妈问。

唉，这不是因为没成家没人管嘛。你要过去了，他肯定把月儿当亲生的闺女，你们再生一个两个都行。到时我介绍你去广东的厂里打工。她迫切地望向我妈妈。

妈妈没露声色，她又问，你同不同意呢？我这大老远来一趟不容易。妈妈说了两点：其一，到那里月儿恐怕连书都读不上；再者，你堂弟一个大男人，这年头不外出挣钱养活自己，窝家里干吗呢？他自己都活得毫无目的，再生一个两个孩子干吗？像牛那样啃草？

这回元玲阿姨不高兴了，对我妈妈说，你肯定不如我，我到哪里都运气好，生个儿子一扔有他爷爷奶奶管，我一出门打工，人家又拿我当黄花闺女那样爱我。妈妈说，明天我还要上班，你先去你儿子家睡吧，这事到此为止，什么也甭再说，以后可以当朋友来坐坐。把她送出去，关了门，妈妈气得脸色铁青。我记起李奶奶的话，对妈妈说，三十年河东，三十年河西，谁也不是一世穷，等我长大你就好啦，到时候你闲得像大粑子奶奶那样，在秋天摘爆皮的橙子往我那儿送去。

妈妈大笑，问我这些话是打哪里学来的。我故意说是我们施老师说的。妈妈是个不往心里藏事的人，一瞬间又恢复了心情，说那我们早睡早起吧！

这事没过多久，妈妈有一天忽然带我去姑姑家，虽然离得不远，但我们已很长时间没来往了。我在路上总能碰到她送我小表姐上下学，但她老远就避开路走，不和我打照面。

她家在豆腐厂，夹在火车站与河的高岸中间。我们老家在几十里外的农村，姑姑到城里读了高中后嫁到这里。姑爹是豆腐厂的工人，以前豆腐厂是锌矿的附属厂，矿上有一两万工人，每天豆腐厂的豆腐都直接开车送往矿上几个大食堂。因为姑爹家的介绍帮忙，我爸爸和妈妈才到这边来谋生，开始时，他们帮厂里做黄豆芽、绿豆芽，后来爸爸学会了开车，就给矿上送豆腐和豆芽，有时还半夜从火车站接到货的黄豆。过几年赚了点钱，爸爸就买下了一个二手的小货车，厂里厂外拉货赚钱。那时妈妈想到郊区菜场租个小摊专卖豆芽和豆腐，爸爸坚决不允许，让她在家安心带孩子。

记得小时候过年，姑姑姑爹带着大我两岁的表姐，坐我们客货两用的车回农村，下了车还要走很远一段路。当然这是对我来说很远，爸爸妈妈只用十来分钟就走到了。大家一路说笑，我和表姐拼尽全力跑到前边，才回头，他们四个大人慢悠悠地就挨到我们小屁股边上了。我俩干脆滚爬到留有干稻茬的冬田里耍赖，等大人们过来拉，然后我们忽然跳起来兔子般向前奔，超过大人的脚步。那时爷爷还在世，忙着杀鸡宰鹅，奶奶和大麻子灰狗一路欢叫着从岭坡下来接我们。

姑爹家住在豆腐厂留下的小平房，锌矿厂搬走后，豆腐厂有的人找门路转进矿上，有的人自己去做豆腐卖，一部分人留了下来，拿厂里每月发的下岗补贴。大姑爹是一个什么都会做的人，但他最迷恋的事情是睡觉，成天有睡不够的觉。姑爹的爸爸妈妈每天做豆腐卖，姑爹就是帮看个机器，早上骑三轮车去送豆腐上摊，傍晚开车去把摊收回来。

我们下午三点多才走到，天很热，姑爹一副才睡醒的样子，坐在院子树荫下的小凳子上，对着一面小镜子，用夹钳一根一根地拔胡须。他想斩草除根，懒得剃，剃了又长，拔了呢那就一直省心了。姑姑在廊檐下用打包带编提篮，那是奶奶的手艺，她会编草筐、麦秸筐、竹篾的也会，还能织出不同的花图案。爷爷在农村山边种一片橘子树，夜里在园子的棚里守夜，白天就在那里忙碌，但有一天睡过头了没有醒来，并且再没醒来。奶奶还接着种橘子，看橘子，卖橘子。去年她挑一担橘子去集上卖，半途跌倒在石坡上，磕坏了小脑，右眼也被树枝子扎穿失明，姑姑只好把她接来同住。我远远看见她坐在屋角，便叫：奶奶，奶奶。奶奶一时半会没反应，因为她小脑反应不行，只能木木地向我张望。

爱华，爱华。妈妈叫着姑姑的名字，声音里没有底气。我姑姑那人做事从来慢吞吞，不知性格随了谁，织一只篮子，可以从上半年织到下半年，成天像无头的苍蝇，不知在瞎忙个什么。而这会儿，她早看见我们来了，却低头一个劲地忙着，好像在等我们上赶子似的。

爱华，我想去广东找个工厂去赚钱，那边工资高一倍，想把月儿托住在你这里，我每月的钱会寄过来。

妈妈开门见山。

我过去叫过姑爹姑姑，朝奶奶走去。姑姑唰地扔下手里的打包带，站起来堵住门。表姐和我在同一所学校上学，她虽比我大，但仍在读二年级，在和我邻教室的那个班，但她早已不再和我说话。这会儿，她就躲在里屋，伸头毫无表情地看我。

我们扯不上关系了，你们不要来麻烦我。我妈这样子，我也照顾不过来，我这里上有老下有小一大家子。说我哥吧，那是他又有好缘分，那女人家卖几批鸭蛋就够给我哥换一辆新车。人家一个有城市户口的姑娘嫁我哥这个二婚，还一炮生了个儿子，我那侄儿户口随妈，到时上学，公立的好学校哪儿哪儿都能读。生几个也不愁，没办法，我哥那挡不住的好运气。你眼红也插不下杠子去。这女儿你走哪儿带哪儿，扔了丢了，你随便！

我姑姑把现在跟我爸过日子的那女人抬得很高，这样子也把她哥抬得更高。

你想错了，我可没有要稀罕你哥什么什么的。妈妈大声说。

那你找我干吗呢？姑姑叉起腰，然后又伸手从地上的筐里抓了只蛇瓜给我，说月儿回去吧，以后再不要来了。我眼泪哗哗流下，强忍住不哭出声，妈妈牵着我往外走。

月儿，月儿，是我的孙女。

这时奶奶忽然又记起并认出我来了。她缓慢地想站起身。姑姑过来把奶奶拉开，推了我一把，幸好妈妈牵得紧才没把我甩倒。

奶奶还在喃喃叫唤，我没有回头，抱住那只蛇瓜，它很新鲜，是姑爹在庭院小园里种的，瓜上一条一条水嫩的曲纹，瓜蒂还滴着汁，连着两根细蔓。我天真地对妈妈说，干吗去姑姑家，你去找到爸爸不就行了吗？

妈妈抢过我手里的瓜摔掉，它叭地碎了一地，然后她悲哀地哭着说，你多傻，你多傻呀！

我实在不懂，我说的傻吗？

妈妈说，月儿，妈妈只想你有自己的好人生。你长大了会懂的。

六

那晚，妈妈向李奶奶诉说了带我去见姑姑的事，李奶奶说她真蠢，怎么就突然想起来这一出呵！人家亲兄妹胳膊肘拐一家，你这送上门去找挠脸，不受气才怪！妈妈又把元玲阿姨来做媒介绍她娘家堂弟的事说了。李奶奶说，一个大男人待在农村不出门肯定是连自己也养不了，你不答应是对的。

那元玲见我没答应就挖苦我，说她命比我好。原本我想等月儿在这里读到小学毕业，大点儿了，上个住校的中学，我再去广东打工。她元玲把儿子一扔不在乎了，我做不到。月儿是女娃子，我得陪护她。苦就苦吧。但一想，不外出赚钱，别人瞧不起也不行，就带去她姑姑那里了。妈妈这么解释道。

好了，莫纠缠了。合适的对象再找一个是应该的。

以后老了你连个扎根的地方也没有，死都没地方死，埋也没地方埋。这可是个大问题。李奶奶往长远了说。

现在是我家月儿没有户口，连初中高中也没地方上。至于我将来怎么死，埋不埋管他呢。妈妈忧心忡忡。

那倒是，像我孙子浩浩，再怎么都可以在这座城市有学校读书的，这户口真是个头等大事。

两人商讨半天也没得出个办法，临了她安慰我妈妈说走一步算一步，孩子们头顶上自带风水，苍天是有眼的。

又过了几天，大耙子奶奶傍晚等我妈妈回来，便跟着进了门，说有件天大的好事，原来是托她家儿媳妇给妈妈在钢铁厂外问到一家小饭店的活儿，工资二百三十块，离家离学校都近。那次妈妈说要去饭店打工学会炒菜煮面，将来自己开个小馆子，没想到听者有心，大耙子奶奶居然真给找到了这份工作。

于是妈妈辞了豆腐摊的活儿，结了工钱就到这边的饭店来上班。

妈妈交代清楚，叫我不要去她上班的小饭店。人家就怕员工带孩子去影响他做生意，又生怕去乱吃店里的东西，晓得啵。我说肯定不去，自从上次那个皮笑肉不笑的老板娘说只要没结婚的姑娘，我就听懂了。

才几天，我就忍不住了，从学校横穿铁道，走过一个大的供销社，从前这里是附近十几里内唯一的商品供应处。灰砖墙的房子又长又宽大，还有楼上一层，大耙子奶奶说很久以前这里数它最气派了。这栋楼现在仍是地标式的存在，向北是与火车站的分界，一眼可以望见我同学郭予时住的那片铁路家属住宅区，而从它脚下起，便进入城区。它旁边是郊区小菜市，路旁有一排棚子，里边有卖肉的，卖活鸡、鸭、鱼的，卖蛋的，卖干货的，卖蔬菜的，园艺场那边及河对岸的农民也挑果子、鸡、鸭、鱼、菜来这儿摆卖。棚区中间的一张旧桌子上显眼地摆着一台电子秤，谁都可以去称，我有时拿我的书包也去称一下，又拿下来，旁边卖菜的奶奶就笑，问我的书包缺斤少两了没有。我说没呢，一天天地，书更多更重啦。菜市过了是一家乡卫生院，我的疫苗都是在这里分期打的。去年妈妈生了场大病，说没钱治拖死算了，大耙子奶奶说，那你死了白死，不过死给谁看？你一死，月儿是流浪呢，送人呢，还是？一句话把我妈给骂醒，说对啊，女儿没长大不能死的，就由大耙子奶奶带到这儿见了一位主任医师。

那位医师才四十几岁，土郎中出身，十几岁就进这小卫生院跟老医师当学徒工了。他说办法有，吃草药愿意啵？我妈说愿意。过了一周，妈妈去那儿取了一大编织袋晒干的草药，一扎一扎分拣好，医师交代一扎为一剂，一罐子熬下去，多加水，熬三次。那么多药也没花多少钱。

妈妈足足吃了一个半月，吃完，走路就快起来了，后来又去买回一大袋，那位医师当场交代说吃完这一大袋后，病就该全好了。

大耙子奶奶说，杜医师实在是好德行的人哪，又说这位杜医师老家是河对岸那边老远的石头山上的人，那地儿可穷了，只有旱地种不下稻米，可是人家学了医师，端个技术碗吃饭。

卫生院西面的墙外前年还是空地，总有自行车、三轮车、破旧摩托车散乱堆放，去年忽然来了一家河南人，支起一只大铁锅，烧杂柴，开煎饼摊。他家的煎饼老大老圆老厚，撒上肉末一裹，擀圆，在大锅里煎到两面金黄，碎葱花儿撒上一大把，盖锅盖又焐上十来秒，起出。妈妈买给我吃过，两块钱好大一块哦，油香四溢，压根吃不完。拿回家吃到第二天，依然美味。我这会儿又站在一边看，那个粗壮圆腰的女人头上罩了块暗花帕子，脸红润厚实，就像两边各堆了一片软的煎饼，她坐在墙边打瞌睡，大概因为起得太早了吧。她两个女儿在做饼，她壮硕的儿子在陶缸里和面。妈妈成天想开小摊做生意，哎呀，她不如照这样做饼，人家擀大饼，我们擀小饼就行。每个星期天我可以去学校后面的石头山给她捡杂柴呀。我穿过饼摊旁的大马路，到达对面的长街。这是一条向西延伸很远的林荫道，两边的高楼全是钢铁厂的办公区和干部们的住宅区，中间还有一所钢铁厂子弟学校。它的校门口有雕像，大门内校园中间有大花园，刷成白色的教学楼上有精美的铁艺扭花栏杆，多么气派。他们真有钱啊。大耙子奶奶家的儿媳妇就托关系把她孙子弄到这里来读高中了。大耙子奶奶一天说一遍，说到我都听厌倦了，如今一看，这所学校是真了不起，不过我离上高中还早呢。

过了学校，到了钢铁厂职工宿舍区，妈妈就在前排的一家店里上班，店老板是一对三十几岁的夫妻，来吃饭买饭的人大多数都是钢铁厂的职工。我远远地站在树荫下望去，妈妈在炒菜、切菜、上菜，那白嫩的老板娘一下打了好多份盒饭，又把妈妈炒好的菜分入好几只盒子，打包，骑上小摩托车，突突突就开着送往了厂区。嗐，如果是妈妈开一家店，那她也能买个摩托车突突突地开着走了。

见到妈妈，就像晒到太阳那么暖和，我欢喜满足地穿到对面街道，边玩边往家里走去。我从来不会告诉她我去过。

不久后的一个傍晚，大耙子奶奶见我妈妈回来便招她去，说有重要事情商量，嫌我妈走得慢，拉她进去，关了门。

我装作蹲在地上玩小石头，透过门缝听了一阵，大约是明后天，来一个客人，这是好机会，成个家啥的，估计八成又要给我妈介绍对象。这是好事，我赞成，我觉得大耙子奶奶专挑好事做。

第二天妈妈下班，大耙子奶奶叫妈妈去她家炒两个菜，说，你这都给饭店炒菜了，快给我家客人露一手。她牵上我，说小娃子也跟来吃一顿香的辣的。又叫李奶奶说那老李，待会过来吃点，那笑声连瓦都给震动了。屋里有两个中年男人，妈妈见桌子上已摆好了好几个菜，便要退出，一个男人主动来拉她手让她坐下，说，就等你来见面，吃个饭，这菜已炒好了。你就坐着聊聊。

大耙子奶奶去拿碗筷，一边说，我嘛，孙子辈都大了，老伴呢，闲不住，又回农村种田养鸡去了，有事才回来。这间屋子呢，是我老头单位以前分给我们住的，离城市近，有山有水有好气候，我这辈子知足了。就是闲不住给这个大妹子操个空头心。

摆好碗筷，几个人吃上，妈妈说她在饭店吃饱了才回来，就不吃了，单坐一坐。大粑子奶奶给我盛了饭又夹了肉、鸡腿，还有一个煎得松脆的鸭蛋，让我坐小凳子上吃。她说，小孩肯定要吃点好的嘛，我们这批人老了，可不就指望娃娃们长大守天地嘛。坐妈妈旁边的那个男人长得很好看，他夹了一大块辣子肉，一口嚼下去，喝了一口酒，对另一个男人说，这肉是我买来的，你尝这味道，我挑得不错吧。

嗯呢，不错。另一个回答。

妈妈叫我快点吃饱回去写作业，我说作业写完了，吃饱就走。表面答应着，但我才不急着回去。我慢条斯理地扒拉着饭，就想听他们说事。

妈妈身边这个男人对妈妈说，要给她讲自己从前的事，妈妈嗯一声。那人不急于说，喝下一口酒，筷子在鸡肉碗里翻找，问鸡腿呢，莫不成这么大一只鸡两个鸡腿都给女娃子了？大粑子奶奶一筷子把另一只鸡腿挑出来，送到他面前的菜碟中。男人用手杵着头，咬下一大口鸡肉，非常享受地眯了一下眼，说，嗯，好吃，老徐，这味香又有嚼劲。三两口他吃下肚，才告诉我妈妈说，他年轻时就做了厂里工段的班长，因为他读了高中，是从农村招上来的。后来他和一位厂医务室的姑娘结了婚，他的工资交由她管着，管就管呗，问题是怎么花的却不向他交代清楚。过了一半年问她，两人的钱加起来居然只剩几十块钱，那么存款去了哪里？

那时你们工资多少？大耙子奶奶问他。

她三十二块，我三十九块，凑一起每月七十一块呀。他说。

那结婚前，你自己每月存多少钱呢？大耙子奶奶又问。

那不能比呀，我是男人，那时年轻饭量大，每月发工资前都熬着。但结了婚不一样吧，是两个人的钱加起来，最起码可以存一笔钱的，是吧。

他望向另一个男人，那人没表情，好像没听到他说话。他又接着说，后来我老婆有身孕了，想吃西瓜，嗐，那时西瓜八分钱一斤，猪肉也才一毛钱一斤，差不多贵成肉价，那还不如称猪肉吃。

后来呢？妈妈问他。

有什么后来，我肯定是首先钱不交给她管了。她没吃上西瓜，孩子也没到时间就掉了，她还被调到很远的另一家单位去。我本想劝她努力学习，好好做人，她不听，后来单位领导来劝我离的婚，要不我还是挽留她的。

另一个叔叔不喝酒，吃了一碗饭就放下筷子，坐在一边没大说话。而这个讲故事的人又给自己添了一杯酒，继续聊。嘻，都怪我心高，老家那么多妹子不花钱愿意和我结婚，也没敢嫌我离过婚，但我心高看不上她们。农村姑娘，很少有文化的，这不行嘛，至少话说不到一个水平，是吧。说话间，他才发现大碗里肉吃没了，便问大耙子奶奶说，不对啊，我明明称了三斤多瘦肉，怎么几筷子挑没了？

大耙子奶奶马上接过话头，说还有一点儿，怕你们吃不完要坏。

快炒上快炒上，您这炒得好吃，我下酒要很多菜的，特意买来就为的吃嘛，快点。男人交代。

大耙子奶奶没等他说完就当面切了剩下的肉，在煤火灶上哩哩啦啦炒好端上。妈妈已完全待不下去，说明天还上班呢，孩子也要上学，要早睡早起。

哦哦，来日方长，改天聊哈。那人端起酒杯没有起身。倒是另一位一直没大吱声的大叔起身送我们到门口，又拉起他的同伴说回吧，待会儿醉了没人陪你。大叔夺下他的酒杯拉他出门，说明天要上班的。

啊呵，还有这么多菜没吃完就走，可惜了。大耙子奶奶大声说。

七

第二天，学校组织我们去秋游，地点在九龙山。我们从河岸上游的小街走到河边码头，从那儿坐轮渡去河对岸，再穿过宽广的田畴，到达山脚。这地方真奇怪，地这么肥，山间的土却这么少。眼前是一条巨大的南北向伸展的石头山脉，山间只有一些稀疏的矮灌木丛露于缝隙的瘦土中。施老师把横贯山腰际上下不同层的几道粗黑痕线指给我们看，说那是上亿年前海洋水平面染印上去的时空记号。

它做记号干吗呢，是有一天还要回来吗？我问施老师。

它不回来，也不能回来，不然海水又要淹没农田，城市也没了。火车开不过去的。郭予时非常聪明地说。

不，它淹了我们就划船、游泳和捕鱼，经常放假回家。过得也很快乐呀。杨国良这么说。

我一听，杨国良更聪明哦。

这里一淹，你家也淹没了，请假回哪儿去啊？郭予时说。

别争了，自己看好脚下的路，也互相照顾着。施老师招呼我们，她带我们去看半山腰几万年前古人住过的石洞。大家爬了半个多小时才到达。那真是一个大石洞，里面好像有钢铁厂子弟学校里中心花园三四倍大，奇妙而空旷，我们说话的声音好像被镇住了，又像被空间吸走了，施老师说的话变成颤音。高而错杂的洞顶垂下各种古怪的尖石，脚下也堆积着或圆或扁的石突，施老师说这是在雨季滴落的石灰水，经上万年缓慢积聚形成的石钟乳，上面吊的也是。现在秋天干燥它暂时不滴水，洞里细水流也干涸了。我们又问老师，怎么没见住人呢，不是有古人吗？

老师说，他们是我们爷爷的爷爷的爷爷的爷爷，是我们奶奶的奶奶的奶奶的奶奶，还要更往前的爷爷奶奶。他们没有房子，住在这里，吃野果，捕猎，后来的后来，他们一代一代老了，死去了，才传到今天的我们。

我想不出，从前的从前到底是在哪一年哪一个季节呢？那他们还留下什么东西了吗？

就留下这么些石洞啊，他们住过，生火烤过，吃的吃掉了（我想起昨晚在大耙子奶奶家吃个不停的那个人），用剩的石头工具（我想起李奶奶的孙子浩浩搭房子的石头，他常用大石头敲打小石头），石刀、石斧被收藏到博物馆里给后人看。施老师只说了这么点儿。那他们从前到底拿什么生活呢？大人讲故事常常没头没尾的，回来的路上，我极力想弄明白一些事，但实在是越想越不明白。

至少，大耙子奶奶说杜医师老家在这片石头山更深处，他们家和从前住过这石洞的人有没有亲戚关系呢？

我们又乘轮渡回到城市这边。在码头下游很远的河湾，河湾的水直直地冲向高险山崖的绝壁，再从那里流向未知的远方。在绝壁靠近上游的河滩边，搭着许多灰黑色的棚子。浩浩哥带我去过一次，那里住着贵州来的瑶族人，他们从高峻的雪峰山脉翻越过来，拉家带口走小道到达，想在这座城市谋生活，但他们多数不识字，不会说也听不懂普通话，又穿着与城市人格格不入的印染衣裤。那种反光的玄色棉布由他们亲手织出，还绣着红花翠叶的图案。但没有人能找到工作，连零工也找不到。这些瑶族人用大小塑料防雨布搭起一连串小帐篷，简单地住着，家家都有几个孩子。黑夜里，男人们结队去市区捡纤维袋、废品，在河水中洗净，晒干，再卖出去。他们家家都有一艇小木船，用来在大河里捕鱼。河岸边和山崖陡坡上的任何一点地缝都种上了菜、小米、红薯。浩浩哥紧紧牵住我的手，蹑手蹑脚地在陌生人的营地轻行。他事先交代我一定要保持微笑，万不可假笑，而是施老师和蔡校长对我们的那种笑，绝对不能向他们吐口水，也不要回头望，这是规矩。我非常惊诧，浩浩哥才十一岁，打哪里学来这么复杂的名堂？相比起来，我什么也不懂，不由得对他佩服之至。

浩浩哥，我要怎么笑呢？我问他。

哎呀，你幸好天生就笑得好看。真是笨死了，说出来你倒不懂怎么笑了。浩浩哥说。然后，他带我走进神秘之营。我保持微笑并抿嘴，当看见没穿上衣的小弟弟小妹妹时，我瞬间生出怜惜之情，心情沉重，再也笑不出来了，原来就在离我这么近的地方，有人比我更苦。但他们朝我羞怯地笑着，用小手捂住眼，又露出一条缝。远处的男人们和小孩们都向我们张望，我走得慢，极力不回头。女人们不看我们，她们没有好奇心，都要么埋头绣花，要么缝衣服。走到河湾尽头，浩浩哥仰望山顶，我扭过头，再扭过头，望向伸向空中的绝壁，见不到顶。

这高山前面的山脚处，就是我们的学校啊。浩浩哥说。我看向对岸远处的龙头山，那山尖我天天看，早已熟悉，原来悄悄转一个弯，绕到它后背竟是这么瑰玮神奇的河流。然后，我们沿岸的外侧往回走，脚下是瑶族人种的庄稼。浩浩又说，这全是他们由荒地开垦来的。以前很小的时候，他妈妈带他来玩，那芦苇、杂柴都很高。从前农村都是在这里砍灶柴的。

哎呀，他才大我三岁，就讲历史啦。

快回到码头的台阶时，他郑重其事地对我说，月儿，你没有爸爸，我没有妈妈，但我将来要考上大学，当一个工程师，盖房子的工程师。如果那时你没钱上大学了，就和我生活在一起，我赚钱给你。

我大喜过望，原来他心里提前想了那么了不起的计划，并且还包括我。说到有爸爸，浩浩有和没有如同一回事，他爸爸成天打牌赌钱，饿了才回家，浩浩全靠李奶奶养大。至于赚钱的事，我坚信自己长大后也能赚钱。我不知该怎么回答他，便扯开话题问，我今天向他们笑得好吗？

月儿，今天我俩去过那儿的事，万万不可以向任何人说出来，要不会被大人打断腿的。我连连点头，发誓绝对不说。

半年过去了，我真的没说。就在此刻，所有的同学在老师们的护送中鱼贯下船，列队走上高高的河岸。不知浩浩这时也在望向那片帐篷地吗？

我们到街边马路上列队集合，老师们清点完人数，大家各自回家。

李奶奶一见我，就说我秋游回来得早。她正寻思去接浩浩呢，浩浩也打后边回来了。

大耙子奶奶坐在门口，一直和李奶奶说着话。

李奶奶已经三心二意了，想着孙子吃饭的事儿，东张西望。大耙子奶奶干脆不说了，钻进屋子去。

李奶奶弯下腰悄悄问我，说昨晚那个喝酒吃菜的大伯是来和你妈谈对象的，你妈妈看上没有？

是这个事？我似信非信，那人只讲了他以前离婚和看不起很多农村人的事来着。还怪我抢他鸡腿，我才没抢，是大耙子奶奶夹了一只放我碗里的。

听我一说，李奶奶便断定这个人不能要。叫你妈不能要。

我看我妈肯定不会要他，没等他吃完就走了。我说。

你很聪明。李奶奶夸我。

等到妈妈回来时，大耙子奶奶说起昨天晚上那个长得好看的男人，说他心心念念只想他自己，我和老李也说来着，宁愿单着也不能要这种人，这种人活该光棍打到头。

肯定不会要。妈妈摇头撇嘴说。

李奶奶插嘴道，这不你家儿媳妇看走眼了啵。

那不是，可不关我儿媳妇的事，是他们自己问上门来的。

李奶奶说，那么那两人至少，起码也是天才，恰好就走到您这家来了。

谁知道啊。大耙子奶奶反而笑出声来，说那倒是，若不是亲眼所见，万万不敢相信有这种人。

以为这事了了，没承想几天后，大耙子奶奶又来找妈妈，对妈妈说这回有件真的要紧的事。

妈妈不大相信，但碍于情面还是犹豫着去了。大耙子奶奶还没关门就说，她凤玲，错了错了，不是披好皮脸那个，而是坐里面穿西装那老徐！大耙子奶奶继续说下去，老徐是正经过日子的人，过两年就退休，可以和你开一家小饭店。我看行，年龄大点算什么，要紧的是有钱，没钱什么也别想成。

妈妈说这事先考虑考虑，便退了出来。然而过几天那个老徐自己来了，买了些东西，满脸笑容地由大耙子奶奶带着来我家坐下。他已经很不年轻了，和那个常买菜来周阿姨家吃饭的人年纪差不多，那人一来就把盈萍的弟弟轶夫抱坐在自己腿上，喂他吃辣鸡腿，或酸辣粉。轶夫吃完碗里的肉，嫌粉条辣得吃不下，他二姐就端去吃。盈萍三姐弟都叫那人伯伯而不叫爷爷，其实他和盈萍外婆的年纪差不多大。那个人经常买土鸡来让周阿姨烧炒，周阿姨个子高嗓门大，吃的时候也谈笑风生，而她的丈夫那么年轻，三十出头，却又黑又瘦，胡子拉碴，低头坐在另一边喝酒。他偶尔把门从里面锁紧，把周阿姨丢在外面表示愤懑，等整栋楼都听见了周阿姨打门的声音才开门。周阿姨大声呵斥男人，我哪里错了，哪里对不起你。你又给了我什么？这么对我？嗯？

我常在梦中被吵醒，只祈祷他们快点安生让我再入睡。

大耙子奶奶第二天会故意问周阿姨，她盈萍妈，你那屋里人咋又喝闷啦？

哎哎，她老姐，这做人谁还没几个朋友，谁总不到亲戚家走动是哦？盈萍和二萍到私立学校读几年书长大得了，但我们儿子轶夫多少得早做计划，将来上个公立学校，想托他伯伯早点活动，看到时上个城市户口，留农村没有出路。说着，周阿姨眼泪流了下来。

她擦了擦眼泪，伤心欲绝，哽咽着提起丈夫，说，谁像我屋里人，恁没用，在农村不懂种田，到城里又一无所长，还懒。不去想，一想就冤屈死了。

大耙子奶奶也不再多说，赶紧抚慰她，劝她向前看，又夸她说长这么美快别哭了，一哭脸给弄花了。

周阿姨一听，迈着碎步走回屋去，重新洗脸、照镜、抹粉、画眉，过了一会儿，她装了笑容出来，对大耙子奶奶说，老姐，我在花店卖花，老板要求我扮漂亮。

应该的应该的。赚钱第一要紧。大耙子奶奶说。人家周阿姨背影还没消失，她就对李奶奶悄悄说，那老李，你说她儿子到底像谁来着。

我看不见。李奶奶说。

眼下，老徐坐在家里，房间又小，他人又胖，就直接坐到了床上，妈妈则开着门低头坐着。老徐问妈妈是不是考虑以后开一家小饭店赚钱。听你店里那老板娘说你菜炒得客人都爱吃。妈说不知道呢，又问老徐家里老婆孩子的事。他说儿子大了，在钢铁厂上班，女儿也结婚了，嫁了个修汽车的师傅。老婆在农村老家，还有八十几岁的父母让她照顾。他说得理所当然。

那你还到外面来找人干什么？妈妈冷冷地问。

嗐，老婆老了，和我做不了夫妻了，你知道的，现在不都兴这样吗？

妈妈听得一下蹦起身，说家里明天要没盐了，忘了买，她得去小店买。你先回吧，这事不再提了。妈妈牵我下楼去，其实才不是去买盐，我们只好在小店前的空地上看天看风。

那天上的月只剩下半片残镜,孤独地飞着。

见老徐走了,我们才回家关门,妈妈说这大耙子奶奶真的糊涂,心心念念只叨咕钱。她对我说,月儿,你不单要读好书,一定还要学会思考,任何时候都不要为钱左右,人一定要活得干净才行。

我不懂她又在说什么,脱口问道,我们本来就这么穷,左右哪有钱?至于干净,我们俩够干净的了。妈妈一听,先是愣住,然后就趴在被子上哈哈大笑。

乖乖儿,你总有让我开心的金句子。妈妈搂住我,抚弄我的头发,叫它猫猫毛,这就是对我最高的褒奖。

我有她说的那么好吗?

接下来一段时间,大耙子奶奶来游说妈妈,还拉着周阿姨加入。周阿姨坐在我们家里,盈萍三姐弟呼啦一下都跟着进来了。上次那位老徐来买的一些吃的,妈妈没要,他也没拿走,这下妈妈一打开柜子,三姐弟便抢着伸手,妈妈怕等一下轶夫吃独食,当面给三人分了,他们叫着跳着拿了吃的奔回自己家去。周阿姨开始说了,先声明是大耙子奶奶让她来的,但人家是天大的好意,见你太不容易。有钱能使鬼推磨,他就图你年轻,图你漂亮,花钱寻个乐子,有钱好说话。她又悄悄说起李奶奶的儿媳妇，那不快四十岁了仍在外边混着。不瞒你说，周阿姨声音更小了，我那个经常来的也是。朋友哇，没办法，说句好听的，这也要漂亮、身材好才有资格的。

她有点扬扬得意起来。妈妈脸上露出不屑的神色，马上又换成不露声色的平静。

转天，妈妈找李奶奶去诉说这么些不靠谱的人和事。李奶奶帮她分析了一下，说首先呢我看你不是那种做下三烂事的人。但是现在的男女，好多都不顾廉耻了，你若放得下脸真做了，捞到钱，旁人仍然会当面鼓掌的。

顿一下，李奶奶又说，那大耙子其实是好人好心，她以为让你跟老徐过几年，他能帮上你开个店，或给你娃子想法子办个城市户口，解决问题了得。

这我理解，妈妈说，但这才不是个办法，人家又不是开户籍公司的，并且往实际上想，上户口至少要有夫妻关系吧。你知道吗？那徐老头儿女双全，老婆好好在老家侍奉他老爹娘，他竟然就想在外边这样了，实在是畜生的想法。妈妈气愤不已。

想花几个钱占有别人，本来就是畜生嘛。李奶奶说。

这事到此，往下好一段时间，大耙子奶奶见我和妈妈便扭过头去，却又生气地对李奶奶说，嘻，老李，你说，人哪如果注定命贱，别人把她拉进糖堆里，她还是要爬进苦瓜田，救不上岸啰。

我可不这么想，大耙子，人各有志，心中有福心里甜，可不是你所见你所说的。李奶奶说。

八

妈妈在钢铁厂旁边的饭店做了几个月，忽然有一天被老板辞退了，原因是有个顾客来吃饭，说在菜里吃出一个图钉，妈妈被老板扣了钱。才没几天，又有一个钢铁厂顾客来吃饭，说妈妈收桌子时偷走了他放桌子上的钱，妈妈指天发誓说压根没有见到钱，更别说偷。对方却一口咬定。那个老板娘说，你没拿人家怎么怪你？干吗不去怪别人？顾客是上帝，有这样得罪上帝的吗？我妈妈说不过他们，痛哭流涕。末了下午就被辞退，一个多月的工资一分没拿到。

妈妈受这种冤枉太多，知道说也没用，反遭误会和指责。我回来时，妈妈还躲在屋里悄悄地哭，见了我就告诉我这件倒霉的事。妈妈总是把她的好事坏事都告诉我，让我懂得生活的艰苦。

要不要去以前那地方给人看豆腐摊？我说。

那不可能了。要么，先开垦点荒地种菜，再找工作。妈妈自言自语。

她从布满杂树丛的路下到近河岸，那里有一点地，看上去搁荒了好几年，以前有人种过，就是竹子和野芭蕉太高，都遮阴了。去李奶奶家借锄头，她说眼下六月不是种菜的季节，至少要过农历七月半的秋凉才方便。妈妈不听，借把锄头就去了，一连几天，身上头上泥巴灰蓬蓬的，都是挖杂草树根、钻灌木丛弄的。她还挖了几根白嫩的竹鞭笋回来，说是晚上的好菜。问我写好作业没，我说好了的，妈妈便说竹鞭笋切好了，叫我自己炒，加一个鸡蛋，辣椒多加点儿，下饭才香。她没力气了，用凉水擦擦身子，换了干净衣服，有气无力地叫我做好饭菜先吃，她要睡了。

煮饭、洗衣、扫地我在一年级时全都会了，隔壁盈萍也会，盈萍的妹妹不会煮饭，就从楼下往上提水，她家搬来得迟，没有摊到厨房，就在自家门边角落里煮饭炒菜。

我吃完饭，见妈妈睡得熟透，便把她换下的脏衣服洗干净晾上，然后在外边玩到天黑才睡下。

半夜，听到妈妈摸索着起来吃了半碗冷饭，我太困，迷糊着沉沉睡去。

天亮时，迟迟没听见妈妈起来的动静，她每早固定要催我上学。拖延一阵子，我睁开眼起床，哎呀妈妈呀，妈妈四仰八叉躺到了地板上，脸上那么脏，鼻子里全是污血。

啊，妈妈死啦，我妈要死啦！我尖声哭泣，两脚几乎瘫软着爬向门外，去叫李奶奶。自打上回那徐老头的事情弄砸后，大耙子奶奶几乎没再和我们说话。

李奶奶听到哭喊，便跑上楼来看，说天啊这前世造恶孽的，吐成这个样，叫我赶紧洗毛巾来给妈妈擦嘴脸。她对着妈妈的人中又掐又叫，我去拿了条打湿的毛巾上来，并不敢动，李奶奶接过来，在妈妈的脸上用力擦。这时，大耙子奶奶犹犹豫豫地还是倒了她家热水壶里的水，随手抓起另一块擦脚布，打湿了就往妈妈胸口上擦。两人把她抬到床上，叫我拿干净衣服给妈妈换上，我忙乱地扒拉出两件给妈妈穿上。

快把你妈妈的屁股擦干净！大耙子奶奶说，见过倒霉鬼，也从没见过这么倒霉的。要说，阳光路她不走，偏偏要过独木桥，独木桥边鬼门关。

好了，你的嘴可真是耙子，李奶奶制止她，又自语道，不过我是劝她来着，这么热烘烘的天，叫她别去刨地，种个菜不够虫子吃，好了，自己先不行了。

大耙子奶奶说，本来我就想叫你提个醒，河边那个暗口，有那种阴事的，又一想你们都不会相信，这回好了。

李奶奶给妈妈灌了一点儿温水，她慢慢睁开眼，一见我就泪流满面，但没力气说话。我跪下去抱住她的腿，放声大哭，妈妈，妈妈你不能死。

大耙子奶奶看我家桌子上啥吃的也没有，又去她家端了碗泡饭粥过来，上面放着咸菜掺豆腐，小声说，唉，肯定是没吃上饭，又害了痧气。那老李，赶紧用红炭火烧一把葱白根来，加盐啊。

李奶奶忙去自家棚里拔了一把葱，一洗一切，放在一个旧碗里加凉水。打炉内夹一块火炭入水，只见它哧地喷出一道白烟气，李奶奶又用另一只裂碗一盖。

快快！大耙子奶奶支使我，去把你妈妈这脏衣物全洗掉，要不熏臭死个人。

我当下一切行动听指挥，去厨房打开自来水，哗哗地把衣服毛巾快速洗了，又冲净、晒上，飞快地跑上楼。

大耙子奶奶在给妈妈刮痧，到葱白根碗里蘸上盐水，往她各穴位上抹，又用右手食中指夹住皮肤，叫李奶奶看。看哪看哪，这黑瘀的血皮，这瘀气不除可要丢命的。

亏得你有这两耙子，捞回一条命。李奶奶边打下手边夸她的老邻居。

妈妈很快就能发声说出话了。刮完瘀，大耙子奶奶又喂妈妈把饭吃了，今早热的，她自己还没来得及吃。我趁机把李奶奶家的旧碗拿去我家厨房，洗净抹干后送回去。大耙子奶奶一把抢过那碗，丢在竹林中的石头上，啪的一声砸个稀巴烂，口里还念念有词。她又对李奶奶打了个拱手，说，灾病全消，祸患远离，功德无量！

李奶奶说，吉祥。

李奶奶早就打发她孙子自己上学去了。她推着三轮车送我妈去看医生，让我跟着。她也老了，到上坡时叫我妈下来，让我搀扶着妈妈走。

这次李奶奶带妈妈去的是一家很小的私人诊所，它就在老供销社大楼后背的小街上，从那里的小路爬上山顶就是盈萍两姐妹上的私立学校。它也和我们的中心小学山对山来面对面。

一位清瘦但矍铄的老医师让妈妈坐下来号脉，李奶奶便交代我服侍着点妈妈，她得去小菜市买今天家里要吃的菜，等下午凉快点她来接我们。

你这是郁火攻心！老医师说。妈妈又一次泪流满面，说了她被冤枉偷钱的事。医师一摆手，说，抹去不再提。

可是他们冤枉我，害我呀，还有一个多月的工资也不给了！妈妈委屈万分。

老医师折回里屋去倒了杯茶，又慢悠悠地坐了回来。他说，他坐飞机打天上往下看，连绵的山也像只大蚂蚁，人呢，压根见不着。他喝了一口茶，细嚼茶叶。

爷爷你可了不起哦，我说，飞去哪里呢？

飞去北京。

那你以前是大领导？妈妈问。

不是，就因为我只生了两个女儿，却第一个在单位里结扎了，领导们认为我觉悟高，后来单位的先进分子去公差旅游，就让我去了。你知道原因吗？

妈妈摇头。老医师说，我才不是思想先进，只是简单地想，家里再添孩子就养不起了。

是的呀，医生，我也只有身边这个女儿，哪怕再艰难，也只想着养大她就行了，可是……妈妈又要哭出来，好容易找份工作，老实忠心地做着，前几天却硬是被辞退了。

老医师又回到他自己的话题,说那飞机才飞几千米,地上的人就看不到踪影了,为什么?因为确实太过渺小了!明白了吗?

明白多了,妈妈说,您是劝我,人还大不过一根毛,把所有痛苦伤心弄得天大,没意义。我往后就不会了。

老医师很欣赏地笑出声来,说妈妈觉悟来得快。他开诊所看病,更是为了说病,人的思想通了,病自然消得快。

那这样就算了?麻烦的是别人还误以为真的是我偷了钱,在那一整条街都找不到工作了,我没什么,可不能饿死我女儿。我越想越害怕,狠狠挖了两天荒地也没把忧惧压下去,就病倒了。

老医师摇摇头,恰在这时,一个胖而高的年轻人跑进诊所来,右手用力捏紧左手食指,那里全是血。

蔡医师,您快。

那人在妈妈旁边的椅子上坐下,大声说,它猪脑壳,昨晚左眼跳,今天一大早削面削掉指头肉了。哈哈,那点肉头飞进汤锅去,好它猪脑壳吃人肉面了。

妈妈一直在看着他,直到老医师带他去里屋洗伤口,包上棉纱布出来,他才看清妈妈和我。

哎，凤玲？他冲妈妈笑起来，一笑似乎完全忘了肉痛。它猪脑壳的，他说，我知道你的事，那两个男人在我这个老板的店里吃牛肉面，边看那边的店边骂你，说要为了老徐，把你赶走，接着就交头接耳的。我想去提醒你，问你得罪他们什么了，太忙，没承想他们第二天立马就向你下手了。你一走，我打听不到，也不知去哪儿找你。

原来是这样啊，七宝师傅，早知如此，我应该天天去对门和你打个照面，至少若早知道消息，我请假不去，他们也害不着我。

这七宝叔叔是湖北人，是个做面条的师傅，削面、挂面、宽面、细面都信手拈来。他工作的地方和妈妈打工的饭店相邻，有空时两人站着聊个天，是早就熟悉的。七宝叔叔见我妈妈还挂着盐水，问这病是气出来的吧。妈妈说是，她最担心找不到工作。

不怕，人在财路在。七宝叔叔说。

末了，蔡医师给妈妈开了三剂中药，一再交代她做宽心人。中药总共才花去三十几块钱。七宝叔叔看我妈走不动，借了蔡医师的三轮车把我们送回家。他说，这回知道了你住这里，我下次来看你。

妈妈说，好。

九

过了十几天,七宝叔叔真的又来看妈妈了,还买了七八只鸭蛋。他一来,妈妈让我给他端了个凳子,和他坐在楼下聊天。李奶奶向他看了一眼就忙着煮饭弄菜去了,大耙子奶奶则站在墙阴处盯着他看。七宝叔叔走过去和大耙子奶奶搭上了话,七七八八哪儿哪儿都搭得上,惹得大耙子奶奶不时地哈哈大笑。

嘻,我一个外地人,见凤玲人好,就想认她当姐。

大耙子奶奶意味深长地笑了笑。

哪天我也认你当老姐,找你老头养鱼养鸭子去。七宝叔叔说。

不到一个时辰,老少二人就知根知底了。七宝叔叔话锋一转,说今天是有事才来的。

他帮妈妈问好了去私立学校教书的活儿。妈妈不敢相信是真的,七宝叔叔说他和学校的教导主任是朋友,这是一句话的事。妈妈要当面去问才敢信。

明天去,我陪你一道。不用太急,免得人家以为你上赶子似的。七宝叔叔说。他又坐下来,不急于走。妈妈便开始动手煮饭。

等做好了，七宝叔叔看了看，问，平时你家不吃肉吗？妈妈说很少吃。那我还是吃宽皮粉吧。他说。妈妈只好去小店买宽皮粉来煮，又把他买的鸭蛋煎了四个，金黄红辣地铺盖在宽皮粉上。他真能吃啊，煎蛋上的红油辣椒用勺子几下舀入口，囫囵吃下。换以往，妈妈节省着，煎一个蛋便给我当一顿菜。但看得出，为了感谢他来帮忙找工作，妈妈都舍出去了。

次日，七宝叔叔便带妈妈去学校见了校长和教导主任。在面试中，妈妈讲了语文和算术课。那里一到六年级只有十来个班，对教学的要求并不高，教六年级语文的老师准备回去生孩子，学校想先找好替手。之前好几个二十几岁的姑娘去应聘，她们虽然有高中毕业证，却讲不下一堂课。妈妈以前读书很好，后来外公死得早，她便没有读完高中。她还给一家砖厂当过会计。可问题又来了，人家要求妈妈下学期才去上课，这漫长的暑假，两个月不赚钱怎么办？

于是妈妈又到更远的城南去，在长途汽车站附近找到一家快餐店。那家店很大，招的人也多，两班倒，并且工资比城北高出几十块，每月二百八十块，还包吃住。可麻烦的就是我在家没人看。

思来想去，妈妈又去找李奶奶，说我恰好放假，她去那干两个月再辞工回来，去私立学校上课。她说我煮饭洗衣都会，也可以让我跟着去学买菜，就是求李奶奶晚上到我家来陪睡。李奶奶考虑了一下，答应下来。

妈妈要去上班前，七宝叔叔来了一次，说他老家宅基地批下来了，他得赶回去建房子，先盖上一层再说，妈妈说那后会有期。七宝叔叔说要回去后不知多久，先辞去这家店的工，又把他的几件衣物和被子寄到我家里，还有一摞他老板店里堆不下的碗和碟子也提了来，真不知道他怎么想的。

妈妈在城南上班，专门刷洗盘子碗筷，如果倒夜班，白天她就坐公交车回来看我一下，有时会省下几只肉丸或炸鸡腿带回来给我吃。这时候妈妈脸色变得有些红润，好看起来。我的日子也很自在，每天李奶奶去买菜，我和浩浩哥跟着来回走，为的就是好玩。有时和浩浩哥走路去城北的书店蹭书看，回来时一路讲故事，我讲我的给他听，他讲他的给我听，并商量着添油加醋。我们还把书里的人物拉到我们见过的人身上，原来每个书里的人都走在路上，周围熟悉的每个人也都早在书里的另一个地方活了好几遍。这种发现太有意思了。

等到天快下雨，我们都期待跟着大耙子奶奶去园艺场摘爆皮果，只有跟着她才行，她在那里有亲戚。但整整两个月，天都干得没下大雨。下了几回小雨，但小雨不行，橙子的皮不会爆裂。浩浩哥是个爱冒险的人，他决定亲自前往园艺场，就算进不去，走到那里也行，跟着他我不怕，但同样要保密，不让第三个人知道。

说走就走，第二天李奶奶去买菜，我俩都不去。待她出门，我俩假装在小店外的空地上玩，手里各拿根小竹竿，这一来当竹马，二来浩浩哥说早晨凉快，会有蛇横睡在马路上，如果见到，就用竹竿抽地，叫它快点走开。三来，园艺场离这有五里地，来回十里，如果到时走不动，竹竿便当拐杖。于是我俩顺着马路北行，它时而凹下，时而是大长坡，一会儿又拐弯过山坳，早晨除了偶尔有打市区开向县城的班车，其余只有零星的小皮卡或货车经过。

我俩边走边估算路程，觉得比去北区公园远多了，要是找个人问一下路多好，前边远远地好像来了个人，浩浩哥带着我迎上去。还没走近，一看，妈妈呀，那是一个高而壮的男人，头发很长，顶着污垢，穿着一件破棉袄，下身呢，却光条赤裸，脚上一边穿一只鞋，另一边包系一块塑料布，肩上背一堆鸡零狗碎的绳子、破布、编织袋。我差点吓晕。

浩浩哥牵紧我的手，叫我低头，转身。

他说，快跑。我们俩像小毛贼般往回跑了一阵，不敢回头。

我早已喘不过气，腿也迈不动了，全程被他拽着。忽然看见前面有房屋，是一户人家，我们去的时候走的是另一边，光看天说话，没发现。现在遇到这户人家，觉得多么亲切多么有安全感。我们默契地放慢脚步，不料那屋里有一只大黄狗突然吠叫着冲上坡道。妈妈呀！我俩只得逃命似的往前冲，幸好手里攥着竹竿子，挥动几下，那狗边咕哝边退去。我们不敢懈怠，仍一路跑着，直到回到最后一道高坡顶，又看见小店屋顶后的一片竹林和高高的桉树，我们才停住，慢走，仿佛大难不死似的对视一眼，装成在附近玩过，若无其事地回到家，再也不去想爆皮橙子的事。

李奶奶家有一台黑白小电视机，但只有偶尔才开来看，妈妈交代过，万万不可去蹭人家电视看，怕讨人嫌，但周阿姨三个孩子漫长的暑假在家实在没人带，她的那位老朋友，她儿子轶夫的干爹送来一台半新的黑白电视机，由着他们一天看到晚。我偶尔也去他们门口看一会儿，但更多时候还是跟浩浩哥去钢铁厂后边的郊区游走。原来那里有成片风景各异的大小矮山，钢铁厂很多从农村来的家属没有工作，也没分到房子，全挤在山洼这里那里，起一些小土屋居住，又开地种菜、种莲藕，挖小池塘养鱼，做各种小生意，互通有无。很多时候，我觉得离家远了，就跟着浩浩哥走过一条小路，到达小山顶，远远看见我们住的地方。走呀走呀，却要走好久才能回到。

总之，快乐的时光一闪而过，假期马上要结束，我们俩都被晒到黑得发亮，大耙子奶奶好像没见过我们外出似的，怎么也弄不明白缘由。妈妈在开学前十来天就辞工回来了，老板很干脆地结清工资，说她的活儿干得又快又好。

妈妈先去私立学校了解情况，对方落实了招用，又和妈妈谈妥了工资，每月二百四十块钱，周日休息。她放了心，先把这事和李奶奶说了。

不料，李奶奶她家那儿媳妇，浩浩的妈妈突然回来了，说来看浩浩。浩浩哥早已习惯了没妈，这时已完全不把她当一回事，早跑到哪里去不见踪影。这女人很难堪，但她稳稳地坐在屋子中间。我妈妈去看了一眼，想和她搭话，她正好抓住机会骂起来，说什么我妈妈想勾引她家国彬，把她儿子也弄生分了，趁机住进她房子里来。

李奶奶板着脸，饭也不做。大耙子奶奶捂住嘴，在屋头幸灾乐祸偷着笑。

我妈妈一点也不生气，还装出不懂的样子，问她现在生意好不好，又去哪里发财了。

这女人便开始吹牛，说那几年赚钱多，可是江山轮着坐，后来呢，合作的老板是个小伙子，年轻不懂事，还倔强，她开始没看出来哇，钱投进去给亏了，想讨这笔债回来，那人可好，坐牢去了。真的是倒了血霉。

没事的，像你这么聪明能干，发财是迟早的事，到时你家国彬都沾光啦，谅他也舍不得你，不敢背叛你。

那确实！女人说，他烂泥巴糊不上墙的，敢乱来老娘掰了他。

妈妈又和她敷衍几句，悄悄拉上我去逛街。要开学了，妈妈带我去买新衣服和鞋子。城北有好多小集市，城市居民和钢铁厂的家属会在周末和下午，在一些僻静的人行街道两边摆摊做小生意卖日用品。还没逛多久，七宝叔叔和我们不期而遇。

你回来了，房子造好了？

妈妈问他。但我看他脸白白的，身子圆圆的，手也细皮嫩肉的，造房子不用干活吗？妈妈也看出来了，问他房子是怎么盖的。

全部雇工人干，以前家里旧东西通通扔光，反正我父母都死了，全由我自己做主，我只监工就行，躺着都吃胖二十几斤了。

他跟着我们走了一阵，提出他盖房子时旧衣服都磨破了，钱也花光了，现在秋天换季没衣服穿，要求妈妈垫钱给他买一套。妈妈十分为难，但他看中了一件白西装，藏蓝色裤子，摆摊人为了做成一笔生意，说两件只要一百块钱。妈妈无奈给他买下，她仅带了一百块钱，花完后便往回走。我伤心得只想哭，我的新衣服新鞋子一样也没买成，拖着不想走。七宝叔叔把我抱在胳膊上，一路畅谈理想，说，凤玲姐，其实你才大我两三岁，要么我们搭伙生活吧，我有手艺，你也会炒菜煮面，以后我开一家面馆，很快就会有钱的。妈妈反问他，开一个店，租门面，装修，买家伙什、机器，大约需要多少钱呢？

这不愁，我认识一个女的，在汽车城那边，她开了一家面馆，但正在和她情夫闹别扭，到时等他们吵来吵去，生意黄了，我就便宜接手过来。他说得很轻松。

到了家，他说这几天没找到工作，暂时借住我家，吃也随便吃点。周阿姨在门口和七宝叔叔相遇，她诧异地哎一声，话还没说完，他就自来熟地去和周阿姨天南地北地说话啦。

妈妈趁机小声告诉我，过两天再带我去买新衣服，我这才眉开眼笑吃了饭。

妈妈开学后，又经过那家诊所，就去和蔡老医师打招呼，告诉他自己在这里教书了。蔡医师对妈妈说，重点是要教学生们做人。我当时就看中你是个难得的人，有定力，才向他们推荐的你。

然后他又告诉我妈妈，那位老校长是他堂兄，教导主任是他堂侄，也就是老校长的儿子。而副校长则是老校长的妻弟，他们是一家人。是老医师提出让他们来这里办一所私立学校的，要不这些农村打工人带来的孩子失学的太多了。

原来如此，根本不是七宝叔叔给找的工作，而是蔡医师向他堂兄推荐了妈妈，正好七宝叔叔和他侄子熟，答应来找我的妈妈，但他来了后，把话头一改，功劳全揽自己头上去了。

妈妈回来后，立马悄悄和我说以后再别相信他了，我点头答应。

七宝叔叔在我家住了几天，妈妈催他出去找工作，搬出去住。他说遇到了很烦心的事，老家盖的房子被催着还一万块钱。妈妈没理他，他说干脆我们成一家过，这新房子以后就让我们结婚一起住进去。要不你借我一万块让我还债。妈妈说她哪儿来的钱，没钱！

你都离婚了，哪个女人离婚不得分到一笔钱？他生气了。

我又没有要住你家房子，何况这房子什么样都没见过。现在是你该搬走，去找工作和生活。妈妈对他说。他马上换了一副笑脸，说工作又不是找不到，手艺摆在这儿，就是太辛苦的我不做，你不知道天天拉面、摔面、削面，骨头膀子都累酸了。

又过几天，妈妈买回来一个小西瓜。秋凉后，尾茬西瓜个小，价格便宜了她才舍得买，留给我放学回来吃。

放学后，我一回家，就见到那个西瓜在桌子上，抱来一看，两半空皮壳合在一起，西瓜早没了，原来是七宝叔叔切开，用勺子挖来吃掉，又合上空壳戏弄我。果然，见我失望要哭的样子，他笑得很开心。

叔叔，我和妈妈都好久没吃瓜了。我小心地说。

滚开，滚远去！

他勃然大怒，恶狠狠地对我说，你娘养你个吃白饭的拖油瓶，就为你，你娘挣的钱都被你吃光了！

我吓得作业也没敢写，逃出屋子，伤心地躲在竹林旁等妈妈回来。可是等呀等呀，等到天黑也没见到妈妈经过，我低声地哀哭，后来才知妈妈打另一条路回的家，进家没见到我，问七宝叔叔，他说根本就没有看见。妈妈肯定不信，四处乱找，谁知我躲在这个偏僻角落，被蚊子咬得脸和手全肿了。妈妈急得直哭，抱我回去，赶紧用米醋、粗盐、香皂冲温水给我反复洗，吩咐我痒了也不能挠，怕感染。第二天一早，又给我同样洗一遍，敷上痱子粉，把我送到学校，她才去她那边的学校。

我很听话，忍住几天不挠，这才消了肿。

自从他住到我家里来，他老骂我妈妈真傻，当初把女儿往前夫那边一推，至少自己过得轻松多了，赚钱了还能存点下来，再婚也不遭嫌弃。

喂，我养活亲生骨肉，天经地义，不需要你说三道四，走的应该是你！妈妈正色地说。

那七宝叔叔马上换上笑脸说，这不我喜欢你啊，为你着想。谁不为自己活着？你把她拖养大，自己已经老了，猪脑壳！

有天，七宝叔叔拿了一份报纸让妈妈看，说那里有好几个没儿女的人家求收养小孩，瞧人家中年夫妻，有房有车有钱有地位，联系上把这个女儿送了，人家还声明允许去探望。我看这再好不过了。你心心念念不就是想要她将来幸福吗？这就一步到位，将来月儿继承了那么多财产，我俩也沾大光，想做什么都行！

妈妈没回答，居然没有回答，她在想什么呢？她问那人，工作找了没？

分分钟。他说。

我怎么办啊？我在学校上课常走神，每天中午再也没心思玩，下课铃一响就第一时间横穿铁路和马路，打供销社后边爬坡去私立学校看我妈，想告诉她，万一读不了书，我可以跟蔡老医师爷爷去学中医。大耙子奶奶说，乡卫生院的杜主任医师就是先自学，又跟老中医学到技术的……可那天，老远见我妈从坡上下来朝城北走去，那个七宝叔叔天天不上班，也就在那一带转悠，莫非她听了他的话，一块走掉不要我了?!

妈妈，妈妈呀！我伤心欲绝地痛哭，不顾一切地追过去，可她压根没回头，我拼命也没追上，过了钢铁厂子弟学校，她消失了！

妈妈呀，妈妈！我已嘶哑到哭不出来，仍向前跑，也许妈妈正在哪个角落。

陈月华！

迎面来了两个人，是我们学校的老师。她们问我，是迷路了吗？然后就抱起我往学校走去。

妈妈，妈妈跑了，不要我了！快放我下来！我哭得说不上话来。

不会不会，妈妈肯定不会扔你，我们都知道她是最好的妈妈，很爱你。两位老师抱不动，又轮流反手背我，直到学校。

蔡校长看见我，带我去洗了脸，说晚上妈妈就会回来的，别怕，也别哭了！

我压根听不进课，也再听不明白老师都讲了什么，好容易挨到放学，又飞跑着去到对面山头的学校。那里有两排低矮的红砖瓦房，风打坏处用木板和油布遮盖着。他们也放学了，还有一些人在黄土坪上玩。那个中年男人已经认识我了，我叫他伯伯，他会像大耙子奶奶一样和女老师们当面嚼我妈的舌头。那位老到胡子头发全白了的老师是很远的一所农村小学的校长，退了休才来的。他见到每个学生都千篇一律地说，祖国的花朵，我爱你们。

我急急地走进老师们的公共办公室，一眼见到妈妈在批改作业，旁边还有几个长得高出妈妈的学生。这些哥哥姐姐都是耽误到八九十来岁才从一年级开始读书的，所以到六年级妈妈来接手时，他们都已长得高大。妈妈告诉过我，也许他们很快又要面临失学。妈妈听蔡老医师的，一再在课堂上讲做人做事的道理，愿他们将来成为走正道的好人。

我什么也不说了，跑过去抱住她，将头深埋下去，不肯松开。

是不是那个七宝又吓唬你了？回家时，妈妈温和地问我。

没有，我是想，你带我到你的学校去读书吧，走来走去都在一块儿。我说。

你看妈妈比得上施老师吗？

我不知道啊。

中心小学的老师们全是师范毕业的高才生，差一些的被分配去了更远的农村，而在这个私立学校，妈妈这样的水平，居然能带小学毕业班。妈妈生怕对不起别人家的孩子，所有的学生都多么努力啊。

妈妈，你今天中午去城北干吗呢？我追得哭死了，你却不见了！

妈妈告诉我，周阿姨昨晚突然约她今天去花店，有话不方便在家里说。周阿姨告诉妈妈，七宝叔叔那两个月压根就没回老家盖什么房子，因为她天天见他和一个老女人在汽车城附近进出，吃着玩着。后来周阿姨忽然又见他到了我们家，她惊诧得下巴都快掉了，这回特意约妈妈出去，交代妈妈千万别上当。

周阿姨还说,那女的现在换了别的男人。可能七宝从她那里没得到多少钱,妈妈说,所以到我们家赖着,坏透了。月儿你一见他在就去李奶奶家里待会儿,作业尽量在学校完成再走。

我郑重其事地点头,然后长舒一口气。我知道妈妈是爱我的,老师们说得对。

我放心了。

十

周阿姨很会说话,看见七宝叔叔在我家,就脆声脆气地打招呼,说,大帅哥还在。今儿没出门做生意吗?像你这样,迟早是一条龙要飞,在这里浪费你的能干了,我见你都是和大老板们在一起的噢。说得他心花怒放,嘎嘎大笑。

这个人已成为魔鬼般的存在,我不单白天战战兢兢,晚上更是常做噩梦,梦见在荒野无路的地方奔跑。浩浩哥拉也拉不住我,有时根本见不着他,我想不清是如何和他走散的,而且他给我砍下的小竹竿也找不到了。才一转念,又跑到了水面,浑浊无边的黄泥水,我吓得仰面飞过去,可一飞又到了悬崖边,是他带我仰望过的石山顶，这会儿我竟然站在石尖上，脸朝下，那些从贵州逃来的深山瑶族人的帐篷一个也找不见。嘻，如果掉下去，哪怕落在帐篷顶也能活着见到浩浩哥，他从来都有办法，永远有的是办法，并且教了我很多。转身，悬崖的另一面，脚下是我们的学校！浩浩哥总在关键时刻转弯，李奶奶成天说的就一句，你脑子转弯呀！

可是我睁不开眼，妈妈呀，四周漆黑我睁不开眼……

月儿，月儿，妈妈把我打小床上抱起，抱紧了我，妈妈在。

我依然睁不开眼，半梦半醒中闻到妈妈熟悉的味道，很快又睡着了。

我常常做这样的噩梦，但我在梦中总是首先想到浩浩哥牵紧我的手。

浩浩哥第一个要实现的梦想是读大学，而郭予时在课堂上大胆地说过他的梦想是做铁路工程师，我不敢说出口，但我的第一梦想是考上大学。我习惯了在学校和杨国良一块儿完成作业，第二天比谁对得多，奇怪的是他写作业时极少说话，沉浸其中，我要比过他，也不作声，唰唰写下去，单等明天老师的评判见分晓。回到家，我先不进屋，习惯了坐在李奶奶的厨房里，看她十分有耐心地剥南瓜的藤结。那是秋天后又长出的嫩绿秆儿，撕去皮切碎炒辣椒，或做成咸菜，或和老咸菜一起炒，都十分好吃。有时她和大耙子奶奶下到河岸近水边挖鱼腥草的嫩根和草苗，洗干净用豆豉和辣油凉拌，是再好吃不过的下饭菜。大耙子奶奶更有闲空，去荒地边挖细茅草的根，折腾一长天，得到一大把，又分一小拨给李奶奶和周阿姨煨水，它凉血，也可以治鼻子出血。大耙子奶奶说，哎呀这茅根，一细根抵一条大甘蔗，拿甘蔗来我还不愿意换它。一根茅草一根金。

她总爱把一时喜欢的物什吹捧上天，也把一时讨厌的人和事贬斥下地狱。李奶奶习惯了对她的话充耳不闻，但我越来越喜欢和依赖李奶奶。有次大耙子奶奶大声说不论男人女人，漂亮的总好过不漂亮的。她说周阿姨高，身段迷人，脸模子好，声音也好听，重点是做人还会变通。又扯到赖在我家的七宝叔叔，说这个年轻人长得是很帅气的，个子也高，重点是嘴巴那么甜，出门进门都叫她，老姐，老姐。这么听来，我都越发觉得自己年轻了。哈哈。人家也会交朋友。她压低声音告诉李奶奶，那个人，又交到个市里的女子。人家不会在这里待久的，没钱时来，财运一到，走人。

这么几年，我已懂得大耙子奶奶所有半遮半掩的话了，这回大概指的是七宝叔叔，他又混上另一个女人了。我听了不由得内心偷着乐，巴不得他再不要来我家。

月儿，李奶奶叫我，人要用头脑思索，不可用脚指头过日子，懂吗？

我点头，李奶奶便说她十八岁时，歌唱得实在好听，领导介绍她去见一个中年干部，她一个人不好意思，由班长陪着去，结果那干部一眼看中漂亮的班长，两人结了婚。现在班长还在市里，已经当上了干部，怕是早把她忘了。后来呢又是由领导介绍，李奶奶嫁给了浩浩的爷爷，两人也谈不上喜不喜欢。再后来，她那大女儿，浩浩的姑姑，喜欢上矿上的一个小干部，但对方和别人订婚了。这姑娘死心眼，去跳了河，浩浩的叔叔去救自己的姐姐，两个都丢了命，浩浩的爷爷也不想活了，真的把自己折磨死。

我痛苦了很多年，坚持不去想死的事，我守着浩浩，把他教好抚养大，这就是人生最大的胜利。天在看着，它也支持我的。这才是做人的意义，也是读书的意义，读书就是学习做人。天也忙来忙去的，晓得啵，它不过放羊似的，只要我们好好做人。

李奶奶，你是怎么想出来天在想这些事的？我十分敬佩她。

你看那些云朵，游来游去，它的背后全是天上的人在说话，肯定是不能让我们听到的。李奶奶一本正经地说。

我半信半疑，觉得有趣极了，浩浩哥不随爹不随娘，原来这性格像李奶奶。

李奶奶，你也是我的奶奶，好吗？

李奶奶被我逗得笑了起来。

但不久后的一天，七宝叔叔罕见地自己买了肉和鸡回来，他自己不会炒菜，专等妈妈回来炒好。

多放油，多放油。他催着，猪肉太瘦，需要另外加油。妈妈先炒出肉，他就舀一盘吃上，不吃饭专吃菜。妈妈向我使个眼色，这是让我先跑外边去玩，让他敞开肚皮吃个够。我身上留有零钱，便去小店里买了一块钱两只的饼充饥，这种饼是酒曲发酵的，呈竹造糙纸的浅黄色，本地人就叫它草饼，自然香甜。我吃一个揣一个，在小店看着电视节目，极力不去想七宝叔叔正在吃的猪肉和鸡肉。

过了好久，妈妈终于来牵我回去，七宝叔叔已经打着鼾睡着了，他吃满足了，肯定能睡好。菜碗里剩下辣椒和鸡骨头，我和妈妈就着吃了饭，也休息了。

七宝叔叔过两天就走了，说是去邻近的县城和人合开一家拉面馆，到时他会拿钱给我们。

他的被子仍留在我家，还有那两摞压根用不着的碗，也放在柜子里。

哎呀，李奶奶，快呀，我和你有很重要的事情要说。我多想学着大耙子奶奶的口气，这事在我这儿着实是无比令人兴奋的好事。但我只是笑着，末了一句话没说，因为不论是李奶奶、大耙子奶奶，还是我妈妈、周阿姨、浩浩哥，他们说任何话，都会加一句吩咐：月儿，这话万万不可向人说出，不然会坏大事的。尤其是浩浩哥，他也被大人反复这么交代，轮到我时，他更加一条，让我恪守两人间保密的誓言。我向他起过很多誓，都数不清有多少誓言了。

我一如既往，为所有人信守誓言。

七宝叔叔走后不久，周阿姨来找我妈妈，她说凤玲，这下清净了，他七宝和另一个女的走了。那个女的脸上抹了起码半斤粉，怕是会边走边抖下来，她看上去至少四十岁。七宝的头发上也打了二两油，流下来时也分不清是汗水还是头油。她声音大，大耙子奶奶听得咯咯咯笑个不住，妈妈竟然罕见地唱起一支歌。

接下来的两个月是快乐的日子，很快就要过年了。秋天北郊园艺场的橙子大丰收，其余地方的橘子也多到卖不完。从南方走火车运来的红皮甜甘蔗又大又便宜，所有的水果空前降价，妈妈买了一大编织袋橙子、橘子和一捆甜甘蔗，瓜子、糕点也买了回来。我觉得年已提前到来，这将是几年的颠沛流离中最值得铭记的腊月年关。妈妈和我都买了新衣服。

放假了。浩浩哥似乎永远有新的计划，他明年要上初中，这会儿自己买了本英文书捣鼓着，我也趁机加入。我已经读到三年级了，三年后也要进入中学，期待自己长大的过程总掺着莫名的欣欣然。

不料，七宝叔叔这时又突然来我家了，进门就叫我妈妈姐姐，说来这过年。妈妈故意说，你夏天在老家造的新房不回去看看吗？

那个没事，摆多久也是我的。他说。

周阿姨见到他，仍然是对他大装热情，说哎呀帅哥哥又回来啦，这回赚到大钱了吧，给凤玲姐买了什么好吃好穿的，还揶揄他说下回叫她家里男人跟他挣钱去，说得七宝叔叔红润的脸上笑成一朵花。

这回大耙子奶奶也实在看不下去了，说，嘻，没见过屎壳郎冬天推牛粪，仍旧倒着走。要说这女人倒霉，她恐怕得倒一辈子！她说的是我妈妈。

七宝叔叔见到家里的年货，喜出望外，他放开吃，两天吃光了一麻袋橙子，大年三十时，又吃光了另一袋橘子，接着削甘蔗，把头尾各砍去一大截让我吃，自己吃中间甜的部分，不料吃到一个虫眼疙瘩，没防住，舌头破了，气得啪的一声砸向桌子，我早已跑到下面。

人呢？

他大声发火，妈妈在厨房炒菜，装没听见。但自始至终，他还是很怕我妈妈的，只要妈妈一沉默一瞪眼，他就会马上换上笑脸，这很奇妙。我们都不上楼，让他在那里自作孽一个够。

你在外开店，来我这里过年，总要交生活费吧！吃都吃不过来还生气？妈妈冷冷地说。他这回真掏出三百块钱来，还服软说，真是的，我一见你就又生不出气来了。

妈妈赶紧去市场又买了五十斤米回来，免得被七宝叔叔吃得大年初几揭不开锅，那可不行。

妈的个猪脑壳，被那巴子耍了，说好开店和我五五分钱，她平时都把收的钱让我过目，结果那女人拿着钱不知去哪儿了。我心想干脆回来叫你一块儿去开店吧，谁知她几个月的房租没给，房东叫来一伙子人，把工具和机器全扣下抵押了。

没关系的，你有这么好的技术，又有这么多的朋友,明年再开店。

现在,妈妈也从周阿姨那里学会一星半点夸人的话了。

可是过完年,还没开学,家里的米菜油盐全被他扫地般吃光,他还说做面卖面太辛苦了,每天觉也睡不够,他想在我家歇半年再做打算。他对妈妈说,姐,以后我有钱了一定会报答你的。

吃菜,妈妈对七宝叔叔说,嘻,你能力是有的,就是合作的人不实诚,这店呢,以后还要开,如果辛苦,就请人为你扛活,你坐着收钱就行。我看你就是吉人天相。妈妈这么说,我怎么听着觉得她的话和周阿姨的是同一套了。七宝叔叔很是开心,说姐你有眼光,以后开个大店,别人当老板娘,让你当大老婆。

嘻,姐姐只做自己就好,不做谁的老婆。妈妈很大度地说。

新学期又要开学了,七宝叔叔在我家吃了睡,睡了出去交朋友。妈妈得闲时和李奶奶坐在一处,把房子钥匙取下一把交给她,两人手心压手心,四目相对,良久没吱声。妈妈突然上去对七宝叔叔说,几年没回娘家,我想把月儿送回去,这份私立学校教书的工作很重要,一定要干好才行。你帮忙守着家,我回去马上就回来，还能赶上开学上课。

七宝叔叔听了高兴不已，夸我妈妈猪脑壳也开始变通，早就该摆脱这孩子了。妈妈简单地收拾了我俩的几件衣服，拿上我的书包，在一个清晨带我赶公交去长途车站。李奶奶和浩浩哥得知我们要走，将一包糍粑塞进我书包，七宝叔叔一直跟着送我们，我们买好票，七宝叔叔一再看我们车票上的目的地，妈妈答应下回带他也去玩。我们上了车。

我觉得等了一年或更漫长的时间才等到车，又终于等到车开，它慢悠悠得像老太爷一样，缓缓启动，开出车站。

七宝叔叔跟着车追了一段路，向妈妈挥手，大声说，我在这里！

妈妈匆匆看了他一眼，我才不向他看。

车开得快起来，七宝叔叔很快消失在尘埃之外，再也见不到了。

妈妈。我看着她，只在此刻，才觉得妈妈是我一个人的妈妈。

中途我们下车，又重新买票坐车出发。妈妈翻开我的书包，拿出李奶奶送的糍粑，打开纸包，从里面掏出一沓钱，数了一下，一百零六块八毛。妈妈眼泪唰唰流下,这是李奶奶省下来送我们的。她自己也不容易呀!

那回去后还给她?我说。

不呢,我们不回那里,再也不会回去,再也不会见到那个人。我知道那个人指的是七宝叔叔,心里万分欣喜。

妈妈拿出我读到三年级上半学期的学籍证明,说她在七宝叔叔进家那天便赶紧去找蔡校长开具了证明。

你要把书读下去。妈妈握住我的手说。

第二章

一

我从来没有见过外公外婆，他们早早过世了。妈妈把我放在她的四姐家寄养，只身去了广东打工。临行前她一再交代：若人问你从哪里来？我说从昌河来。错！你无论如何不能说那个地方，妈妈说，我怕七宝那人以后又来找我们。我吓得连连点头。

你说我就是这里的人，其余一概只说不知道，明白吗？

明白！我说。

遇事一定要忍，保护好自己。

妈妈匆匆地走了，竟然连一顿饭都没留下来吃。

妈妈的四姐在县城一家做石墨烯的国营工厂上班，那个活儿虽然又脏又黑，但工资能每月领取。我叫她大四姨妈，这是我第一次见她，但她说我出生时就见过我。大四姨妈四十几岁，又矮又瘦。她男人在离县城很远的一家水泥厂上班，一星期回一次家。回来后便睡觉，睡醒了便坐到桌子边喝小酒吃好菜，从中午吃到傍晚。酒和菜都吃光了，也没见他饱过或是醉过。

他从来没有抬眼看过我。他在家时，我都是踮起脚走路。反正打小我早已饿惯了。等大四姨妈下班回家天已快黑，她先忙着侍候两只猪，几只鸽子，一群鸡，它们被养在房后的矮棚屋子里。那里原来是化工厂的小路，厂子搬迁后，几户人家各霸占着部分空间。

大四姨妈每次见她的男人不管不顾地把家里吃得见底，便暴怒懊恼，于是两人开吵。我一见不妙，赶紧将书本一卷，偷偷地跑到隔壁再隔壁的喜奶奶家里去。

谁，谁呀？

喜奶奶的老木门半开着，我侧身一溜便能进去，喜奶奶坐在她的太师椅子上。她八十多岁，那一对黑黝黝的太师椅比她的年龄更老。她有时坐左边那把，有时又坐右边那把，两把椅子中间隔着一张高脚雕花茶几，那上边放了一把同样老到发黑光的铜茶壶。天昏了，她连一盏五瓦的电灯也不舍得开。

是我，月华。

哦哦，来了，小闺女。那边干仗又开锣了吗？喜奶奶问。

嗯，炮火纷飞。我回答。

这种仗一辈子打不完，除非有一边死心投降。喜奶奶叹道。

喜奶奶住的是一进的青砖瓦屋，前半间中除太师椅外，还有一条大长春凳，那种两米长、一米高、可以当半张宽床的大板凳，一个橱柜；后半间是她的睡屋，门上挂一片烟熏火燎到早已不辨颜色的布帘，那上面是绣了鸳鸯和并蒂莲花图案的，喜奶奶说给我听，但我寻觅九十九遍也没有见到鸳鸯或是莲花。喜奶奶讲她家喜四爷的故事，从来没有起头，也没有落尾，由兴讲，我开始没听懂个什么，只有忍着再听，时间久了，倒是将片段连接起来，明白了个大概。

喜四爷家中有四个兄弟，他排第四，是老小，长得高而俊。喜奶奶的娘家在城近郊西南角，她十六岁被明媒正娶过来。年轻的喜四爷去冷水江锡矿山背了大半年矿石，吃不消了，去长沙给青楼看场子。他和一个姑娘好上了，带她偷跑出来领回家，两人还生了一个女儿。喜奶奶毫无怨言，一家四口在这间屋子里共同生活了三年，可是那个女子最终忍受不了沉闷的日子，要求离开。喜奶奶想要留下那个小女儿，对方不舍，自己抱着走了。喜四爷无奈追去，三人都不见了，留下孤零零的喜奶奶伤心寂寞。又过一年多，喜四爷独自回来了。喜奶奶欢喜啊，当丈夫是个金元宝。

喜四爷虽然人回来了，却蔫蔫的没心劲儿，过一两年，跑出去参了军，打的是解放战争。一转眼全国解放，喜四爷被安排去看养立功退役了的军马。有一匹军马性情大变，见人就咬，别人都不敢靠近，喜四爷自恃强壮，不怕，结果有天其他饲养员去开会，那匹马追上他咬了不放，把他给咬死了。

喜四爷一死，政府派人接喜奶奶前去料理后事，见她三十出头，个子高挑又好看，劝她留下来工作，可以找人再婚。喜奶奶认为再婚简直是奇耻大辱，她一口回绝，说要回来为丈夫守住这间屋子，守住这个家。

于是部队又派人将她原路送回来。那时不兴火葬，喜四爷的尸骨就地埋在了军马场附近。回到家，她的婆婆天天盯着骂她，去过外地，并且是被陌生男人接去，又被陌生男人送回来。但喜奶奶毫无怨悔，她说自己一辈子自愿做一个贞女，这在从前有皇帝时，是可以立上牌坊的。她为自己骄傲。

后来喜奶奶在化工厂做过几年临时工，也给别人当保姆带过孩子。她自己没有生过，很多人劝她趁早抱养一个孩子，她不愿意，说政府一定会给她养老的。一眨眼几十年过去，她八十几岁了，除了唯一一次办理丈夫的后事时去过外地，绝大部分光阴都消磨在了这间窄小的屋子里。

喜奶奶隔壁住着三奶奶，三奶奶的丈夫和喜奶奶的丈夫是亲兄弟，他们一家儿孙满堂。三奶奶有一个和我差不多大的小孙女叫惠珍，我们常在一起玩。事实上，我来的第一天不到二十分钟，我们还没来得及认识就已经一块儿玩上了。我们在她家屋外墙阴下扯下几根草，摆上瓦片石子就开始摆八仙家，大四姨妈一见就笑开颜，说脚尖一落地就交到了朋友，好灵性儿。但如果惠珍跑到喜奶奶的房间被三奶奶他们知道，她便会被大声叫回去骂，你个狗头脑壳子，又跨错了门槛哇？

我从来没见过喜奶奶吃东西，很多时候我渴望打开她那老式橱柜看里边有点什么。天黑了，我感觉很饿，都饿过头了，额头冒虚汗，在昌河，李奶奶和大耙子奶奶常会照顾我，给我一些零星的吃的，但这里没有。大四姨妈和她的男人应该吵消停了吧，我蹑手蹑脚地低头走了回去。

二

春季学期已经开学几天了，大四姨妈急得四处托人找可以接收我的学校，关键的问题就是妈妈和李奶奶说过八十一遍不止的户口问题，没有本地户口，便很不方便读书。

大四姨妈家所在的县城是资江河畔一座古老的城镇，有厚重的城墙与炮台，炮台下高深的雕砖城门，但那只存在于喜奶奶的记忆里。她年少出嫁时坐轿从城南的大土路进城，城南依山拱卫，有一道大铁铆钉扎钉的木城门。我来时已经见不到喜奶奶说的任何城墙的影子了。大四姨妈带我去城西边的跑马岭看一所私立学校，走了好几里路才到山岭脚下。这里山坡陡急，东南两方向的城路在此交会，过了半腰岭岗便出城到了郊外。到此，山却只爬了一半，又弯曲盘山，走窄马路，拐达山顶，这是全城制高点，山间丛丛密种橘子树。刚刚经过的岭岗原来是从两山峡谷间开辟出来的，一条大马路由此向西伸去。被劈开的山体展露着千万年累积的分明的卵石与红土分层。按施老师指着九龙山讲的知识，这里也曾经是大江河。远处，资江的春水是肥绿的绸缎飘带，绕城东向北而去。山顶上有一片废弃的厂区，私立学校的办公室就在废厂区的矮屋内，好些家长带孩子来打听情况。大四姨妈挤进去问了几句很快便出来了，拉着我下山，边走边气嘟嘟地埋怨，啊哈，开口要一千块钱借读费！都没人气，还作死只要钱。

作死，是新化人的口头语，埋怨的话一开头便是它。大四姨妈和她男人吵架，两人张口就来，你作什么死！你又作何死！

她边走边数落，我在后边跑步追着她，这么远，如果迷路便回不去了。直到下了岭脚长长的坡，走到县政府大楼，我才不追了，随她先去。

傍晚去喜奶奶那儿，她问起学校的事，我还没说完呢，喜奶奶便摇头摆手，说万不可去那地儿。她又开始说故事。

其实她的故事讲得前不搭后，想到哪儿就信口说去，到半路又突然插一段进去。起初非常难听懂，因为我从几百里外的昌河来，说的是那方的土语，我从妈妈那只学到不多的新化话。喜奶奶讲故事时，我竖起耳朵听，又连想带猜，事后总结，才大抵弄明白。说来喜奶奶确实是我最合格的语文和英语老师，新化土语比英语难多了。比如她说我的牙，不是牙齿，是指爹，发音叫牙。又说猪鹰，这鹰也不是天上飞的猛禽，而是肉的发音，即猪肉。我绝不敢多问，要不喜奶奶肯定会不耐烦，于是我通通装懂。

那跑马岭山顶有家大工厂，备战备荒的年代里生产造炸药的原料硝酸铵，后来发展农业时又改成肥料厂，但是专家都被打倒，剩下来一帮拍马屁的和当草包的干部和工人，人人磨洋工混日子，厂子亏了他们只睡觉。

嗐，那家工厂是开国时就办起来了的，但这些人就装睡。结果呢，砰砰！轰隆隆！一九八几年一个夏天的夜晚，车间发生大爆炸。地动山摇，火光冲天，那冲起的火光照红了半边天。全炸毁了，厂里上夜班的，还有就近住宿舍里的一百多号男女老少，呼啦间全没了！

本来橘子山里的人早先就见过异兆，白天有乌晕晕的影子晃过，但有人讲，没人信。今天你去那儿，看见那片大坑洼地了吗？搁荒十几年没人敢动，现在有人想在那办学校，我看行不通。你可别去那个阴魂多、不吉祥的地方！

听她这么说，我背上发凉，肚子也似乎有点疼了。

不去了，我家大四姨妈一准不答应。我大声告诉喜奶奶。

喜奶奶放心地长舒一口气，接着讲：要说这跑马岭原来没这么高，是后来长高的。几百年前元兵追杀我们老皇帝的太子，这太子想呀如果进城，元兵要杀一城的人呢，便往西进了山林。眼看跑不动，敌兵又近了，那老天爷忽然拥来黑风黑雨。太子的马所过之处，山陡地抬高，那元兵的马跑平川，不懂爬山，太子一行人匆匆过山，奔江西往南去了。这以后才兴叫跑马岭的。

接着几天，大四姨妈都在为我找学校的事费心，第一小学是实验小学，就别指望了；第二小学在资江桥对岸，太过远；第三小学就和大四姨妈家隔一条长巷子，也是百年老校了，但我从外地来，没户口，而且那里早已人满为患。这事把大四姨妈愁得半夜三更仍在呓语。

惠珍早就去上了学，她大我一岁，在第三小学读三年级，领了新书来给我看。我还没找到学校，一见书伤心得话也说不出来了，每天眼巴巴地等待大四姨妈下班回来，却又不敢吱声。喜奶奶见不着我，拄着拐站在屋角，见我愁楚的模样，说月儿这小囡女大了有出息。

过了几天，大四姨妈去上班，半路折回来拉我跟她快走，去第四小学。原来她厂里一同事的朋友家的亲戚在这所小学教书，又恰好是三年级语文组的教学组长兼三（3）班的班主任，叫刘文华老师，才三十岁出头，是一个非常好的女老师。人家一听情况，二话没说答应接纳我上学。

我不用牵大四姨妈的手，自己提着书包在前边跑。

看你乱跑，待会儿跑错路怎么办？也不顾路上车多人多的。她在后头边叮嘱边笑出声来，读书的事有了着落，石头落地，看把她开心的。

第四小学的正门在县汽车站旁边，从前这里是郊区菜农的土地，学校建好后，人们又在它的前面建了私楼和门面房，末了仅给正门留一条奶嘴长巷子。大四姨妈牵着我走完这条长巷，进入学校大门，相比于历史厚重的第三小学的门脸，第四小学粗糙而灰迹斑驳，一堵离地的大铁门锈迹斑斑，两边红砖的门柱掉落砖渣和石灰。楼梯的水泥台阶裂出参差的缝。学校已上到第三节课，全体同学正在操场上做广播体操。我心里有些不喜欢这环境，因为惠珍带我去看了很多次她们的学校，那里门墙厚重，古色古香，幽长的花园石径通往青砖砌成的教学楼，楼前宽广的雕花台阶经历了一百多年的磨砺，发出青灰色的光芒。校区靠后有三栋两层的教学楼，前后排列，大门都在一层中间，有石廊相连通。每栋大楼各有十七间教室，还有两间老师办公室。这当然也是喜奶奶告诉我的，说那年皇帝垮台，新化的乡绅就集钱建了这所中心学校，预备着让全新化有才的子弟都来上学。后来还开了一个女班，只有有钱有地位人家的小姐才能去那里读书。小姐上学是开天辟地第一次，很多人都等在路边观看她们怎么去学校。哇，我的"牙"（新化人不叫我的娘，叫爹以示更严重），她们不裹脚啦，穿宽口布鞋。

反正喜奶奶讲故事，十有八九越扯越远，后来还说就是因为女班的小姐们穿宽口布鞋上街，大家都认为时尚，城里城外的女娃子便也都兴放脚，喜奶奶本来脚是被裹上的，又剪掉缠布放了。

那既然第三小学是最早建立的，它为什么没成为第一小学？我提出疑问。

嘻，这全是后来那些人胡搞。喜奶奶有些愤慨，说五十年代搞运动破四旧，打倒封建余孽，说它是旧官僚办来给地主有钱人的子弟读书的，是旧思想。他们在青石街西面小巷的坡地上又盖了一所新校，列为第一，当时那附近住的全是穷人，学校后边是水田，还有梅山亭流过来的溪水，水田全是烂泥，终年不干。现在你看那个学校，都是大小机关干部、厂领导的孩子去那儿上学，老师也挑县城水平最好的。

三

刘文华老师站在第四小学教学楼二层的楼梯口等我们，她和大四姨妈说了几句，便带我去她的办公室。她个子中等，椭圆脸，不算漂亮，穿着朴素，说话温和淡定。她一见我又瘦又小，一问只有八岁却读三年级便满脸生疑。我递上自己的出生证明与学籍资料，并问候刘老师好。刘老师露出笑脸，说我懂礼貌，又看着我的材料说，哦哦，一九九二年春天生，在那边读到三年级上学期。

她转向大四姨妈，临时提出要考试，如果太差，便要去读二年级或一年级。大四姨妈想求情，提出的理由是她急着去上班没空，但刘老师拿出三年级上学期全县统一考试的语文算术试卷，要求我从后边往前边答题。所有考题难点都在后面，她明摆着要考验我，我便摆开试卷，照她的要求先解决两道算术题。然后，刘老师说再做语文卷后边的题。最末一道题目，要求写一段五十字内描述爸爸或妈妈的话。这个容易，妈妈的事情那么多，我写了家里吃米粉那次，妈妈让我吃粉和煎蛋，她吃剩下的青菜和汤的事。倒数第四道题，要求用"欢天喜地""快马加鞭"二词各造一个句子。第一句，我写：今天终于得到好消息，我欢天喜地地跟大四姨妈来到新的学校。但快马加鞭的事，我目前没遇到哇，真难造。突然想到喜奶奶讲跑马岭名字的来历，我便硬着头皮写：太子快马加鞭翻过了跑马岭，他一走，山岗就长得又陡峭又高，有如神助。

谁知刘老师悄悄地站在后边看着，一见我这个句子写出，便哈哈一笑，问我哪儿来的见识，连这个山名的来由都听来了？我马上告诉她这全是隔壁喜奶奶说的，她八十多岁了，起码有一火车那么多的故事。大四姨妈就说她太忙了，所以我天天在别人家的时间更长。

刘老师和她一问一答，示意我考试已经结束，说，好了，今天暂时过关了，我带你去班上。

她又叫大四姨妈上班去，大四姨妈却不舍得快走了，一再交代我要乖巧，听老师的话，看见捣蛋鬼男同学，早起眼力见早远避。

刘老师牵着我进了二楼中间三（3）班的教室，大四姨妈仍然跟了上来，在门口声音有些沙哑地向刘老师千恩万谢后才离去，引得一班陌生的同学忍不住地窃笑。我被安排坐前面第一排，刘老师临时把另一位同学调换到后边去，在上午的第四节课之前，她让我站到讲台上去向大家介绍自己。

我站上去，扫视全班一眼，说，我是陈月华，八岁。说完向全体同学弯腰致敬。其实这是我一直想对中心小学施老师施展的礼节，但没承想走时来不及见她。三（3）班的同学回以热烈的掌声欢迎我，我顿时很想哭，因为想起了那里的蔡校长，我的同桌杨国良，还有郭予时同学，他对我说，月儿，我长大后开火车，开那种很先进很飞快的火车，到哪里你都跟着，不用买票。还有邻居浩浩哥，我真想给他写信，告诉他我上了新的学校。

你从哪里来？我身后陌生的同学问我。

从昌河。我回答。

可是，话刚一出口我就后悔了，妈妈交代我只能说自己是本地人。

啊，沧河？是沧溪的河边吗？可你没带沧溪山的口音呀？

怎么说？我反问。

不是，你是说西河吧，我们新化有个西河镇，不是你讲的沧河。旁边另一位同学说。又说西河镇的人讲话好听多了，那沧溪话是山里的口音。

我爸爸妈妈在外面打工，我打小跟着他们到处跑，沧河、西河是真的不知道啦。

我赶紧把话圆回来，大家也没多想。

上课了。

这时我才悄悄看了一眼我的新同桌，她白润微胖，长马尾上扎着粉金色蝴蝶花，穿一条浅红色扎腰连衣裙，配浅灰色皮凉鞋。她的课桌里放置着一大一小两个芭比娃娃。她低头摆弄，眼睛不看黑板，却睨我两次，示意我别想打她娃娃的主意。我已经落下十来天的功课，迅速翻开新课本，听刘老师讲第二篇课文的末尾部分。

四

我的大四姨妈家在城东三义阁，那个青砖砌成的阁不知建于何年，破败而坚忍地屹立在她家房前不远处。所有城里的孩子都会唱一首民谣：

宝塔七层，
三义阁五层，
应公子家的楼三层，
穷人的卵子割一层。

宝塔和应公子家的楼我都没见过，但眼前的三义阁顶，它的瓦与檐都被风雨残蚀腐朽，顶砖上长出衰草，阁基周围也余出一圈荒草地。从三义阁俯瞰，资江水在山脚的城外北向又朝西拐，水湾头叫大码头，那里为全城最低处。惠珍带我偷偷去玩过。江水被巨长巨厚的水泥防洪坝隔在城外。一条特意保留的青石板大路从那里起始向城西高处延展。喜奶奶说，几百年前那条街叫应公子街。应家住的府邸盖了三层，青砖两层，顶层为木梁木板搭建。

那么应家的小姐们住第三层吗？我问。我极力让想象穿透时空，走回过去，遥想顶楼该当是多么好嬉戏玩乐啊。

应公子不讨老婆，他住在第三层，会时不时敲响木鱼。木鱼本来是和尚尼姑念经才用，但应公子偏爱玩那个。

喜奶奶这么说，我听得有些没趣，又缠着要她讲三义阁的由来。

这个我可不大清楚。她推托道。但话头一转，又问，你知道吗？新化是一朵花，离开就想它，三步一回首，出门又回家。新化要什么有什么，是世间最好的地方。

那北京呢？我反问。

她说，北京就是因为以前住着皇帝才名声大起来，皇帝不能住自己喜欢的地儿，他们得住老天划给他们的地儿，看上等风水的高人看得出来皇帝该住那片地，知道新化好他们也住不来，这是两码事！

我头一回听到这么神奇的由头，大为惊异。

但既然新化也是宝地，就有外邦人来抢占，这样，新化人肯定不干，于是就组织了人对抗。这三个义士就是当时的英雄，为了救一城的人他们被敌兵杀死了。之后，老百姓便搭建了这个阁纪念他们。

到底是哪几个人呢？名字叫什么？

我听得直犯糊涂，谁和谁打仗她一点也没讲清楚。打破砂锅问到底。喜奶奶生起气来，说从前好人干了好事偏不能说，积阴德，他的子孙后代才发达。但干了坏事却一定要说，所有人一起说，那坏人哪天警醒了，才能不再使坏。这简直是什么逻辑嘛。

我后来又一再去三义阁的破门外，看到里边不胜荒芜，杂茅枯草充塞，砖头门楣上没留下任何文字，脚下打了稳实的青石地基，又铺了青砖地板。大四姨妈看到后把我骂了个狗血淋头，说那里绝不可乱去，有英魂守着，连猫狗都不敢去钻，倒是有恶蛇会住在那草丛中！她吓得不轻，生怕我不小心冒犯神祇，傍晚在那里烧了一沓香纸，念念有词，还在家门口呼唤我的魂魄回来。她用碎柴抽了我一顿才让我进门，后来才知道那顿打竟是喜奶奶唆使我大四姨妈干的，说是驱走身上秽物。虽然恼火了好一阵，但没几天我还是跑她那屋里去了。因为大四姨妈几乎每天半夜起床又忙碌到第二天半夜，就别提讲故事的事了。

话说那应公子，许家山人，俗姓罗。喜奶奶说。

没有开场白，随到随讲。

应公子的前世是一位和尚（问题是喜奶奶怎么看见

人家的前世来着?），在城北车水塘庙出家。寺庙周边十来亩良田属庙里祖产，历代出家人在资水边筑围坝防洪造田，当春汛消退后种中季水稻，高产而避水患，低洼处种莲荷，年年收到很多莲藕。庙中造了一架木水车自己车水，还免费借给穷户车水救田。那庙四周资江岸畔的好田都被邹大财主买下来了。城里的产业，从大码头上岸，往上一百多家店铺全属于他邹大财主家，这已经是富甲一方了，但他仍惦记车水塘庙那片高田和莲塘，横竖要买下来。这可不能卖，和尚们年年靠自耕自种度日子，田卖了，一座孤庙的和尚都要被饿死。可不能卖！邹大财主便施毒计，给自己的小妾喂了慢毒，着人用轿子抬去上香，进庙不久就死了。邹大财主诬告和尚奸杀了他的美妾。和尚们见大难临头便连夜逃命，独剩许家山的罗和尚被提拿去了官府衙门，他在公堂上据理力争，但被诬为狡辩，末了把庙产充公，判罗和尚去充军，那是一种更生不如死的折磨！罗和尚见大势未吐冤屈，便决意当庭撞死，死前对邹大财主说，三年后，我去你家！

邹大财主哼哼冷笑，死了的人如何能奈活着的人？趁机给贪官一笔钱，买下庙田。

喜奶奶常说得匪夷所思，但罗和尚死了，如何能过三年再去邹家？

是去投胎转世。喜奶奶告诉我。

邹大财主那时五十出头，娶那么多房老婆偏养不下一个接家产承事的儿子。罗和尚死后三年，邹大财主纳了新妾，给他产下一个白胖儿子。这儿子十几岁上学，相貌堂堂，但他不读书，不爱美色，喜爱胡玩，不嫌穷人，谁叫他一声都好声好气答应，便人送外号"应公子"。他长到十八岁，过生日，那时邹大财主已经七十几岁，老啦。其实应公子十六岁便娶了县衙师爷家的千金为正室，邹大财主想等着抱孙子，可那千金只成了邹家的摆设，应公子从不亲近她。邹大财主日薄西山，问应公子，儿哟，你十八岁生日要何种大礼，爹满足儿子，只求儿子生下儿女来。

爹爹，儿要吃鱼矢，吃一大船的鱼矢。

喜奶奶，鱼矢是什么？我想，是鱼儿的屎吗？

鱼苗儿，从鱼蛋里才刚孵出来，指甲尖儿那么小哩。

喜奶奶不爱被我打断话语，怪我连这个也不懂。

大概刚生出来，黑乎乎的，还没眼屎大，头大尾儿尖，如箭的尾矢，古人就这么叫下来的。喜奶奶给我解释。

邹大财主以为儿子不喜欢这房老婆，应该是爱上了别人，但不论贫富老丑，只要他提出，当爹的二话不说娶回给他。

谁知他仅仅是要吃鱼矢！邹大财主忍住脾气劝说，儿啊，这县城里谁家女子你有看上的吗？

爹，我要吃鱼矢！吃下一百二十担，不给吃我就去死！说完，应公子便滚到地上。

好说好说。爹答应，这就着人去买。儿要什么个吃法？邹大财主即便自己当下死也绝不愿儿子不快活，赶紧找人收购鱼苗儿，可是一百二十担三五天凑不齐，于是派人去邻县隆回、宝庆府、宁乡、溆浦、安化，更远到湘潭及至长沙府，买办鱼矢。一时鱼矢涨价数倍，商贩们日夜兼程买了鱼矢，用桶、罐装，肩挑船载，从大码头排上来半条青石街，都摆着装鱼矢的木桶挑子，资江河岸两边停靠了百十来艘装鱼矢的小舢板。吃鱼矢那天，县城内外万人空巷，方圆十几二十里的乡民，都赶来看应公子如何吃下这一百二十担乃至更多的鱼矢。

春天的湘中，古历二月二十三日，几百年前的这一天，邹大财主的独子应公子过生日，他走向大码头下游四华里的资江拐弯处，那里，西岸是邹家宽广的良田，东岸高山崖壁绝立，水流冲向兀石，激荡湍急。众家丁前簇后拥着应公子，几十艘木船横亘在水面当临时浮桥，纤夫拉紧船绳，一大帮水性好的壮汉被请来立在船头，只为保护应公子的每一根毫发和每一颗牙齿。

春天的江水还有些寒凉，应公子和衣走进江水，仰躺下来，一干水性好的人立即潜到水下端住他，到河水中央，叫声，鱼苗儿来！

齐倒！

他的指令被人次第上传，簇在上游的商贩们争相向水中倾倒，鱼苗儿从聚到开，然后游散而去。一百二十担倒完，远在下游的应公子张开嘴，等着流入其中的鱼矢。爱来不来。

当然，他还干过很多奇葩事。说要坐在家里闻十里外的花香。闻到香从哪方来，便坐轿子前去给那里的人，不论贫富，挨户赏银子。于是，县城外十里八乡都争相种开花的果子园，企望开花时得到应公子前来闻香赏花。如今，那些村寨子叫桃花坳、梨子坊、李子垴、紫荆口、桎木山、梧桐岭，这么多村子应公子都去过。有一年正月，所有的花都还没开，但他闻到了香味。众人用轿抬着他去了仙姑寨，那地方山高林险，大家伙好容易爬上半山腰，只见一破败草庵，里边有一位老尼姑。

尼姑是什么？

我又打断问她。

是女和尚，在家里没法过了，就出家修行，外人背后叫尼姑，当面称师尼。

喜奶奶，那我看我家大四姨妈天天说，这个家没法过，过不下去了，是不是也去做尼姑好呢？

喜奶奶忍俊不禁，嘿嘿嘿笑了好一阵，然后才问我刚才故事讲哪儿去了？后来她又把我的原话告诉了大四姨妈，两人站屋脚根开怀地笑，这可愁煞了我，如果她真出家当尼姑，我又没地儿待了怎么办？

回头说应公子，对着师尼倒身下拜，说来看花，所有人迷茫不已，不见花在何处，老师尼却指着更陡的后山。应公子闻香而去，原来是两棵连根的大杨梅树，它们正月开花。说是花，其实丑陋不堪，像一撮撮皱皮的紫色卵虫那样，不这么仔细看，人们还以为杨梅只结果不开花。

因为应公子差不多二十里外就闻到香味，又亲自前来印证，这树便成了宝树，仙姑寨的草庵也成了古刹。应公子放下银子，山下出人出力来修庵，后来更是在县城西南山栽种杨梅树，再后来，后人又于附近建亭，称梅山亭，至今有人误以为"梅"字指的是蜡梅那梅，其实是新化人都爱吃的杨梅。

后来，邹老财主快死了，看着儿子这吊儿郎当没心眼的样，他心疼又心有不甘，怕自己死后手下那伙管事的欺负应公子，便从每家店铺选出忠实稳靠之人固定管理，交代他们在自己死后接济应公子，让他轮家吃饭，以免饿死。

邹老财主死后，应公子除了嬉闹玩乐，就真的只剩下轮家吃饭。但应公子压根记不住哪个是自家店铺。昨天吃过哪家，明天又去谁那儿吃？他烦得很。一天，来了个老和尚向他化缘，应公子问他要几两银子，和尚不要银两，想要一间旧屋子住，想要几亩田来种。应公子一口答应，但大管家说，老爷生前有交代，不准少爷签字画押。

好咧！应公子脱下长衫往地上一铺，脱下袜子，用脚指头夹着木炭在绸布里子上写了契约，将车水塘一带良田、破庙和三里荷塘一并赠予和尚，又用石头割破手掌按下血印。老和尚领了田，走几步猛回头，说，你是许家山来的罗和尚，你是我们的师父。

应公子并不搭理他。之后，应公子又用脚写字据，把店铺一家一家赠了出去，大部分都是谁经营归谁。

常常，喜奶奶的故事听得我犯迷糊，然后我就睡着了。次日早上一醒，忙着上学。我没有零钱，早上常常扒拉锅里，有啥吃点啥，没有也得往学校里赶。从来没人叫我起床，好些时候路上空荡荡，大抵别人上学的高峰已过，我要迟到了吧。但我还得边走边把喜奶奶讲的故事重新梳理整明白，她把应公子的前世今生一块儿讲了。罗和尚和应公子是同一个人？后来老和尚还来称年轻的应公子为师父，问题是那么大年纪的人又啥时候拜过小他几十岁的应公子？就像德高望重的老校长能称几岁的我为老师吗？太难了。

但这些作古的事让我如此着迷，常想呀想呀，忘了饥饿。

五

有人叫我，陈月华。

我揉了揉眼，似乎在寻找应公子的身影，循声望去，是我的同桌刘怡。那位女同学，在天气还不太热的春天，就急于将粉色裙子套在毛衣绒裤外面穿，总之穿的衣服比脸蛋好看多了，后来听她对刘老师讲是妈妈给她打扮成这样的。我和她在第八中学的马路岔口相遇，她家的房子就在这块坡地上，紧挨第八中学围墙后院。刘怡的妈妈在家里开了个小卖店，刘怡的爸爸则是郊区一个乡信用社的主任。刘怡在班里表现得很骄傲，但我没在意，对她保持友好，虽然我们一直没说话。这也是因为我实在太忙了，一放学回家先要去看大四姨妈家的鸡，它们白天被放养在屋后围栏里，我一去，它们呼啦围上来咯哩嘎啦和我说话，我转身捞一勺猪潲，还没洒下，就被它们跳起来抢着啄了个干净。还有一只大黄狗，拴在绳子上哪儿也去不了，我第一件事便是去拥抱它，闻它温软好味道的狗毛，它舔我的脸和头发，舔呀舔，突然听见它咽唾液的声音。它饿了，它那么孤独，又常挨饿，我也只好给它一点猪潲吃，倒在盘里，它艰难地吞咽下去。大四姨妈不让我煮家里的饭，嫌我煮早了不好吃，又怕我不关风炉烧多了炭渣，反正这些事儿一分一厘都要算在钱上。

陈月华。

刘怡又叫了我一声，她那么浑然自在地奔来，如一棵花树，如一朵云彩，好像从来没与我有隔阂，我们亲密已久。你这么早就去学校啊，太早了。她说。

早吗？我确实没大睡醒，我从来不敢睡沉，又摸不准时间，经常是眯缝着眼从喜奶奶家后门摸回大四姨妈家的小屋门，头脑一直睡觉，四肢却在活动。

你没睡醒啊？刘怡问我。在青石街与城南街相交的十字路口，新兴百货大楼旁的早市，她买了早餐，分成两份,将一只肉包、一只河南饼给我。吃吧,慢点走。她说,我追不上你。

才走不远,她又用她的那只河南饼换回我手里的包子,说,河南饼都你吃吧,我妈说我吃油多长胖。我没说什么,边走边吃,横过马路到学校外那条奶嘴长巷子时,两只饼早已下肚,顿时精神气好多了。

河南饼,是河南人越长江传来的油煎馅饼,香酥美味,我又想起昌河郊区小街那户河南人烧柴灶卖的大煎饼,妈妈隔一阵去买一点给我吃。哦,妈妈,河南人怎么到哪里都手艺那么好?

去大码头玩过吗?星期天跟我去。刘怡说。

去过了。我说。

是里边还是外边?堤坝外才好玩。坝墙里只能看到闸门洞那一点,没看头。她细说缘由。我马上答应到时跟她去。

星期六,刘怡约我到汽车站的候车室里去玩,其实我经常一个人去,看来去广州的长途车,明知不可能,但还是每天看着那里,想着妈妈是否会打那里向我走来。汽车站候车室四周都开着商铺,但有的店空着,人走了,它的木柜台子像牛舌头一样往外伸,我们就躲到下面。刘怡从书包里掏出她的布娃娃让我抱着玩,还有一束电子兰花，它底座装了电池，按下按钮便会响起迷人的乐曲，花朵和叶子都亮闪闪的，变幻出五彩的光，兰花在电的驱动下在地上缓缓旋转。

我站起来在牛舌头台板上写作业，星期六大四姨妈的男人回来了，大四姨妈背后叫他死冤家，喜奶奶对我说他是大四姨妈的死对头鬼。他们没一次不开仗，即使不打架，他们的脸色也让我压抑难受，我宁愿看暴雨前阴沉漆黑的天空，宁愿去街上淋着雨。去喜奶奶那里，她灯也不舍得开，现在能在这大厅里写作业再好不过，并且我又和刘怡成了朋友。我发现我已经快要把浩浩哥忘记了。我写作业时，刘怡也站过来并排挤着写。你先写哪里？她问。我翻到哪儿，她也翻到哪儿，我一直写，她却写得很慢，老要停下来思考，但问题是一半天她仍没想出来。我试着给她讲解一些，她很茫然。

月华，书里的内容太难理解了，真不知道大人为什么要我们读书。我妈天天打牌，看电视，从来不读书呀。刘怡说出她内心的难处，动手抄起我的作业。好吧。我得在天黑前完成所有作业。我完成时，她也完成了，大功告成，她比我更开心。

是啊，至少今晚到明天，天气晴朗，她的爸爸妈妈不会催她写写写。

月华，我从来没有这么早写完过作业，都是等爸爸来教我，可他好容易坐下，电话来了，他又有事了。我妈除了看小卖店也上班，在酱菜厂，那个厂在街道上，一个月上不了几天班，但保留那个名额，到年龄我妈妈就可以退休拿钱。我外公外婆还天天在菜市场卖魔芋，他们都赚钱，就我一个人花，不管我要什么，他们都会给我买的。

刘怡这么说，我听出她原来是个很实诚的女孩。我俩从汽车站大厅出来，横穿马路，到新兴百货大楼。这时，街灯都亮了。往北拐过晏家祠堂、茶叶厂，再过了第三建筑公司，在第八中学马路口我们分手，各自回家。

记得明天早晨到这里来相会，我们去大码头玩。

刘怡谨慎地交代，我点头答应。

再往北上一长坡，就看到了三义阁的塔顶。

到家时，喜奶奶拄着拐站在屋脚，问我咋这么晚才回呀？

在教室写好作业了。我大声对她说。

六

初秋的内陆，天深蓝无极，空气中透着干爽。刘怡带我从她家屋后小径上到崖顶,再从崖上的曲径下到河岸边的台地,资水消瘦且幽暗,接近黛色,静静地流淌。河上偶尔有小驳船经过。回看我们刚走的那片赭红色峭壁,狭长险陡,从大码头沿西岸向上延伸极目远眺,千万年来由河水纵向切割成层叠参差的巨大断崖,崖上悬着离奇古木与飘忽的巨茅,苔衣斑驳。我这才看清原来第八中学在绝顶之上。这座县城东以断壁为屏,西以跑马岭当倚护。

解放那年,实际上是一九四八年深冬,解放军的部队从跑马岭进城,而国民党的兵仓皇从大码头过河逃向东岸,还向后开了几梭子机枪。战斗很快结束,全程不到两个时辰,喜奶奶还没吃中午的饭,全城已放了庆祝胜利的鞭炮,满城的人唱起了《东方红》。

喜奶奶完全是个百事通。

眼前,岸边高台上肥沃的土地里种着芥蓝、白菜苗、萝卜芽、香葱、青油菜,衰老的辣椒树,春天长到秋天的茄子,爽眼的绿。小虫在看不见的地儿,与风鸣和。横竖交叉的小路香芬四散,土堤旁簇生的龙舌兰盛开着成片的小顶伞般的花,金黄的花蕊亮眼地点缀其间。

下到河滩,近水的卵石间,细沙泥地中,香丝草柔弱且迷人地生长，穿心莲细密地爬生在沙里，开出小米那么大点的白花。还看得见小鱼儿在滩头浅水中游弋。

我又想起应公子吃鱼矢，他和衣浮躺在水中，张开嘴，等小鱼苗儿流到他嘴里。小鱼儿不傻啊，当然不会游进他的嘴里，千万数的鱼苗儿，与应公子擦肩而过，慢慢长大，相忘于江湖，它们从来不知道自己是因为应公子才从山溪被运往大江河的。

我与刘怡的友情就是这么开始的，江中两尾小鱼儿，相遇相游。之后很长一段时间，我们一起写作业，然后一起玩。这座偌大县城七弯八拐的老巷，青砖木雕旧楼，还有古灵精怪的小吃玩意儿，每次她都掏钱请我吃，而我的兜里从来没有一毛钱。但她和我，理所当然没有想过别的。

冬去春来，夏季又近，有一天，刘怡请我去她家背书，出来时，她从她家小店柜台里拿了棒棒糖和巧克力蛋筒，塞进我裤子的口袋，她外婆从菜市场回来正好碰见。

哇呀呀，我的牙。

她外婆扔了菜挑子，说，小怡你是败家的应公子吗？新化人都爱拿应公子开涮。

我把东西掏出来，红着脸跑了。

可是没完，第二天，刘怡的外婆堵在教室外，缠住我们班主任刘老师，质问她怎么教的学生。这个小骗子，小混混，没钱却去我家掏东西吃！

我和刘怡在教室后边玩挡八仙，左跳右跳的，压根不知道，好多同学早已在看热闹，忽然她外婆蹿进来，见我俩还在一块儿玩，没事儿似的，老太太气疯了，指着我大骂，瞧，小骗子在这里，脸皮真厚！

刘老师跑进来把我挡在身后，教导主任也来了，对她说，你还是别做得太过，凡事要有证据，对一个小孩子这么乱闹，人家也有后台，诬蔑人家可不怕你！

那刘怡的外婆一听这话里有话，嘴巴一瘪，嘟嘟囔囔地走了。

午休时，刘老师叫我去办公室，问我要过刘怡的钱没有，我又急又气，哭也哭不出声了，我把事情从头到尾告诉她。刘老师交代我回教室后，不论同学们说什么话只当没听见，先读好书才重要。我回去上课，老师又叫刘怡去谈话。

可是这事并没完，刘怡的外婆每天到大门外接她放学，老远见我就开骂，对我指点胡诌，后来还到马路口堵我家大四姨妈。大四姨妈很忙，没心思搭理她，叫她管教好自家外孙女。我们一路往前走到家，她却跟着骂到家门口来，骂得很难听。

大四姨妈气得一跺脚，指着她鼻子反骂道，你又是好东西吗？老姆嗐，卖个魔芋还掺假，你才是骗子！卖两块魔芋攒下多少钱让人骗？你这德行缠着我家一小孩欺侮，想来诈骗我嘛！你家外孙女不抄作业，找我家月华干吗来？

刘怡不爱读书是她家的头疼事，大家本是街坊，谁家的狗和猫长啥样都互相熟悉，这句话戳她心窝，扇她的脸，她仍不罢休。喜奶奶拄着拐凑前听了好一阵，有点明白了，对那老太太说，喂，魔芋麻子婆，别在这里现眼屎了，谁家有几个铜板钱，也就差个棺材盖子罢了，都知根知底的哈，骂人家就是骂自己。喜奶奶拿棍子敲地，她八十几岁谁也不怕了，她是不好惹的。那人这才叽叽歪歪地走了。

她一走，大四姨妈显然早已知道事情的来龙去脉，对我说，所以嘛，以后再交好的朋友，给你任何东西，也别收取。我们不缺啥，有吃有穿有书读。晓得啵！长记性。又对喜奶奶说，你看我天天忙得要死，哪知小孩子们又来惹火烧身。

喜奶奶附在大四姨妈耳朵边，小声说，下沿三猴子他儿子早说魔芋麻子婆的外孙女天天找你家陈月华抄作业，这倒看出来月儿将来会有出息的。又对我说，这世间多数人铜钱眼大过命，即使是当面好心好意送的东西，你也万万不敢乱收，晓得啵，什么时候反咬下你一块肉来，弄得你半死不活！

我连连点头。当然，这种教训够我记得一辈子的。

接下来在学校，在班里，好多同学对我目光异常，暗里窃窃私语，背后指着我叫我小骗子、油混子……这个班的班长还带头叫，自打我来插班，学校很多活动我都得了奖励，一次作文比赛我得到学校奖的一本《安徒生童话》故事书，两支笔，班长没有，她很长时间不搭理我。

此后很久，班里只要有我的事，不论好坏，便有人叫一声小骗子。之前同学老问我为什么不见爸爸来接送，我想除了妈妈交代的不说我们是外地人，那说他们离婚了总行吧，结果他们成天挂在嘴上说我，你妈是离婚的！这又怎么啦，难道他们的爸爸妈妈都不会离婚吗？

刘老师早就给刘怡调了座位，她长得快，去了后边。我和刘怡早就不说话了，如果她讲了真话，她家里人也绝不会这么骂我。如果她真的当我是朋友，肯定要站出来为我说出真相，而不是任由所有人骂我。

她外婆紧盯着她，天天吹嘘说怕刘怡给外人送财送物，还骂她是个女应公子，好像这样她自家就是邹大财主似的。

七

我的大四姨妈脸色蜡黄，皮包骨头。她上班外的时间就侍弄鸽子和鸡，还养了猪。鸽子的窝在猪栏门顶上的墙边，有一次生了两只蛋，但黑毛猪掀门逃出栏圈，拱门，把鸽子的蛋摇下来吃掉，鸽子就蹲在窝里看着，干着急也无可奈何。等大四姨妈回来便向她伤心哀鸣，咕咕叽，咕咕叽。大四姨妈每天二十四小时有二十三小时在忙碌，好容易要睡，听鸽子哭泣，她知道猪跑出来过，她把猪赶回去，也修了那被挤歪的门。一看鸽子生的蛋没了，肯定是被猪吃掉的，一来是狗比猪乖，不会去惹事，二来猪鼻子比狗的灵，它又是个贪吃货。她安慰鸽子说明天给它吃黄豆。

大四姨妈说鸽子一窝只下两只蛋就孵窝，它们是天生遵循计划生育的鸟。

那万一它生了三个蛋呢？我问。

那么，就会孵出一只斑鸠鸟来，长大就飞到野外去了。大四姨妈这么说，也不知是真是假。

好啦，你过一阵再生俩蛋，孵崽崽。大四姨妈再三安慰鸽子，喂了它好几回黄豆。鸡吃不上，它们只有糠皮和剩菜叶。

大四姨妈夜间固定在几个小饭店收集剩饭剩菜，挑回来放锅里，掺糠皮、野草、青菜叶一块儿煮，用来喂猪和鸡，还有一只瘦骨伶仃的黄狗。狗被绳子拴在后门，每天见我回来就摇尾欢叫。

你守家，看护鸡和猪。大四姨妈交代大黄狗，又告诉它不可以外出，外边坏人多，打狗吃肉的，拴根绳子保你的命。黄狗抬头望她，表示听明白了。好几次咬断了麻绳也没逃，怯怯地睡在猪栏边。它也活得狗命不如，只能吃点猪潲度日。

在这一片城中村私宅中，周围都是红砖楼，两层三层的，宽大而高，只有大四姨妈家的房子低矮窄旧。旁边的三义阁虽旧，但它有五层，青砖墙刚毅地支撑着它，令它挺拔耸立，从来没人敢进到阁里去。矮屋后有一小片地，大四姨妈种着菠菜、香葱、蒜苗、白菜、萝卜、苋菜、芹菜，一小畦连一小畦。还有几株草药。那些菜大四姨妈从来不舍得整株拔，而是剥几片嫩叶做汤吃。

天黑尽时，她挑两只小木桶，带着我，去街上那几家熟人的店收集剩汤剩菜，再用自来水把店家的桶洗干净放好。有一次她在菜叶里捞到巴掌大的一片牛肉，像得到元宝那么高兴，用小纸袋包好另放，回家的路上一再估摸说许是店主手快扔错了，这肉值十来块钱的。

到家已经很晚，大四姨妈将那块肉洗呀洗，第二天在小菜园里摘一大把辣椒来炒，便是一天的菜。大黄狗闻到肉味，在那儿一直摇尾巴，我偷偷夹了两小片送去，它囫囵咽下，也不嫌辣。

还有一回和大四姨妈走在街上，我在马路边捡到一点儿零钱，打开来，都是一角、两角、五角的，一共两块一，她笑说这就是三七二十一。回头在卖果的夜摊上花一块钱买下三只小苹果，果子是卖了几日剩下的，她把剩下的一块一数了一遍，卷好放口袋，仿佛那是一笔财产似的。第二天早上，大四姨妈洗净其中一只果，从正中切开，给我一半，另一半她咬一小口又放到一边，等待会儿再吃。过一会儿，她连果核都吃下了。

好久没去喜奶奶那儿了，有天下小雨，深秋有些冷。放了学，我钻进喜奶奶的屋子，她听见声音就叫我，月儿，月儿。小精儿，多久没来了，忘了喜奶奶了。我说没忘，这不来了吗？我走近她让她把我当作猫咪，在我身上抚摸，然后问我几岁了，这么不往高里长的。我说八岁了,她又问那么门牙掉了吗?我说还没呢,它们摇动了,痒痒的。

没掉的牙叫乳牙,吃你娘奶水长的。掉了再长出的叫恒牙。恒牙长出来你要保护好,脸相端正牙齿白密才好看,晓得啵。这么迟还没脱牙齿,你得过多久才走运啊。喜奶奶一说,我才知道牙齿也和人的运气挂靠。

到了十月,内蒙古的大土豆坐火车被拉到我们县城里卖了。有一次,大四姨妈说去菜市场买点盐卤豆腐来吃,恰逢星期天,她带着我去菜市场东转西看。买了点豆腐让我提着,走到白菜摊那儿,和卖菜的女人扯了些闲话,在人家卖完菜后,捡下她的一堆老菜叶子扎紧压在提篮里,又去土豆摊边买下几个打折的歪土豆。回家来,挑好的白菜叶焯水,土豆煮烂压成糊炖大猪肠,午饭吃这个。

大四姨妈爱吃山胡椒,那是本地山上产的木姜子,她往猪肠土豆糊里加了山胡椒油,我最怕吃这个味,提出吃米饭,可她认为我不听话,说山胡椒油防肚子疼。我不吃,一再提出吃米饭。那天她不知怎的,为这点事勃然大怒,朝我一巴掌狠狠地扇过来,顿时我倒在地上,觉得嘴里一阵咸热,过了好久才缓过气,哭出声来。

我撕心裂肺地喊着妈妈、妈妈，为什么要读书，我不读书跟在你身边行吧？为什么把我扔下？可是大四姨妈听到我叫妈，又暴雷霆之怒，追出来，把我从地上拎起，恶狠狠地一巴掌扇下来，把我打得滚到台阶下。她还骂我，你心高，看你心高，你妈不是也心高，落得什么下场！

她终于骂出来了。

这下四邻闻声都出动了，前坡下那位护士阿姨人没到就大喊，你这么打小孩对吗，亲戚的孩子也不能打！

三奶奶跑得快，一把抱起我，大声说，天啊，血糊糊的，好几个牙齿打掉了，我的牙，这不破她一世的相貌吗？后来洗完脸才看清是上边两颗门牙磕掉了。

喜奶奶走得慢，来了就用她的拐杖敲地面，大声说，她四大娘，平日里我们不说你，你夫妻常年争吵不停，你自己就没责任没原因吗？嗯，我们懒得说，你也固执到油盐不进。

大四姨妈恼恨这些人都不向着她说话。

三奶奶又说，这是你家亲妹妹的独女，人家万般无奈才托的你，她每个月都寄钱来给你养的，又不是白吃你。再这么几下就给打死了，有多大的冤仇啊你。

大四姨妈这才不吱声。三奶奶扶我进去，洗了脸，换上衣服，叹一声气，放下我走了。

等人走后，大四姨妈又去忙着侍弄猪和鸡。

妈妈，妈妈。

不知我的妈妈有多么无奈，她深知大四姨妈的脾性，自己小时候也经常挨她打，可是再苦再难她还是亲戚，只有她愿意暂时接纳我。就算跟妈妈在一起又怎样，更惨，就目前情况来讲，连个落脚的地方都没有，讨饭还要有力打几条狗啊。

这是喜奶奶给我分析的。临了临了，她叹几口气，总结一句话，月华你还是得提前懂事，好好读书，快点长大，能养活自己时就好了。你听进去了吗？

我的两颗门牙被打掉，头上被摔得肿几个大包，脸肿得老高，嘴巴也肿得几天吃不下饭，还天天坚持去学校。刘老师带我去校医务室要了些药，还不放心，又带我去医院看了医生，她自己私下掏的钱。医生听说了情况也很同情，开了些低价管用的药，他说没大碍，小孩儿恢复得快，新牙不久后会长出来，刘老师这才放了心。

放学回来我还是躲到喜奶奶的屋子里去。嘴疼脸疼就不说话，喜奶奶仍然不开灯，我沉沉坐着。她又开始讲故事。

打落牙齿往肚子里吞，要忍，再忍，忍到有本事再回头。她教了我几句,我的眼泪在暗夜中唰唰地流。

去第三小学那条巷子反向北走,井台街阶梯顶的那座青砖老宅子你打旁边见了吗?那本来是晏财主家,毛小姐是晏财主买来的丫鬟,他本来是买妾,但说买丫鬟可以出更便宜的价钱,而且大老婆也抓不住生气的把柄。你说那时的女子命有多苦,但那毛小姐却有大志气。

毛小姐是县城资江东岸再进去几十里,毛坪凹山里的人,她爹是识字的人,会帮人看风水。那时皇帝已经倒了,天下乱,地上旱灾连水灾不断,她家兄弟姐妹快饿死了,她爹看这闺女生得周正,算一算是个吉命,不舍得让她饿死,托人往城里找个好人家卖了活命。临了买家来领她走,她爹把她拉到一边,问她,爹讲的话囡囡记得吗?

记得,爹娘只想让我活长久,好死不如赖活,没人对你好你就忍着,有招学招,有样学样,跟风转,观世相。父女哭了一场,毛小姐被人背走了,进到晏财主家当丫鬟。

她过了十四岁,被晏财主收房当妾,妾就是小老婆,知道吗?当了妾可干的仍是丫鬟的活儿,她生了个儿子,却拿去让大老婆养着,家里有长工,却逼毛小姐天天从长坡下的井里挑水,把家里大水缸、小水缸都挑满。晚上还要烧水煮饭，豆灯下纺纱，财主的大老婆想折磨死她。

毛小姐脑壳子一转弯，明白了，她天不亮去挑水，用两手各提一桶爬台阶，一步踏两阶，还不让人看见。有本事绝不可外露，晓得啵，怕遭人妒忌来害人！

财主的大老婆生了儿子，家里请先生教书，请武师教功夫，让毛小姐跟着伺候。大老婆还常找借口打她，把她又打明白了，想起她爹爹的话，跟风转，观世相。先生教的书她学着，武师教的功夫她记着，暗里比画，天天挑水爬台阶当练功夫。财主家大老婆的儿子十几岁得痨病死了，大老婆养着毛小姐的儿子不让她见，又借机把毛小姐卖到汉口去。毛小姐在布袜中藏下点私钱，乘船走到半路瞅准机会跳水逃脱，江面月黑风高，众人以为她必死无疑，也没敢下水去找。

过了十几年，早已是民国时期，县城里旧衙知县换成了没辫子的新官，城里建了新学，有钱人家的女娃子也有上了学的，天道变了。有一天县城里打南边来了一队兵马，那时乱世，北兵打南兵，南兵又去打北兵，没人知道这队兵来干吗了。他们包围了晏宅，冲进去，把晏财主给拖了出来，他吓得如丧家之犬，颤抖不止，有人踩住他的手，叫他抬头看。毛小姐脱下帽子，用枪抵住他脑门，问他看清楚没有！

是，是，是你吗，长官。晏财主已经老了，万万不敢相信，这眼前的人是他二十几年前买来的丫鬟，后来的小老婆。再后来又卖了她，她不是半路死了吗？

砰！砰！砰！毛小姐连开三枪，每一颗子弹都打在地砖上，深深炸入地缝，溅射起火花和硝烟，晏财主活活吓死过去，又被她用冷水泼得醒过来。

没那么容易让你死，交出地契和我儿子来！

儿子被带过来，十几岁了，母子相见，可他压根不知道这是亲妈，不相信，也不知所措。晏财主宁死也不愿交出地契，毛小姐当场将儿子改姓毛，着人带走，告诉晏财主她会将他送到国外去，今生再也不会让他们父子相见，当年他们就是如此对她的。

一行人抄走了家里所有值钱的财物，拿不走的给别人分了，然后打马离去。留下晏财主没几日一命呜呼，他被活活羞辱而死，从前他就是这么对待别人的。

毛小姐后来还回来过吗？我不顾牙疼，问她。

不回来了，当然不回来了，那些人一再要害死她，她决不会再见的。她送儿子去外国，自己也陪着去了，这是听人家说的。因为她把儿子改跟自己姓，所以别人也叫晏宅毛家院子，现在那里早已被分给了好多户人家。他们再没回来过了。

自打皇帝下台，女子不裹小脚了，不准买卖了，能读书还能考举人当官了。毛小姐被迫当丫鬟出身，还逃出去当了军官，实在了不得呢！喜奶奶这样评价她出生的那个年代。

那你干吗不留在喜四爷的地方工作呢？

我问她。

嗐，小鬼精你不知道啦，那地方太远太荒芜，哪儿哪儿都比不上新化这座城。我娘家的爹娘、哥哥都舍不得，劝我回来，说再怎么也就近，可以互相照应。我也不要改嫁，我生不出孩子，要被嫌弃的。

喜奶奶老了，这种压箱底的旧事可以坦然说出来给我听。

这都是命，人拗不过自己的命。她有些伤感。

女人爱自己的儿女胜过性命，那晏财主的大老婆抢了毛小姐的儿子，还嫌她碍事卖了她，毛小姐自己练得一身功夫，能不报仇吗？只可惜她回来时那大老婆早已病死，要不，毛小姐肯定不留她活！嗐，你喜四爷和别人生的女儿我还那么喜欢，她带走了但我一辈子记挂着。后来呢，别人叫我抱养孩子，我没听，别人的孩子想他自己的娘，我不养。

喜奶奶，我妈妈好久都没回来看我，她还喜欢我吗？

肯定是喜欢你的，傻娃。喜奶奶说。

我也知道妈妈喜欢我，但一回又一回重复问她，这样子我才能得到宽慰。

过两天，收到妈妈的信。她每次寄的信都由刘老师转交给我，十几天就给我写一封。我很早就熟识了妈妈的字，潦草飞鸦，有时隔久了她自己也认不出来，问我，我连蒙带猜读出，她开心到仰天大笑，说要不咋说我是她心肝呢，就是心通，灵魂重叠。

这时，妈妈由她拜的老师介绍，在广州市郊外一处优良种苗试验基地打工，做农场技术员，每月六百五十块工资。她在信里告诉我自己在那里见到的事：

> 在离市区很远的农村山区，一个做新兴农业技术的农场，旁边有一条繁华的大马路，从广州通来，又穿街过镇，通向更远的未知地。向北，马路左侧被茂密的高山阻隔，右侧是倾斜的错落的田地，起伏跌宕向低处伸展，尽处又被丘陵阻隔。清晨，路边的歪树上爬着翠绿色的小变色龙，它蒙眬的小眼睛盯着人，一动不动，傻兮兮地睁眼睡着了，却在半梦半醒中伸出左爪儿晒太阳。过一个小时去看，

它仍保持不动，只是这回左脚爪收回，伸出右脚爪在太阳下晒。变色龙向来相信别人，它们的生命里只有相信一词，那些本地乡民就抓走它们，放入玻璃罐拿到街上去卖，这里的变色龙都快灭绝啦。

人从小要学会保护自己，要机敏有眼力见儿，再好的同学和朋友面前说话做事也要留余地。看见坏人坏事多留心，斗不过赶紧跑。

镇上的村民拿杨梅来卖。离端午还很早，那些果子已鲜红得亮眼，才五毛钱一斤，买来一吃，却酸得牙软。而我们内陆的杨梅端午才熟，即使不大红也圆润而甜蜜，这叫一方水土养一方人。

这是妈妈没有办法的办法，她写这些见闻无非让我长见识。

广州的夏季来得早，下更多的雨，尤其在山区，顷刻之间乌云碾轧山峦，雷声暴戾。闪电如火鞭激越，鞭鞭弯曲抽打至地，在路上炸起硝烟火石，甚至掀翻车辆。瞬间急雨倾盆，空间昏暗，湮灭一切光明！一场夏雨都这么危险，所以因因到了新地方，要快速了解当地人文自然，早早防备，远离灾难。

哎呀，妈妈，你多虑了，现在对于新化的事情，我比你了解多了。我真想这么说。但我写的信放在心里，从来没寄出过，因为我连一毛钱也没有。

下一封信，她接着写，仿佛她就从刚才的雨中走向地里：

这地方田间，螃蟹多如牛毛，在农场工地的棚屋下避雨时，在浅洼处觅食的螃蟹因在外，被雨柱打得无力招架，急切地本能地往高些的平地爬。屋子里，桌子下都有螃蟹，可是它们瘦小无肉，没有吃的价值。当骤雨暂停，泥汤似的浑水在沟间流，螃蟹好容易爬上的平地顷刻间又化为汤水，它们各自奋力扒住泥壁，被折腾得面目全非。

但蟹都有两只长椭圆如灯泡般的大眼，眼睛可以三百六十度旋转无障碍，风雨中，一只小螃蟹找到一处石子缝，钻了进去。但猛地，里边伸出一只老蟹钳子将它往外一推，原来，早有老谋深算的成年蟹躲在其中。小螃蟹又掉入泥汤与流水中，仍拼命寻找安全处，可是污泥糊住了它的一双眼。它迅速地缩回左眼，右眼入壳，在壳与体内相交处，有一圈软囊连接，可以擦净它的眼。它巨大的眼睛可以随意伸向天空,又缩回体内,以保持明亮。最终,它在田边的枯枝与腐叶下躲避入泥。

风雨后,太阳出来,光芒又洒满大地,小螃蟹拱开穴门,它熬过劫难,活过来了。

但很多小蟹仔都没有如此幸运,在风雨中被打碎,它们短暂的生命不久后便干涸腐败,又转为尘泥。

人打小要依靠自己,坚强努力,不怕困难,一边长大一边变强大,一年一年地积累能力。

就在农场旁边的这条马路边,常有蓬头垢面的年轻人背着行李,找不到工作,农场也收不了那么多人,这些人问过了又伤心离开,实在不知出路在哪里。傍晚,流浪的年轻人饿急了,无奈去垃圾桶找吃的,而打工的人们无情地看着,讪笑着,还叫更多人去看,没有任何人施出援手。妈妈也委实有心无力。

读她的来信,我才知道妈妈在外边有多么不容易,还有那些更艰难的人。所以喜奶奶说得对,如果妈妈带上我的话,讨饭都不方便啊。回想大四姨妈,她对我好的时候多,坏的时候也只有几回,慢慢地,日子又过回原来去啦。

妈妈的信我看了好多遍后又夹进书页里。

在农场对面的山边，有一处农民盖的孵化场，山上种满荔枝、龙眼、黄皮果及其他杂木。孵化场那些没能生出小鸡的蛋，叫臭蛋，都倒在农场的坡沟下，啊哈，黄鼠狼就闻风而来，来了好几家，在这附近的坎上造穴而居，娶了老婆，生下好多毛蓬蓬的小黄鼠狼。它们挖洞和陕北人挖窑洞住那是一样一样的，晓得啵？黄鼠狼成了这山地主人似的，白天也到臭蛋壳堆里来找吃的，它们毛色金黄，眼睛明亮，拖着旗帜鲜明的长尾巴，四肢柔软而敏捷，如果找到整只蛋，就用前爪捧着，后肢跳动，看它们神采飞扬的皮毛身子，便知一个个小日子富足绵绵。但一见到人影，它们老远就快速闪避，瞬间杳无踪迹。

妈妈给你写信，就是在陪伴你一起成长。

妈妈在信里说。她给我寄来了新衣服，有一条粉红色的小公主裙我最喜欢了，脏了自己洗，干了又换上。秋天天气凉了，还不舍得收起来。

元旦节前开班会，老师叫我们每个同学都要发言，主题是长大了想做什么。同学们有的说做科学家，有的说做官，有的说做老板，有的说做老师，有的说不知道，还有的说要做好多。轮到我，想了想，我说，我想做一只黄鼠狼，天天吃鸡蛋。

全班哄堂大笑，刘老师也觉得好笑。笑完，她纠正我，我们是人的孩子，做不了黄鼠狼。

我当然知道，但我才不敢确定将来能做什么呢。

八

快腊月时，家里来了个男孩，十六七岁，又瘦又黑，个子不高，但眼睛里有神采。他一来便自己动手炒菜吃饭，对我说，我是你的三毛表哥。

大四姨妈傍晚回到家来，他便叫了声"妈"。母子俩笑容满面，大四姨妈拉着儿子的手又看又抚摸，流下眼泪，说，三毛回来了。

他是我的三毛表哥，自然排行第三，他头上原来有个二毛表哥，几年前和几个同学去爬跑马岭的直崖，摔下来殁了，只有十五岁不到，全家人都很伤心，没人敢提。但大四姨妈的那个男人，星期天回来坐着喝酒吃菜时，偶尔会面无表情地提到二毛表哥，说自己早料到他会死，仿佛在看别人家的笑话那样。那时，我的大四姨妈每月工资不到三百块，要养三个孩子穿衣、吃饭、读书，还有家庭的各项开支。她那个男人在六十里外的县水泥厂上班，工资是老婆近两倍，但他吃香喝辣玩牌，还找女人。每次回到家分文不掏，吃大四姨妈的伙食，临走还杀鸡带肉出门。这全是喜奶奶每次边用拐杖敲地板边说给我听的，她说我大四姨妈以后死了一定是傻死的，自己当牛做马吃菜皮，却省钱买点好鱼好肉留给那死鬼享福，那死鬼还不知好，打她骂她。她还不如出家做尼姑去，那至少还清闲自在，可她傻得没醒呢！

喜奶奶，那叫她去哪里当尼姑呢？那个仙姑寨吗？我问。仙姑寨就是应公子闻着杨梅花香去的地方。我想万一她将来去了那里也好找得着。

管他哪里！奶奶我这是打个比方。她回我。但我心想，喜奶奶一个人过着，也从来没见她吃到过什么菜呢。

三毛表哥上学时家里没什么好点的饭菜吃，就连米，也买的是便宜的糙米。一家五口的生活负担全压在大四姨妈头上，仅买米一项，每月也开支不小。听说三毛表哥在娘肚子里便挨饿，大四姨妈说想吃包子，好容易攒一块钱买两只肉包藏在柜子里，却被那个男人翻出来吃掉了，还责怪这包子放背角地干吗，都捂得没味道了。三毛表哥生来体弱，又不长高，记忆力差，也学不好那些功课，特别是二毛表哥死后，作为亲兄弟的三毛表哥受打击至深，他见家境如此凄凉，决计不再读高中。在我没来以前的那几年，大四姨妈甚至变得疯疯癫癫，颠三倒四，去上班到半路又回来，回来又不知着落。她厂里一位快退休的老同事看她魂不守舍，带她去农村的寺庙拜佛，说只怕是气走了魂魄，这如何了得，脚边还有个小儿子没长成啊。喜奶奶看了也干着急，说如果大四姨妈活不下去，这家散了，一儿一女也没个主，更可怜。俗语说，宁跟讨饭的妈，不跟当官的爹。世上总是好心人多，那位同事一有空便来拉带她去周边乡村山野的寺庙吃顿斋饭，烧炷香，求佛保佑她儿女平安，身体无恙。在别人的关心下，她僵死的心渐渐恢复，回来对喜奶奶和同事说，出家人多好，来去自在，饿了吃，天亮了干活，天黑了睡觉。我要是去了，下半辈子再不用见到这个吃我血汗的死鬼男人。同事们说，你女儿没成家，小儿子没长大，再如何也要挨到退休才好，要不几十年班又白上了。

对啊对啊。大四姨妈被拉回现实，于是又有了心劲儿，培养三毛表哥读书。

但三毛表哥决心已定，在秋季，街上的橘子一块两斤，家里拿不出钱买，二毛表哥就是想爬山崖去摘橘子摔死的。三毛表哥想要承担起家庭责任，母子俩便为读书与不读书争吵不止。大四姨妈认为自己忍辱受屈无非是为了培养儿女出人头地。

三百六十行，行行是脸面！读死书有什么脸面！三毛表哥有自己的道理。他再也不争，干脆不辞而别，跑了。

这下家里又塌了天，那个男人责怪她没用，大四姨妈四处寻找儿子。我三毛呢？我的三毛！三毛表哥身无分文，也没跑远，他去跟同学家的叔叔学修理汽车，就在资江东岸一个较偏的街角。但在这座拥挤的县城里，要凭空找个人还确实不易，他知道他妈妈担心，便让同学去厂里悄悄告知，大四姨妈跑去和他见了面，得知他确实不愿上学，也不再违拗。不久，三毛表哥又跟师父去了娄底的修车店，学徒期间包吃住，每月给三百块钱。

这会儿快过年，我的三毛表哥就从娄底回来了。转天，表哥用自己攒的一点钱给家里买了个黑白电视机。这么多年来一家人终于可以在过年时看上春晚的节目。大四姨妈也开心，用年尾的工资买了个双桶洗衣机，多年劳累，她患了严重的风湿病，有了洗衣机，冬天洗被面、毛衣可以脱水，干得快。看到洗衣机里的衣服翻转时，大四姨妈的脸破天荒地笑得停不下来。

大黄狗对这个响动的陌生机器惧怕和担忧，而黑猪闻声却饶有兴趣地跳起来，两只前蹄搭在栏圈上观望，还嗯嗯呵呵地讨声问询，仿佛在说，怎么回事啊？

大四姨妈对大黄狗的态度也格外地好起来，说大黄，你三毛主人回来啰。这狗养了很多年，三毛表哥说自己从小将它抱到大，现在它成天感情浓烈地唤着，想要拥抱他。可三毛表哥压根没空，只偶尔去摸它一回，过年还有二十多天，他马不停蹄地去街上找了家饭店帮忙炒菜。修理汽车太辛苦了，表哥告诉我。也是啊，他这么瘦弱，说来还没成年啊！但到外面他都说自己十八岁了。他说，他决定改学厨师，这个干净又轻松一点，至少总能吃上好菜和肉。到时就开一家饭店。

对啊，哥哥，你要做就做老板。我赞成和支持他。大四姨妈听着我们的对话，咯咯笑得十分舒心，仿佛冬天的太阳照着山坡那么暖和。

又到星期天，他们家那个男人又回来了。照例空着双手，年关与他无关，照例睡到午后起床，坐在桌边端起酒杯，夹起肉菜填入口中，细嚼慢咽，有一口没一口地吃，不时点燃一根烟。我匆匆写完剩下的作业，从屋外绕到后门的矮棚内抚抱一阵大黄狗，便从三义阁青砖台门旁穿过长巷的土路，北向过毛宅，沿井台上的石台阶下几十道梯级，拐往南门湾大街，一路玩过去。

南门湾正中心坐落着厚朴宽敞的老式邮政大楼，喜奶奶无数遍地说它就是旧衙门的地址，也就是历代县太爷办公的地方。我极力想象，但想不出从前的景象，只看见它在黑暗中四处游离，很是神秘。邮电局后院东墙尽头有一扇可以自由出入的大门，那里有个公共陈列馆，留着许许多多挂在墙上的新旧照片。有一些照片拍的是三十年代红军长征的部队，当时他们途经新化，在县城驻扎，从这里再去的贵州。我一算，才过去六十几年，又一算，那时喜奶奶二十来岁，早已嫁给喜四爷了。多么奇妙，红军走过的地方我也走过，而且我是在这个县城的一所医院出生的。那没错，我是正宗本地人嘛。

红军就是翻过跑马岭，往西沿当今的铁路线走去贵州的，那时只有一条比小路宽一些的杂路，自古湖南人去四川都走的它。喜奶奶说给我听过。反正这座县城都在喜奶奶的故事里堆砌。可怜我的二表哥，却在跑马岭不回来了。向邮政大楼斜对面走去，可以看到保留了古老的青石板的街巷和漆红绿土漆的雕花旧楼。那里面是一片繁华的闹市，以一片长条窄小的老菜市为中心，卖猪牛羊肉，活鸡鸭鱼，怀化的莲藕，宁乡的土鸡蛋，贵州的辣椒，新化奉嘎山的大米。小吃有青叶卷、糯米粉团包、红豆沙、绿豆加麦豆炸糕、河南饼、驴打滚……应有尽有。这里一直叫南门湾大街，当然现在只能叫小街了。它是正宗的县府衙官道，宽三丈二尺，纯黑的大理石条石，无缝衔接铺排。新化人豪迈气派，做事向来不小气，条石厚近一尺二寸，经三四百年风雨硝烟，一城的人仍在享用它的福祉。这座城池，在古时上等风水师选就的中心点建造，古人讲究千年繁华，不论钢筋水泥如何堆砌，南门湾的繁华顾自走向千年。

街两边青砖墙架木板墙，两层的旧楼朱漆褪尽，仍掩不住前世芳华。我从来没有零钱，便和所有好吃的扯不上关系，但见过好像即为我所有。我遇到更小的胡同巷口便会穿行进去，我似乎天生喜爱它们。生满苔衣、石灰剥落的青砖墙缝里，夏日里四脚蛇和蟾蜍爬进爬出，它们是不迁移的本地户口，这会儿，它们肯定都躲里边冬眠了。在背风的拐角，小草躲过寒霜的浸淫，细软绵柔地生发在那儿。苔衣将黑油般的土浸染成墨绿，并长出毛发细致的茎苞。偶尔有衰草垂于老墙，在风中左右摇摆。从缺砖孔的墙洞，看蜗居在里边的几户温暖人家。我经常这么晃悠，回家已是傍晚，大四姨妈在门口择菜，问我去哪里了。快期末考试，谁让你去玩了？

我自己让我自己去玩了。我如实回答。

但看她没打算放过我，我便站着不敢动。

一会儿，三毛表哥打饭店下班回来，大四姨妈脸上松动，换上笑容，我扑上去拉着三毛表哥，得救般地跟他进了屋。

那个男人仍坐在桌边，菜碗里早已吃空，三毛表哥并没和他说话，乜斜一眼抽身去大黄狗那里。那男人就叫了一声三毛，说你过来，你回来了让我看看，你这是不认识我这爹了吗？

小表哥听了，心中一软，这毕竟是亲爹，便缓缓放开大黄狗，慢慢走近那人。男人抱住儿子的头，叫了句"我的崽崽"，就开始失声痛哭，一边还诉苦说，三毛呀，爸那时家里穷才处的个你娘这种丑又没脑子的女人。她只会下苦力，轻松的钱赚不来，害得我们一家有受不尽的苦。

我的天！我在旁边听着，为大四姨妈不值！她一切的一切以他优先，一切的一切都给了这个家，而这个男人从没动过一根手指干活，却眼里处处挑他老婆的缺点，嫌她不能给他享更大的福！那个男人此时抱着亲儿子三毛表哥，干声干气地哭了几声，便将手伸得更长去摸他的裤子口袋，流着泪说，儿啊，你还有多少钱，掏出来给爹明天买条好烟。要过年了，我这差烟抽得在朋友面前端不起面子。

小表哥一激灵挣脱身子，一脸难受，表情复杂，回他说，哪里有钱！

别以为我不知道，你学的是技术活，吃住完每月还有三百，一年不剩三四千块吗？就买了个破电视机玩意儿？

男人凶相毕露。三毛表哥伤心地哭泣起来，说他从没得到过关心，他爹却这么快就想来吸他的血汗了！自己身无分文，在外不吃不花吗？

你真会算计别人，你自己不是一年赚七千多块钱吗？那不攒得更多？你在我这里常年包吃包住，如何从没见你拿出一毛钱来垫家，冷血无心肺的。

大四姨妈也停下择菜，气得向他数落，男人噌噌起身就想发作，三毛表哥抄起门槛边的一条木棍，大吼一声，你今天敢，妈妈，我们不给他惯着！

你打得过老子了！

那人横起来，毕竟他粗壮有力，三毛表哥还很弱小，只得拿着棍子逃出门去。大四姨妈也败下阵来，急忙挑了潲水桶喊上我,一路往街上的饭店去。

这一夜,我们都没吃上饭。回来时夜已深,我们仨一人囫囵吃了一碗米饭拌咸菜便睡下。

九

三毛表哥在饭店里工作到大年三十,大年三十上午还要上班,给订年夜饭的人家服务。打那夜起,他一直都在饭店吃饱才回,也尽量不和那个男人碰面。才这么短暂的时间,哥哥的脸色就开始变得红润,并且长高了一些。他悄悄告诉我又学会做什么菜了,我很替他高兴,开始想象哪天他开了饭店我带朋友去那里吃饭的场景。

有天,他买了新衣服,新皮鞋擦得锃亮,哼着流行歌曲。下班回来打扮一新,洗过头,打一好看的小瓶里挤出泡沫抹上,梳了个气派的分头,在窗台前的小镜子里左照右照,准备出门。我问他干吗去。他神秘地说,追好看的姑娘去。我说,你这么早谈恋爱,你妈会打你的!

他笑起来,一本正经地说,哥哥我必须早点恋爱结婚,建个大房子搬出去住,不想在这儿看见有些人了。我听着又乐了,心想这也好,等他这两年结婚搬了房子，我便住他家里，早出晚归读书才好。于是我催他快去。

期末考试结束，我们都要在寒假开始前去学校领取成绩单。刘老师早就告诉我我被评上了三好学生，本打算告诉大四姨妈，但又一想，等拿到奖状再说。我成绩好大四姨妈尤为高兴，说这同样长她的面子。

到学校的前一晚，我也想学三毛表哥的派头，弄个好发型，明天在集会上好看。明早其他人都在，肯定不方便，我只得趁着三毛表哥晚上出门后，确定他到了大码头坡顶的马路上，才慌里慌张地将他那小瓶子找出来，学着他的样子，往梳子上挤了一堆泡沫，对着小镜子把我的头发梳成三七分，泡沫溶解后，头发一时光亮整洁。把梳子和瓶子放归原处后，我端着后脑勺钻进被窝，还怕表哥回来看见，索性躲进被窝去，甜蜜地睡下。

次早，不急于起床，听着大四姨妈和三毛表哥去上班，临了，大四姨妈还在门口大声说，月儿，今天也不可以迟到，去晚了成绩单怕被别人领走。我嗯嗯答应，待他们走后，才激动地穿衣起床，去镜子里一照，妈妈呀！昨夜那么好看的头发，这时东一撮西一撮坚硬地竖着，用梳子压根梳不动。这可把我吓坏了，原来哥哥他留了一手，这里边还有机密没学到！但时间来不及，真怕迟到了，只好将披在棉衣上的帽子戴上来捂着，等晚上见到三毛表哥再解决问题吧。

到学校时，全体同学已走到操场上在集合了。我走到自己的班列排上队。那是个温暖的冬日，灰蓝色的天空笼罩着县城，太阳迷蒙蒙地照耀着，仿佛它有些没睡醒。校长在台上讲完话，教导主任给优秀学生发奖状奖品，点到我的名字时，我拉低帽檐低头走上去，刘老师拉住我让我站直身子，抬起头，她说今天不冷，掀开帽子在台上更庄重。我不干，刘老师叫我听话，偏要让我放下帽子。

好了，露丑了。大家一看我顶着东倒西歪的怪发型，哄堂大笑。

啊哈，像只刺猬！

有人起哄。

她喷了发胶膜，弄得像个小精怪。

有的女同学看出来。

我又羞又气，恨没地缝钻进去，便放声大哭。刘老师忙说不哭不哭，帮我拿着奖状和书本，牵我去热水间兑了温水，帮我把头一洗一抹，擦干，梳个漂亮的小分头，好了！

原来这么简单呀。我又破涕为笑。这是我三毛表哥的，他把头弄得很好看。我对老师说。

不错呀，你的头发刚才竖着的时候，真的也又神气又好看的，他们不会欣赏你。

刘老师安慰道，这下我彻底不去恼火它了。

集会解散，同学们回到教室，刘老师又交代了要完成的作业和具体的开学时间，便宣布放假。我背好书包，低头慢慢往回走，太阳像妈妈的胸怀一般暖洋洋，头发晒干了，刘海在额前呼扇。到了家，大四姨妈在家忙碌，我把奖状、书、笔记本、笔都拿出来给她看，全是学校奖励的。她十分高兴，说话也高出八度，说我们家这么勤俭努力，迟早要出个人才来的，又说以后我妈也值得了。

大四姨妈请人来杀一只大白猪过年，三毛表哥在靠墙边用土砖搭了间用于熏腊肉的小灶屋。腊肉白天熏，晚上收回里屋，以防被偷。熏了几天后，猪肉变得乌油发亮，香气弥散满屋。

那只黑猪还养着，它会生小猪崽，已经养五六年了。大四姨妈说猪活一岁顶八岁，狗活一岁顶六岁，这是按照什么奇怪的公式换算的？反正算来六八四十八，它快五十岁了，和他们家那个男人的年龄相差无几。大黄狗养七年多了，也相当于四十几岁，不过对于它来说，一直处于退休状态。它被关在后门边，除了自己家人，连一只同伴都没见过，更是一生没有过交友恋爱，却已显出老态。不过好在它们都不要读书。总之，马上要过年了。乌沉沉的云霭低笼天空，缓慢地飘游或停顿，风总从摸不着的旮旯吹来，冷得人脖子一缩一缩的。大黄狗也在门后的破垫上紧紧蜷成一团，眯眼睡觉，它也冷得有些皮毛颤抖。细雨总悠悠从寒风中飘落，转而冻成冰雾，给树顶和屋瓦铺上薄透的冰层。马路对面，悬崖上的那片居民区，有如铺在错杂的毛玻璃上。只有马路上冻不住，冰被人踩化了，露出一条深褐色的宽带。

还有几天过年，表姐提着一包衣服回来了。

我早就知道大四姨妈家有个表姐，只是我来时她已出了远门。她个子不高，都是在这个家里受折磨造成的。表姐长得很漂亮，一进门就说我还在摇篮时她带过我，这我实在不记得。她在冷水江读完职业学校，去一家工厂实习了三四个月，然后上了几个月班。总之，这个家能不回尽量不回，但现在要过年嘛。第二天中午，表姐将脸上描绘打扮一番准备上街，说带上我，我高兴得一蹦三跳。于是，我跟着她从三义阁旁插小巷，过第三小学门前，穿青石街。青石街是一条保留并兴盛了三四百年的商业街。表姐时走时停，东问西看，什么也不买，到新兴百货大楼前的十字路口，说要去见她朋友，让我自己回去。我指着旁边的小蛋糕店，请她买一只一块钱的面包给我吃。她打开包翻看，里边有一沓钱，五十块、一百块、十块、二十块、五块都有，我指着那张五块，想说可以去找散买一只。她忽然变了脸色，大声说，没零钱，我才不给你买！快回去吧。

她翻脸时的样子多么像她亲爹，仿佛压根不认识我，我只好悻悻地走回去，掉了一些眼泪，泪又与飘来的冰花"相濡以沫"，散了。

寒冷而孤单的冬日，我很难受，好久没去喜奶奶那儿了，我一头钻进她的屋子里，前半间屋子的煤火炉封着，冷冷清清的。叫了两声，她在睡屋答应我，我走进去，见她躺在被窝里，天可冷了，这样子她暖和些。一摸那些棉絮，怎么硬得像木板？肯定是多少年没置换过新棉了。

你是病了吗，奶奶？我问她，摸她的手，很凉。

没病。她说，七老八十，早该到阎王爷那里去，迟早的事。我这是捂着暖和些，坐火膛边背冷。她的屋子大白天也很黑，不过这时外边的天本来就昏暗不已，屋里靠顶上三片玻璃瓦透点弱光下来，我睡的那间小屋子顶上也有两片这种亮瓦。她盖了几十年的被子早已辨不清颜色，蚊帐也用好几片从工厂捡来的大包装布缝补过。

你几岁了？她问。

过完年就九岁啦。我回答道，又问她，喜奶奶，你有亲戚吗？

有啊，哥哥嫂嫂都死了，还有侄子侄女，也不远，近城边，过年时会来看我。现在他们都忙。她告诉我，随即问我是不是想妈妈了。

是！我点头，眼泪一闪便落下来。

嗐，不要哭。从前我们那时代的女孩儿才苦，没书读，饿死，被卖掉打死。现在是幸福的社会，只要不懒便有出路。反过来，如果你不读书没才干，即使妈妈天天带你也没出息，晓得啵？

然后，她又说起街上的一些年轻女人。夫妻吵架过不下去，离了婚，女的又没地方去，娘家也不是说回就回得去的，晓得啵？那里有兄弟嫂子阻挡不让住。亲生的孩子男的不养，女的又养不起，月儿，比起来你还是比别人过得好的。

嗯呢，我懂了，喜奶奶。

所以，你大四姨妈不是不想离婚，一来是还要抚养这么几个孩子，二来离婚了没屋子住，又不能住树杈上。女子离婚了,男人还跑去打骂的都有。女人再狠斗不过恶男人,所以你喜奶奶我宁愿几十年孤独也再不改嫁,无非是日子苦,但自由还是多一些。

一听到这个话题,我的心情又复杂而沉重起来,便离开她回去写作业。

晚上吃饭,只有大四姨妈、表姐和我,三毛表哥在饭店,这几天忙,他便不回来吃饭。大四姨妈拿出一沓钱,全是十块、五块的,数了两遍,共一百块,这是她今年的年终奖。放在桌子上,大四姨妈的眼睛如看到金子一样闪着光,她问表姐能否凑点钱,家里还要买点糖果糕点,添两条新被,这个冬天太冷了,最好是买张小床先挤到小屋子里,几个人睡得宽舒一些。大四姨妈热切地望向表姐。

前几天回家时,我不是给你一百块钱来着!这么快花哪里去了?

表姐一听,恼火起来,很不耐烦地说。

啊,大四姨妈对女儿说,你读职校的钱是我找人借的还没还完。你现在能赚钱了不说感恩我,还对我说这么个凶狠话!一百块能用多宽,你这不又吃着又花着吗?嗯?

你生的我,给我花钱天经地义,谁让你没本事只会借钱，只会下死力干苦活。不是你无能，这家能这么穷吗？

表姐更凶狠地回应大四姨妈。她的话和她生父的如出一辙，完全是为他背书。我为大四姨妈深感不值！

果然，她一下子气得发抖，把饭碗砸碎在地，伤心欲绝地恸哭。

表姐仍不放过她的生母，说，你哭什么哭，那个男人打你骂你，你吓得不敢吱声，我说你一回就又哭又砸了？

这时三毛表哥打外回家来了，一见这情形便对表姐怒吼一声"滚蛋吧"，不出钱别回家过年，以后这里由我当家。

好，既然你们都骂过我了，更加别想打我这得到一毛钱。

她摔门而去，说去朋友家睡。

我和三毛表哥赶紧把桌子擦干净，地上扫了，大四姨妈也被我们搀扶着坐到一旁。她又把那一百块钱掏出来交给儿子，叫他明天去买点糖果瓜子的，买床新棉被，再买张小床放小屋子里，搭宽一点。三毛表哥叫她把钱自己留着守岁。次日，他骑着个小三轮车带我满县城转，买了他妈妈交代买的东西，在青石街老巷口，还给我买了一个糖人糖马，又给我买了一只驴打滚。我把糖马拿回家让大四姨妈吃。

她轻轻咬一口，糖马嘎嘣一声，碎落一地，天气太冷，它一路冻成冰碴啦！我俩都心疼地弯腰去捡，三毛表哥牵过大黄狗来让它舔着吃。

啊，好啊，大四姨妈开心地说，让大黄狗也尝点甜头。

这些都是三毛表哥用省下的钱买来的，大四姨妈露出了幸福的表情。

那天晚上，一家人围炉看电视，将新被子覆在烘搭架上，这样，炉膛里炭火的热便能铺开，温暖所有人的全身。炉上的火苗闪烁着蓝色的焰团，也温暖了这狭小的屋子。几个人谈笑着，很少这么融洽，夜深了还不舍地看着电视节目。

腊月二十八，在外打工的人大多赶了回来，读大学的人也放假到家。农村来城里租房做小生意的人把爹娘亲戚接来，帮忙看摊和带孩子。在农村的人不管多远，都要搭车进城来，买一家人的新衣服及吃用的年货。一时间人山人海，所有的街道尽是人头攒动。大四姨妈这时一再吩咐我不可独自出门溜达，叫我在家和大黄狗玩也可以，看电视也可以。她又见我鞋子破烂，说带我去买新鞋。我充满期待，可劲地跟她上街。吃了饭出门，早已挤得水泄不通，从青石街区，穿梭到棚户商业区，再往几里外的火车站街区走去，看中的鞋子一问价，要十几二十几块一双。大四姨妈头一低，拉我继续走。末了，在立新桥街上见到一双便宜的鞋子，仅需十块，我压根就不喜欢，但她给我买了。不买也没有地方了，再望过去便是城外农村。

我的手被她牵疼了，因为她生怕我走丢。我的双脚也起了好几个水泡，一进门我便疲惫不堪地倒下睡去。

除夕的前一天，大四姨妈的男人，三毛表哥的爸爸回来了，他仍是坐在桌子的主位吃菜喝酒。大四姨妈用土砂锅在灶火上炒蚕豆，炒葵花子，炒花生，炒南瓜子，每炒好一样，倒入竹筛里，滤掉杂物与瘪子，分别包入塑料袋，留到正月吃。那男人打了几个嗝，放下筷子，打夹衣口袋里拿出一沓钱来，放桌子上摊开，慢条斯理地数一遍，又数一遍。三毛表哥在门外亲密地抱着大黄狗的头，逗它：你讨过老婆没有？说来。你还想讨老婆吗？嗯。

它有些悲哀和无可奈何，好像确实思考过这个问题似的。三毛表哥教它吃花生，先示范剥壳，再吃花生仁给它看，它非常聪明，看一眼便学会，用爪子踩壳，牙齿尖咬破壳，舌头舔出花生仁，有滋有味地细细品嚼，吃完，又跳得高高的，向三毛表哥讨要。

哇哦，你这么聪明，却没讨过老婆，实在太可惜了。表哥仍逗它。

够了，给它少吃点，正月还待客用呢。大四姨妈叫住三毛表哥，拽着他的袖子对他眨眼挤眉又向屋里努嘴，示意他去问他爹讨点钱过年。三毛表哥伸头向桌子那边看了看，顿一顿，毫不在意，又继续撸狗，接下来让它吃炒黄豆。

大四姨妈却忍不住了，低眉顺眼去向男人说，家里这么吃紧，给点钱吧。她真的是穷傻了，我都看得出来他无非是在炫耀。守了一辈子，还在幻想狗屎变成豆腐干！

男人没搭理大四姨妈，自顾自地说着，呃嘿，九百多块钱！今年厂里效益好，再加几个班，正月又有几百块奖金发。

给点钱家里过年。她又求了一遍。那男人腾地起身，唾沫星子溅开，骂道，老子再有钱也不会给你！你懂花钱吗？你就卖死力。你个蠢货，穷命！

我一直想告诉他，你自己不也是在厂里装卸烧水泥的灰渣吗？我大四姨妈穷命，下苦力，那你一辈子吃喝她的血汗，算什么呢？

他边骂边抖搂那沓票子，我那位二十岁的表姐斜躺在旁屋床上看闲书，高跷二郎腿摆弄脚趾，脚趾上还有秋天涂下留存的指甲油，她对此视而不见。大概有些冷，她咳嗽了几声。那男人慢慢止了腔调，咕哝道，到处向别人说我不顾家！拖沓一阵，他将一毛的、两毛的、五毛的、一块两块的一些散碎零钱卷拢，大概二十来块钱，往桌中一推，给你！

不要！大四姨妈愤怒地大声说。

那个男人眼珠子瞪向屋四周，见没人看他，便胡乱抓回那把零钱，用手撕碎，呼地塞进火炉，青烟蹿了出来，然后冒起红色火苗，很快它们便化为灰烬，大四姨妈伤心至极地哭泣。

鬼哭作死，看我打死你！男人刚坐下又起身，将桌子上的残汤剩水哗啦扫翻在地。大四姨妈赶紧出门跑了，我吓坏了，哭着喊着追上了她。

在这个家里，吃着喝着大四姨妈血泪和汗水的人，习以为常地压榨她，又瞧不起她。她真的是万分不值！一路走，大四姨妈回头见我跟着，脸上聊露宽慰，又问我，在桌子上干吗不替她接下那点钱呢？

她受耻辱还没够，仍在可惜那点钱。我才不在乎它呢。

待会儿我捡到钱交给你哈,干净的新钱!我这么安慰她。大概是听了喜奶奶说的毛小姐的故事,做人要机敏,要学会跟风转,观世相,我竟然临时起意编排出这句话来哄她开心。既然说了,我慢下脚步低头看路,毫无目的地徜徉。你的三毛表哥过两年十八岁,快长成男子汉了。她想干吗,莫不成如喜奶奶劝的,三毛表哥大了她就去很远的地方出家当尼姑?我和她习惯性地走到了菜市场,虽是中午,但天上乌云压境,空中冰毛飞落,近菜市场外地面的黑泥已被踩到透油透亮。市场棚顶挂着昏黄幽暗的几盏大灯,里边是簇拥的人群。我脚下踩到东西,踢了一下,它仍在拱我,弯腰下去拎起来看,是一卷钱!我不敢相信自己的眼睛,怀疑自己和她久处也得了钱病,便攥紧在手中不动,站了好几分钟,看是否有人来找来问。大四姨妈顾自乱转了一大圈,才发现我没跟上,又忘记了我是在哪里走丢的,急得四处乱窜才摸回头找见,亏得这市场也就这点地方。

你干吗呢,月华,你定在那里生根长叶吗?吓坏我了!大四姨妈叫我。我不说话,冲出市场大门,横穿马路又跑过一段路才停下,她气喘吁吁地在后边说,你个小魔精。

我蹲下来，这才打开看手里的东西，真是钱！

五块的，十块的，一共四十几块，发财啰，大四姨妈，我捡到钱了！我叫她，不顾寒冷地去路边树干上擦沾在钱上和手上的污泥。她顾不上看钱，带我去新兴百货大楼后面找水龙头，帮我洗手，又把钱洗干净，在她自己衣襟上擦干，看着我。

都给你啦。我说，这不给你捡了更多的钱，四十多块，我出门说对了吧。她接过钱，笑容满面，夸我七岁看到老，崽崽将来必定财运亨通。她高兴了我也开心，但又想到那个掉钱的人是怎么掉的呢？问她，是不是人家有钱的两夫妻吵架，女的边跑，口袋里的钱边掉落下来？她嘿嘿嘿地笑起来。

我们又绕到南门湾菜市场，在那里捡到很大一捆还不太老的白菜叶子，她罕见大手笔地买下十块钱的盐卤豆腐干，又买了两斤辣椒粉，让我提着。她扛着那一大捆白菜叶，说要把它做成半缸子辣菜。

十

一觉醒来，到了大年三十的中午，大四姨妈全家到齐，吃中午饭，桌子上有腊鱼干炒魔芋。桌子太高，我只能站着夹菜。刚吃半碗饭，大四姨妈说，你妈回来了，在汽车站大门那儿等你。真的吗？我又惊又喜，碗一放，飞快地往门外跑。

走慢些，慢些。大四姨妈在后边交代，没人抢你妈，她会等你的。

可是我想立即见到我妈。脚下只顾着跑，那鞋子很不争气，带子松了，鞋舌往里塞，鞋跟趿拉着，我用力一扯，把它系紧，跑几步，鞋带断了！我真想脱了鞋赤脚跑过去，可是袜子也破了洞，伸脚一试，地面冷得要命。没办法，在路旁捡到一个塑料袋，套在鞋上将鞋子绑好，连拖带跑向前奔。我的妈妈从新兴百货大楼前的马路走向我，她早已看见，远远地叫着我名字，冲过来，一把抱住我！

妈妈！我放声大哭。紧紧抓住她。妈妈你怎么不去大四姨妈家找我？

妈妈身上冰冷，嘴唇发紫，原来她只穿着薄毛衣和秋裤！广东一年到头热，竟忘记了老家冬天的冷，没关系，去广东又热了。妈妈说。

妈妈，你去店里买件衣服穿上就不冷了。我告诉她。妈妈说她手里没什么钱，每个月的工资连早餐钱都没留下，一发下来就赶紧寄给大四姨妈，只为了她和她一家对我好一点，不要打骂我。大四姨妈每个月只写一封信，都是踏着发工资的日子寄到，千篇一律只说一句话：没钱了，要钱。

她每次都质问妈妈，你就只赚到这么一点钱吗？这个钱且不说生活费，连保姆费都远不够！

穷人看不起穷人。人穷大多数是骨子里穷。妈妈对我说。我写信提出要回来看你，你大四姨妈坚决反对，说一来她家这么窄小，连多站一个人的地方都没有了，二来我来去花那么多车费，那钱寄给她不是更好吗？

但妈妈想见我都快想疯了。

妈妈看到我脚上的鞋子，什么也没有说，抱我去百货店里买了一双我喜欢的皮鞋和几双袜子。

我天刚亮就下火车到了这里，往你大四姨妈家邻居那里打了四五个电话，亲耳听见人家叫着她答应了，拖五六个小时硬是没搭理我。我把替换的衣服摸出来穿上，就不买新的了，一来回广东又穿不上，二来省下钱，这不就给月儿买鞋子了嘛。妈妈紧紧地抱着我不让我下地，这样她也更暖和一些。

那妈妈你去大四姨妈家，睡在被子里暖一下吧。我又想出一个办法。这时候，他们一家肯定午饭也吃完了。

我不能去。我看看你，下午马上就坐火车去广东。上车就不冷了。你能理解妈妈吗？妈妈说。

我理解的。这么一说，我又躲到她怀里哭起来。有多少辛酸和委屈，又有多少快乐和欣喜要和我的妈妈说呀。可是还是哭来得快捷省事。

你把我的衣服哭湿我就更冷啦。我们可是像铁一样坚强的人，哭多丢人呀。妈妈说。她说话时眼里流露出深邃的忧戚和无奈。我马上就听话不哭了，想起小时候，妈妈说我从来不会真的哭，两眼东张西望，哭一声喊一声，眼泪也没有，忽然见一只小虫子飞过便忘了在哭，嘎嘎地笑出声来。

这都不是事啊，妈妈压根没想去，妈妈几千里回来，只要见到你一切平安就已心满意足，晓得啵。

妈妈，我评上三好学生了。

我告诉她。

妈妈把我反手驮在她背上，走了一段路又放我下来，说她身子走热了，这会儿不冷了。

你长大了，妈妈背不动了。妈妈说。

我能走。我说，穿着妈妈刚买的黑色皮鞋，脚抬得老高。我伸手抱紧她的腰，想让她暖和，妈妈说不用，出太阳啦。太阳在哪里？我没见到。

妈妈的月华就是小太阳哇。妈妈说。

我们去资江大桥,桥已经很陈旧,但桥面宽广,全桥都被重新整修过,桥栏也被加固了。整座桥仍然气势宏大。在它下游不远处,一座更大的桥正在兴建,即使是大年三十,两岸仍机器轰鸣地在施工,急切地走向二〇〇〇年。

立在桥头,远望下游的大码头,它那么渺小,我又自然地联想到应公子,他那么意气风发,应该是也只穿着妈妈那么少的衣服,宽衣大袖。只要一想起他,他仿佛就在我左右凌空飞越。

那么,应公子吃到鱼矢了吗?他吃饱了吗?记得我反复地问喜奶奶。

傻丫头,他只是为了好玩,那么小的鱼苗儿一下水就散去,找不见了,应公子吃不到。兴许一条也没吃到。喜奶奶对我说出真相。

我脚边的桥墩建在江水西岸的断崖之上,回首,县城东城区便是从这片古老断崖顶面斜铺开来的。罗盛教纪念馆便在旁边。妈妈带我走进去参观。望着罗盛教脱衣跳向冰窟的雕像,妈妈说,你看这位英雄在朝鲜的冰天雪地里跳下去救别人的孩子,妈妈这点寒冷算什么!

和妈妈在一起的时间过得太快,转眼已是下午三点多钟，到傍晚天气将会更寒冷。妈妈还得去赶火车，她把我送到新兴百货大楼的路口，让我自己回大四姨妈家去。我的眼泪又流了下来。

妈妈，我会想你，爱你的，你也是的吧。

当然是，月儿乖，我们都很坚强。

妈妈轻轻推开我。

是的，妈妈，我很懂事，又很听话。妈妈再见。

往前走，别回头，记住妈妈的爱。

记住妈妈的爱，一切困苦、忧伤，靠自己扛过去。妈妈去赚钱，等我大了也要去赚钱。

妈妈，忘了跟你说，三毛表哥说以后他盖大房子住，那以后我们也盖大房子住。妈妈你再给我写信哦。妈妈，火车上不刮风，暖和了吗？我不敢回头，妈妈交代了，我是她的金子，她放心里想，妈妈是我的屋顶，她的爱罩着我。向前走。不能回头，不能让妈妈伤感！我一边在冰冷的路上走，一边大声和自己说话，这样可以把离别的忧伤驱散。总有一天，我和妈妈在一起，再也不分开。

我直接去了喜奶奶的屋子，抱着她把头埋入她年代久远的旧被窝，压低声音哭泣。太让人伤心，太让人愤怒了，我的妈妈天不亮下的火车，一直穿着几件单衣站在汽车站大门外，给邻居打了好几个电话，只为让我走过去看我一会儿，见面亲热一回，大四姨妈却到中午才告诉我，真要命，我的妈妈差点被冻死了！喜奶奶躺在被子里，似乎没气力安慰我，她吃力地抬起手摸了我的头几下，说，别哭了，忘记这些伤心，过年，你又长高好几寸啦。

我将妈妈买的一个大面包塞入她干皱又冰凉的手里，又哭了，妈妈呀。

也不知过了多久，三毛表哥来了，叫了声喜奶奶。他带了块小腊肉，还有两只园子里拔的大白萝卜，一罐新酿的糯米酒。他叫着，喜奶奶，起来用腊肉炖萝卜吧。喜奶奶欢天喜地地谢过他，摸索着起身。三毛表哥一把拎起我，把我放到肩上驮回家。大四姨妈这回没有板着个驴脸，和气地说，除夕纳福，不能去别人家，记住了。糟了，把大面包给了喜奶奶，还有三个小面包，那得明年才能去取了。大四姨妈拿出几张一块两块的新钞，用崭新的红纸包好，给我拿着，说这是压岁钱，又千篇一律地交代，读书，长大了中状元。接着三毛表哥也给了我一个大红包，摸着里面有很多钱。末了，表姐也给了红包，薄薄的一片，她交代我别乱花，留着开学买用品。好久好久没见到钱了，这回轮到我两眼放光。

我隐忍地低头笑着，不断地揣手摸口袋里的红包，一个，两个，三个，默默地数它们。晚上八点，《春节联欢晚会》开始，全家围炉而坐，嗑瓜子、花生，灶台上的大砂锅里煨着腊肉骨头炖萝卜，香气四溢。低矮的屋子里笑语连连。我白天和妈妈走了很多路，很是困倦，不久便沉沉睡去。

次早醒来，全家人还在睡觉，街上鞭炮声接连不断，空气中飘来炮硝的火药味。我悄悄溜去喜奶奶那儿，还好，她仍睡着，床上传来轻微的呼吸声。我一溜烟拿回三只小面包，然后躲进被窝拆开昨晚的红包，掏出钱细数，大四姨妈九块八毛，表哥三十二块六毛，表姐给了六块一毛。小表哥真大气！三份加起来近五十块钱，嘿嘿，我有一笔巨款啦。此后，我每天要数一遍钱，然后放到柜子角落藏起来。

过完大年初六，大四姨妈一家谈论着，过两天又开始上班了。表姐准备回厂里去，又说如果工资低便想办法去广东打工。三毛表哥说工资低点关系不大，他在饭店里干一两年，学个厨师，以后开家饭店自己当老板。大四姨妈说自己今年四十五岁，干过今年可以申请内退了。看着一双儿女终于长大，仿佛痛苦已到尽头，好日子也该来了，她枯黄的脸上展露出笑容。

我得赶作业，这几天街上小孩乱扔鞭炮，大四姨妈让我待在家里，允许看电视，但不让出门。家里总有亲戚同事来，压根腾不出我的地儿，这会儿相对安静。可才写不到几页，三奶奶的孙女惠珍来了，站在门外好一阵不说话，只是向我眨眼，大四姨妈便问，小惠儿，想叫她去街上玩吗？你的作业写完了吗？惠珍低了头说作业不写了，她家四奶奶没有了。

啊！她家四奶奶指的就是喜奶奶，我们都惊得一愣。眨巴眼没有了？几时的事？

好像是昨晚还是今早，不知道呢。我家奶奶忽然发现很久听不到隔壁拐杖敲地的声响，叫我爸爸去看看，就发现没有了。

她不一直睡床上吗？去哪里了？我说。

没有了就是人走了。大四姨妈对我说。

那走了，她慢吞吞地，能走多远？我很疑惑。就是她不活了！懂吗？三毛表哥沉重地对我说。我顿时觉得手脚软得无力，她那么好的一个人，我想象中外婆就是她那样。早知道，我应该多给她留一个面包，她会是没饭吃饿死的吗？我收拢笔便往那边走，大四姨妈一把扯住我，用肚子遮挡住我的脸，说这时候小孩子去不得！

三义阁有好些邻居聚拢在空地上小声议论，大四姨妈开始哀叹,她刚嫁来时,喜奶奶已经五十出头,但头发梳拢,光滑地绾成后髻,端庄白净的脸看上去只有四十左右。喜奶奶生得福相,年轻守寡时,做媒的、劝她改嫁的人很多,劝她抱养孩子的人也不少,劝她出来工作上班的人同样多,但她通通不听。别人问她老了不能动了咋办,她的回答千篇一律,只有一句话:有政府,我不怕。

下午,喜奶奶娘家一干内侄、亲戚得到传讯赶来,他们就在城郊。几个女人来时,还没进门,三奶奶便挡在屋角,指着穿红着绿的几个女亲开始数落,问她们多久没来看老姑了。远的不说,她一个孤寡老妇,大前年政府给的一条大羊绒毯,你们说大侄孙结婚讨了去。去年政府救济的一床军用棉被,多好的新疆棉花胎,又说你们谁分家爹娘没铺盖讨走了,这是大件。平时过年过节街道送来热水瓶、洗脸盆,甚至食用油都被你们三三两两地搜刮走。可她老了,你们打田里背过一袋米,地头捞过一把菜送来给她吗?如今她自己将装殓的寿衣穿上走了,你们带钱来给她办后事了吗?

三奶奶的一番话直把一干摇头晃脑、欢欢喜喜来奔丧的娘家人哽得无言了,几个女亲一瞪眼要回去。喜奶奶的娘家侄子也四十几五十开外了,答说,我家老姑姑的后事那不有街道办吗？

呸！三奶奶更生气了，说，天上又不掉馅饼，街道办事处泥菩萨过河，它又生不出钞票来！正数落着，街道办事处来了一男一女，送上五百块钱，说这年头困难太多。三奶奶嫌这么点钱少，起不到作用，不接。喜奶奶娘家人更是连送纸幡的钱也没准备，他们只想从这里得到，从没想过要回报她。而喜奶奶至死都以为她的兄弟、侄子会为她撑腰，这样的结果她没想到，也看不见了。

末了，三奶奶做主，由她的小儿子拿出四千三百块为喜奶奶办后事，她遗留的这间青砖老屋由他独自继承。三奶奶的大女儿和另一个儿子都上了大学，在长沙工作并定居，家里就这个小儿子也就是惠珍的爸爸常在身边，开了家小装修公司。喜奶奶的侄子们还想说什么，但什么也说不出来。

我们这里的人，向来敬鬼信道迷神，一般的人过世后，会由大黑漆棺十人装了，十六个壮汉抬了，锣鼓开道，扩音机里送唱着各时期流行歌曲改成的唢呐曲子，不伦不类的调子古怪且搞笑，又似哭而不笑。抬棺的人们轮流吼吟着古老的吉号，缓缓地沿着南门湾、青石街两处最热闹的商业区，如旧县太爷打马游街那么气派地巡逻一圈，目的是让逝者的灵魂最后看一眼他曾熟悉的人间。

可是，喜奶奶没有身后，没有这么好的消受，她想倚靠的落了空。而她的妯娌，喜四爷的嫂子，喜奶奶半世的仇人，末了为她操办了后事。

喜三奶奶不是原配的三奶奶，喜三爷比喜四爷大两岁，小时读了两年私塾，娶了个小脚老婆却不爱，他的老婆二十来岁就死了。又过去好几年，一个溆浦县的男人带着老婆孩子躲避兵乱、逃荒逃到新化，在大码头被人欺侮，喜三爷的爹出手搭救并送了他一点钱，那男子求喜家收留他十四岁的女儿，乱世太不容易。这个女孩就是现在的喜三奶奶，小喜三爷十几岁，比喜奶奶也小好几岁。喜奶奶从来看不上喜三奶奶，口口声声说人家是流落的讨口子，连个娘家都找不到，不像自己明媒正娶，还说喜三奶奶是个填房。这些话对于喜三奶奶而言，句句都是剜心窝子的毒话，但喜奶奶认为自己只不过是实话实说罢了。

众人商议定下，喜家请来了道士和鼓手，哀哀戚戚地敲打号吼了一天两夜，到了初九，叫了几辆车，一行人放着冲天响炮将喜奶奶送上山，葬入喜家祖坟。

喜奶奶活到八十出头，走了，三义阁的人好几天低头不大说话。有一天，大四姨妈打外边回家，总觉得少了点什么，走到后边，看见那只大黄狗死了，绳子还拴在颈下，它兴许是被雷鸣炮仗与哀鼓吓坏的吧？大四姨妈顿生怜悯，悲伤不已，待在那儿神神道道地反复叹息，还问它是不是跟着喜四奶奶走了。如果是被喜奶奶带走，那他们也能做个伴。

我管不上她，便自己用高压锅淘米煮饭。傍晚，小表哥三毛打外边回来，大四姨妈伤心地告诉他大黄狗没有了，三毛表哥不问也不说，趴在桌子上痛苦不堪地哭泣。一时间，屋子里愁云惨淡，表哥边哭边捶桌子，我估计是那位他很喜欢的服务员姑娘没答应做他老婆，又不敢问。晚上，他们都不吃饭，我独自吃了些饭，继续写作业背书，很晚才睡。

过了几天我才知道，三毛表哥的亲爹，那个男人，早在腊月就将三毛表哥在饭店做学徒赚的两百块工资提前支走，去打牌还输光了，而三毛表哥到正月十二，饭店开工上班才被老板告知，这让三毛表哥气得差点吐血！

唉，苦命的三毛表哥，他的爹还不如那只大黄狗，可他活得逍遥，折磨家人。母子俩商量了几天，三毛表哥决定前往广东，他只能依靠自己。他还只有十七岁，大四姨妈给他借了三百块钱的路费，口里念念有词，祈求上苍悯佑她的小三毛，照护她的小儿子……

第三章

一

小表哥去广东不久，表姐也去了深圳的工厂里打工，大四姨妈的工厂里通知她，下半年过了国庆节她就可以提前退休了，问她是否让一个子女去厂里顶职。她暂时没有那方面的打算，她说厂里效益差，工资还常拖欠。她想着等到春末夏初，黑猪下崽，留下两只养到过年，退休了自己也去市场摆个小摊卖个啥的。大黄狗没有了，儿女都出了门，喜奶奶也走了，家中冷寂寂的，她仍去饭店挑剩饭剩菜，给鸡吃，让鸡们吃好点，下蛋，她没事就去和鸡说话，晚上一出门便让我跟着，不放心我独自在家。有天天气好，她空闲，见屋旁园子里的萝卜、青菜、冬苋全老到开了花，便一一清除，翻耕再种。看看那篱笆，便会想到喜奶奶，以前常挂个拐站那儿扯个闲话，说又是春天啦老一年啦，该种个什么菜啦，哪个菜她爱吃，夏苋不好吃，冬苋好吃。见地里挖出蜈蚣，就说给母鸡吃别给公鸡吃，公鸡吃了爱打斗还啄人，可是公鸡早就眼尖跳过去一口将蜈蚣吃下，喜奶奶就遗憾地说，哎呀呀，这鸡可要像你家那条汉子一样乱打人了。于是话头又扯到家庭琐事，喜奶奶对大四姨妈说，我劝你多年了，好人不懂恶人的恶，恶人不知自己的恶，到老他也不会改变，只会打你更厉害的。他打死你没人替你申冤，只会说你一定是犯了大过，活该，而他呢，活得更好。

大四姨妈一边听着一边东西张望，怕她的那个男人忽然说曹操曹操到。她用力挥了几下耙子，不但刨出蜈蚣，还刨出一窝地鳖虫，那只大公鸡眼尖，冲过去啄白白的肉虫，大四姨妈捡起根碎柴枝将逃跑的蜈蚣一挑，送去鸡笼喂母鸡。一笼的鸡都来合抢这一两只大蜈蚣，吃下去便唱歌，表达当下的快乐。

可现在喜奶奶没有了，大四姨妈开始怀旧，叹息喜奶奶一辈子心心念念想着娘家，政府给她每月六十块生活费，她还牙缝里省点给侄子们，可到头来她娘家人一根毛也没有照顾她。咳，反正多数人是苦命。喜奶奶最后是饿死的吗？她至死都隐忍地没吱一声。叨咕至此，大四姨妈落下泪来。她边落泪，边移植菜秧，也不怕这么多泪水把嫩芽儿给咸死了。天黑尽，她弄了点饭菜，我和她一块儿吃。

你不也一样吗？把钱给这个那个不相干的人，可是那个人打你时，有哪一个来帮忙劝护过吗？我对她说。

我终于找到机会说了。我妈妈说过我们将来要买大房子住，我便心里有底气，不怕她了。果然，大四姨妈着实吃了一惊，问谁教我说出这种话来。我告诉她，喜奶奶之前常说的，说你傻，本来就是嘛，好吃的专门买来给那个人，你不会煮了自己多吃吗？他回家管他呢，你走到街上去玩会儿不成吗？

哎呀哎呀，这么小，你不帮我却学会了来数落我。

大四姨妈很失落，放下筷子若有所思，我干脆给她想出个好办法，说，你不煮好酒好菜给那人吃，饿他几个月，他饿晕了，还有力气凶你打你吗？她一听扑哧笑出声，说这法子很妙。

日子过得很快，庭院后两棵巨大的梧桐紫色的花儿开放，苦楝树吐了细碎的新芽。满城的各种花朵争相吐露芬芳，空气中流淌着浓烈的花的香气。大四姨妈的鸽子又孵了蛋，但那只黑猪却迟迟没有下崽。她常常看，叫脚猪来配了两回，它的肚子还是没变。哎嘿，你也老了不会生了吗？她摩挲着黑猪的毛和它说话，黑猪有些迟钝，不如从前利索，但嘴里仍嗯嗯呃呃地和她一句说一句答的，不久它便躺下，响起了鼾声。哈哈，猪也会打鼾。大四姨妈又为这个发现哑然失笑。

不久后的一天，打农村来了一个亲戚，是个三十几岁的男人，皮肤黑黢黢的，中等个，挑了点米和红薯来。他坐在门外低头和大四姨妈说话，大四姨妈问他老婆跑了这么些年有消息吗？扔下两个孩子怪苦的。男人说完全没了消息，两个孩子再读几年书就去打工吧。这春天买谷种的钱还没个着落的。他的脸上充满焦虑和落魄。大四姨妈留他吃饭，说他这红薯窖藏得鲜好，又问他粮食自家够不够吃，下回别挑来了。那位客人只说是去年田里收的，带点给她尝尝。吃了饭，又扯了阵家常琐碎，大四姨妈摸索了一些钱出来，数了数约四十几块，给那位亲戚，说，你知道的，我也帮不上你。对方接了钱小心放入口袋，谢了又谢。大四姨妈又挑拣几件表哥表姐的旧衣服，说看他的孩子是否愿意穿，他也欢喜收下，趁天色不晚，挑箩筐回去了。

　　晚上，大四姨妈煮了一大锅亲戚送来的红薯，告诉我这红薯是去年秋天挖了藏在地窖里的，现在拿出来见了风得赶快吃，要不它坏得快，就被糟践了。今晚便拿它当饭。我问她，这个今天来的是什么亲戚？她说本来不是亲戚的，那一年他挑着一担红薯藤来街上卖，很晚了也没人买，我就出五块钱买下了。他如获救星地给我送到家，我又给他吃了顿饭，他饿极了，就咸菜吃掉半锅米饭。一问他还是三毛他奶奶娘家那村子上的人哪，虽然也扯不上关系。人家没地去，便每年挑点东西来一两次。想不到这世间比我活得更艰难困苦的人有很多啊，我至少有份工作。人家呢，卖个力气都没地方。帮他一点半点也好，世上果然是只有穷人愿意帮助穷人呢，因为都是那么熬过来的！

我心里惦记着吃点米饭才不饿，但她说了我便得照办。历了冬的红薯甘甜而香，我吃两只便饱了，大四姨妈细嚼慢咽吃下好几只，她又怀念起大黄狗了。它若还活着也喜爱红薯，闻到香气早在后边讨叫了呢。她又说红薯顶好趁热吃，凉了吃堵胃。我发现她比以前更唠叨了，便自己先去睡觉。但那晚我中途醒来见灯还亮着，床边闹钟显示已是十一点多了，大四姨妈仍坐在桌边，莫不成她非要吃完那锅红薯吗？我叫了她一声，她说肚子胀气有点疼。其实在这之前她就总是时不时地说肚子隐隐作痛，这时听我醒来便叫我给她找瓶十滴水。这个古老木柜我已翻过不止一百遍，里面的几样东西早烂熟于心，我在木屉子里摸了一小瓶给她，又爬回床上倒头睡去。

自打那以后，她就三天两头说肚子疼。我偷偷觉得好笑，这把戏我玩过，我的好多同学也玩过，无非就是想要妈妈买好吃的，或不想写作业，不想被老师罚背书啥的。装肚子疼，大多数情况下都会管用。大四姨妈还在上班，还在回家里做事，一两个月过去，她肚子变大了。有天她又说疼，按着下腹让我给她摸摸，我一摸再摸，感觉那里边有块资江岸边那种不大的石头，心里琢磨，她难道又要生下一个孩子吗？我浮想联翩，如果又生下来一个，那么每天放学还得让我在摇篮里哄他不哭啵？于是双手比画告诉她这么点大了，又问她说，那你生下来这个孩子天天抱去上班吗？

大四姨妈扑哧笑出声来，说她老了，不生了。我放了心。可是她却瘫了似的坐下去，面如死灰，泪水从两颊流下。过两天她厂里来了两个女人，是工会干部，陪着大四姨妈去县人民医院做检查，下午仍由她们把大四姨妈送回来，提了一大袋药。两人又说了些客气话才走。临走，胖点的女人又回头盯着我看，我便说，阿姨再见。

女干部一走，大四姨妈便热了点料喂那只黑猪，有气无力地对它说，咋办啊你！没人管你了，你会饿死吗？

黑猪吃了一点就躺下了，大四姨妈又问猪说，你怎么老睡觉，一天睡到晚也没个够哇。

我早已习惯了她这么人畜不分，对猪对鸡对鸽子通通说人话。

又过了几天，表姐从广东回来了。她还没坐稳便埋怨道，托人打电话叫我回来干什么？好容易找了个工厂上班。大四姨妈已经好几天没上班了，饭也是我在煮。她这会儿软绵绵地回答她的女儿说，查出来是子宫肌瘤，早期的，得赶紧去省城长沙动手术，厂里托县人民医院联系的长沙那边的大夫，厂里答应我给报销百分之九十的医疗费用。她又叫表姐给自己厂里的工会领导打电话，说过几天便起程去长沙。

只是这只黑猪怎么办？她养了它几年，关心它的命运。

陈月华上哪里去吃和住呢？表姐担心我。大四姨妈说交代好了，大二姨妈到时来接我去她家暂住。哦，她们都商量好了，却什么也没有告知我。我有些失落，本来认为自己已经很懂事和有主见了。

这黑猪也可怜的。表姐转而也去担心它，说它这么多年来生下很多崽子，对这个家庭贡献不少。

大四姨妈的男人，表姐的亲爸不到周末就提前回了家，他一反常态，语气温和地拿出八百块钱交给老婆看病。三月的盛春娃娃的脸，好好的晴天风向一转，北风卷来浓密乌云，寒雨淅沥沥地下了，大四姨妈白天也和衣躺在被窝里，还把唯一的一件呢大衣压在被面上。表姐买好了大后天去长沙的火车票。她一再叮嘱我后天另一位表姐会来接我去她家暂住，叫我好好读书，按时回家，不可贪玩，不要一人去逛胡同。我都记住了。

次日，大四姨妈早早去探看黑猪，发现它昨晚的饲料没吃，便用小鞭轻轻抽了它几下，那猪惊得爬起身呼哧呼哧在栏里转了转，倒下，呜咽叫唤几声，竟咽了气。表姐起来，听见猪死了便落下泪，她害怕这是凶兆，代表她亲娘不活了，毕竟她们母女连心，还是互相怜恤的。但表姐的亲爸却脸上露出会心的笑意，又埋怨说，早看它快死了还不多少卖一点钱，这回还得费力气去找人抬出去！他把猪埋在梧桐树下，并说，娘的，给你办后事了。大四姨妈听得一脸秋霜如死。

埋好猪，天气又由阴转晴，阳光驱散乌云，照耀树枝，所有的嫩叶于轻风中晃动，它们感受得到温暖。

这只黑猪死去也算它有福命了。大四姨妈这么说。

二

大四姨妈要去省城治病，我头天按吩咐向班主任刘老师请了半天假。清早，大四姨妈用黑陶瓦罐煨了些粥，吃了大半碗，说真香啊，已经多少年没吃上黑罐子粥啦。她把剩下的盛到饭盒里，带到路上吃，她说饭店里买的又贵又没这么好吃。表姐为了这点小事很生气，嫌家里太穷，嫌妈妈带一盒子粥没面子，说，要拿你自己拿去！大四姨妈倔强地抱着饭盒，她的那个男人面无表情地站在门口抽了一根烟，掐灭烟头，没头没脑地对大四姨妈说，三毛还小没成年，你养那么多年猪，又挣厂里一份工资，这会儿出门去，你把银行存折藏哪里了？趁眼下还清醒交代明白，交给我保存！

他急于等着老婆死，指定大四姨妈变成骨灰回来。大四姨妈只当没听见，没理他，男人又唠叨了两遍，她也没再理他。

她厂里工会那位胖点的干部和另一位同事来了，她们将一起送她去长沙那边的医院，安排妥了再回。三义阁的左邻右舍都来了，他们站在一旁看着，怕万一哪天再看不着这个可怜的女人了吗？时间还早，惠珍提着书包站在三奶奶胳肢窝下，见到我便朝我走来，悄悄地指着人群夹缝里的一个老女人让我看，小声说，那是你家大四姨妈的后婆婆，就住下排靠马路边那间大屋。顺着她指的方向，一个六十岁不到的矮胖老太，脸色红润，穿得时尚，却瘪着嘴，目光阴沉地扫视我那大四姨妈。这老女人的女儿女婿在汽车站对面开饭店，我见过几次，原来她是表哥表姐的后奶奶。厂里约的出租车到了，表姐把我的手交到另一个陌生女孩手上，说这是舟美表姐，她来带我去她们家。两三个女人架扶着大四姨妈走向马路，车在路边等着。她的男人跟在人群里，仍只想套问大四姨妈家里的存折在哪里，没人愿意理睬他。

三奶奶把大四姨妈送到车边，叫着她的名字，交代她活着回来，便是最好的争气！大四姨妈微微点头。车子开了。我放声大哭，扔下书包去追赶那车。陌生的表姐跑着追上我，把我背到她的背上。

去哪里啊？我挣扎着，鼻涕泪水全顺着她的头发流到她的衣领和背上，但她就是不放下，紧紧地背着我奔跑。

弄回一个哭包，怎么办？表姐走进一个门，把我放下，对她家里人说，可倔了，认定四姨妈，跟着跑，不得已只好把她捉回来。

那个表姐浑身冒汗。

这便是我的大二姨妈家，在新兴百货大楼对面大市场入口处的一套门面房里。大四姨妈每次去菜市场角落捡菜皮菜叶时必须得经过她家门口，可从来没有提过这家人是她的至亲。眼下我为大四姨妈伤心也没用，喜奶奶讲过，毛小姐才我这么大点儿就被卖入晏财主家，她爹教她观世相，活下去！满屋子的陌生人中，有一个胖高的女人说她是我的大二姨妈，是我妈妈的亲二姐，我看看她，单眼皮、细长眼、白长脸，和我的妈妈没有哪点长得相似，我机敏地叫了她一声大二姨妈。

一家人哈哈大笑。她舀来一碗热米饭，在坛子里夹了两块辣豆腐，说，你还哭吗？不哭了先吃饭。

我顿时感觉到饿，接过碗来扒拉了几口，长了一点精气神后，我说要去学校，得到了他们的同意。于是，还是刚才那位叫舟美的表姐送我去学校。

这里离校更近，打居民区旁穿过一条长巷便到了汽车站后门，再沿学校围墙外的幽巷走一段距离便到了第四小学正门的奶嘴长巷子。我走了进去。

下午放学，还由舟美表姐来接我。

大二姨妈五十挂零，她大我的妈妈十八岁，这全怪我外婆生了好多孩子，后边停了好多年又冷不丁生下家里最小的我妈妈。大二姨妈家里有两间门面房，一间卖油米杂货，另一间摆了两台机器，一台磨米粉、豆粉、香料甚至中药材，另一台加工香肠。她家四个女儿分别是老大瑰美，老二国美，老三舟美，老四时美，去接我的舟美和三毛表哥年龄差不多大，这四个表姐确实名副其实，个个生得貌美如花，她们都已从学校出来，不用上班，在家里帮衬着做生意。忙的时候，一家人全顾不上吃饭，平时空闲四姊妹又全跑得没踪影，只剩大二姨妈在那儿扯个大嗓门和别人聊天，聊的全是家长里短。她的大女儿瑰美嫁给了一位高级工程师，二女儿国美和一位中学教导主任结的婚。大二姨妈的丈夫姓戴，身材壮实，目光炯炯，生得满脸络腮胡子，他自幼操练家传武功，一般人无法匹敌。除了钱，他从来不交朋友，整日在店内静坐两三个小时后去街上走走，常去的地儿是汽车站旁的一个水果摊位。时间长了我才发现那卖水果的女人年轻又好看，个子高而不胖，她和我的二大姨父坐一条长木板凳，两人挨得很紧，有说有笑。那女人时不时凑到他耳旁说话，嘴唇在他腮颊边舔糖果馃子似的摩擦，两人发出一阵大笑。

回到家，他又换了另一副面容，一家人坐下来吃饭，两夫妻互相打趣说笑。但是我不过是一个寄人篱下的外人，记得我去学校的路径上，他也仿佛与我形同路人。大二姨妈每天赚得现银颇丰，她说话狂妄，不太拿正眼瞅人，爱吹牛，又说自己天生的命好，当然，这是她拿大四姨妈和我的妈妈做对比计算得来的。她说天给人注命呀，他笔筒一敲，直接在她的生辰八字上划拨下一笔金。时美只比舟美小不到两岁，两人性格差异很大，舟美被很多人追求，已谈了几场恋爱，而时美则留短发，只在一只耳朵上扎钉戴耳环，爱扮男孩耍酷。夜晚收摊后，两姐妹就去通街好玩的地方尽情享受夜景，白天睡觉，过午才起床。

我被安置在她们家堆积杂物的半间房里。平日里回来打开锅盖随便吃点，又回到汽车站空摊前站着写好作业，夜里独自入睡。小屋子里跳蚤、蚊虫、老鼠都有，弄得我浑身痒痒，生满小疙瘩，睡不好，还常做噩梦。

一个下雨天，雷声响了很久，半夜，我梦见一个僵尸直挺挺起来，可怕地扑向我，我吓得说不出话，不能动弹，挣扎了好久，终于跳起身，慌乱中去开了灯。四周无人，风从窗缝里吹入，声音嘹亮，窗外风雨晦暗，我害怕到绝望！但回想起这一屋子漠视的眼光，我叫不了任何人，只能任凭自己发抖，抖到晕过去。清晨醒来时，手脚冰冷又疼痛，我打起精神去学校。

那时，每到星期五下午和周末，我便去到三义阁大四姨妈的小房子前，那儿的门锁着，熟悉的暖意和凄凉。她们仍然没有回来！她种下的青菜和红薯苗乱蓬蓬地从土里拱出，和着旺盛的青青杂草，大四姨妈还活着吗？她几时回家呢？

我无限孤独和惆怅。

大二姨妈店里装了电话，但打电话需要收钱，而且即使让我打，我的妈妈和大四姨妈都没号码，也收不到。

在大二姨妈家，唯一陪伴我的是她家的猫。这只橘黄色的猫与我不同，它是她家门店的工作人员，负责捕捉偷米揩油的老鼠，但它对我十分友善。它平时爱待在炉灶脚边，喜欢挠我红领巾的角，于是我解下来，让领巾飞舞，它扑跳起来，爪子抓住红色布面，想让我摇晃领巾，而我大多数时候不让它抓住，家里也不大愿意让一只警察猫太玩忽职守，游戏常常很快结束。

好在不久后，我交到了新的朋友，她叫陈凤梅，但我们管她叫梅子。她在五年级（3）班。梅子早就在学校里认识我了，而我不知道。她家租住在巷子里从前菜农户住的私宅旧房里，她邀我去玩，我欣欣然地跟去她家。梅子家租住在楼房底层，屋子低矮而黑，因为被周围高楼挡住了光线。就一个大房间前后隔开，陈设简单破旧，有些杂乱，前屋的桌上碗筷摊开，这是因为没有另外的橱柜放置。靠墙的一只五斗橱上堆着梅子的书包和其他杂物，放置油盐酱醋的斗橱门已经消失不见，右边抽屉放置衣服和洗干净的鞋子，真的是太杂乱无章了，这在大四姨妈家是绝不允许的。梅子放学后先动手做饭，米不淘洗加水便煮，用的是从农村带来的土式尖底铁锅，在煤灶上将煮米水烧开后捞干，米汤留下当汤喝，捞干的米上蒸架再蒸熟。这时，梅子洗了几个土豆，也不削皮，用指甲扒拉几下，切成方块摆在饭上一块儿蒸，说待会这土豆加油盐，加辣椒，稍作煎炒便当菜又当饭。米饭的蒸汽在屋子里弥漫开来，梅子又从后门拉出一盆衣服来洗。她把盆拖到侧门外的一小块水泥地上，放上水加上洗衣粉，搓不动便脱了鞋用双脚踩，水流出来溢进旁边的暗沟，这么稀里哗啦好一阵，水还浑哩，她又拖来个长凳将衣服捞起来，搁在凳面上滴答水，说已经洗干净啦。

天快要黑时，她家爸爸、妈妈、哥哥，还有一个和我差不多大的妹妹打外面回来了，一家人汗水染面，头发蓬乱，衣服也分不清黄蓝青红的颜色。他们手脸污黑，说是刚送完一大板车蜂窝煤。我也该回大二姨妈家去了，便走了出来。

三

梅子虽然才读五年级，但她已经十二岁。她家老大是姐姐，才十八岁不到，十六岁读完初中便去广东的工厂打工，已快两年了。哥哥十五岁，才读完小学还想读书，但她爸爸以他成绩不好为由不给读了，说儿子就作为家里的劳动力。哥哥不服就会挨拳打脚踢，常有的事，他受了刺激便渐渐地头脑不正常，病来时冲出屋外边跑边哭，病好了又跟着爸妈在城里给人送煤拉煤。他矮矮的，已不再长高，比我的三毛表哥更矮。

梅子排行老三，她排行老四的妹妹九岁多快满十岁了，好容易求人说句话进入第四小学读一年级，她能上学还是因为她爸妈听说不读书进不到厂打工才着急来着。之前从五岁起，她便被父母带到身边搬煤块，听梅子说，他们夫妻本来指望再生个儿子，谁知一落地又是女娃，没扔掉就已经很慈悲啦。还有一个最小的妹妹五岁，在乡下由奶奶带着。四妹五妹都是超生躲着生下来的，需要罚钱，但梅子爸妈没有钱，乡里的干部便来劝说，让你们少生几个，大家日子过好一点，累死累活干吗啊？她爸爸高声大叫，我这个儿子不行，多生了好指望下一个，到我老了有他端屎端尿、喂我口饭吃，我死后有他和孙子给坟头点香烧纸。

你生下儿女不培养，不对他们好。他们自己没前途，何来在你死后惦记你？

乡干部们苦苦相劝，可梅子的爸爸认为对方瞧不起人，侮辱了自己，抄起扁担就要打人。一众见他执拗到油盐不进，便将其按倒，带去乡政府进行了几天教育，又把她妈妈带去做了结扎手术。因为梅子的爸爸态度恶劣，村干部十分恼火，拆了他家农村屋子的木板门。梅子的爸爸发誓说不在县城发财便誓不回农村，至于如何才能发财，这个问题他暂时没空去考虑，也许压根没作想。梅子兄妹几个都没有县城户口，她两个超生的妹妹甚至连农村户口也没有。

星期天我大半天的时间全在梅子家，她的妹妹也在，我们二人一块儿给她家煮饭、切菜、扫地，我还用从大四姨妈那学来的方法帮她们整理衣服、被窝，包括桌子上一大摊子乱置的碗筷。中午她爸妈和哥哥回来见着，问我是谁家的孩子。我报了新市场香肠店的戴胡子是我二大姨父。那个近四十岁的男人一听我是戴家最小的外甥女，便袒露热情，叫我以后常来玩，并夸他家梅子会交朋友。原来，大二姨妈夫妻俩在这一片街区有些名气，戴胡子的拳头帮子硬，没人敢欺负他，别人家有谁被欺负了也偶尔去找他出面评个理，摆平一些扯皮事。大二姨妈仗着有她丈夫这个撑腰的，才在人前吆五喝六。

阳春三月，梅子说带我去铁路边玩。从新市场向西走一里多便能见到铁路。从铁路边的小路爬上去，我们见到另一侧山脚正在修建新的街区。

那地方叫梅山田。

梅子高兴地告诉我，她解释说这地名和她的名字同样有一个梅字，很好记。哦，这就是梅山田，喜奶奶讲的故事里，应公子当年在此教人种杨梅树，并建了梅山亭。我当时问，那个亭子还在吗？我想去看。喜奶奶说铁路线建立交桥时恰好把亭子挖平，这里只剩下一个名字了。现在又轰轰烈烈挖山造新城，不知将来梅山亭这个名字能否流传呢？

梅子指着尘土飞扬的新街区往西南的更远处，说她农村的老家就在那个方向，再走七八十里地。铁路旁高高的护坡上种着密集的刺槐，这时节，月白色的槐花遍地开放，香满天空，引来蜜蜂嗡嗡忙碌。梅子带着装了钩子的细长竹竿和小布袋采槐花，每一朵小斜刀形的花里，都藏着一根龙柱似的花蕊，花香沁入肺腑。采花的年轻女人们、老太太们用大钩子钩住高枝，再往大袋子里抖花。梅子只能钩到低处的小枝，她等别人走后也去捡别人落下的花瓣，这事需动作麻溜，不然小蚂蚁们更灵敏，它们早已纷纷爬上花蕊，在那儿吃粉喝蜜，连带客居停留，过着花好忘返的幸福生活。春光和煦，我举一根槐花枝子左右摇动，以扰乱蚂蚁和飞虫，在浓荫下睡了一觉。梅子弄了满满一袋槐花，又摘了一大把灰驼绒草的嫩尖，用牛细草绑好，叫醒我回去。

星期天剩下的时间，她用槐花做蛋汤，又把花蒸熟，揉入面团做饼油炸，还腌渍了一瓶。她说这花娇嫩，放到明天就坏了。我对她的才干惊诧不已，问她怎么懂得那么多事呀，她说是奶奶教的，她跟着奶奶从很小的时候就学着过日子。地里的野草，但凡牛、羊、鸡能吃的，人照样能吃，只是大多数时候，牛能吃的，人咽不下去！梅子那么小却已经那么能干，那么操劳，从不抱怨，充满快乐，我想她的幸福是与生俱来的。

梅子的爸爸嫌梅子的哥哥吃得多，干活不爱出力，思忖着借一个身份证让他去广东打工。我想起大四姨妈心疼三毛表哥，常常惭愧到哭泣，因为营养不良，三毛表哥面无血色又不长高，却自己坚持出门去学技术，打工讨生活，可三毛表哥的爸爸只会自私地抠搜儿子一星半点的血汗钱。

梅子的爸爸辛苦之余开始划算，梦想着五个孩子几年内都去打工，到时候每人每月上缴一千块，每月便有五千，合计一年家里净收入六万块，人多力量大，眼下虽然困难，到时候便钱财滚滚来了。到时候回农村走动，看当年劝计生少生的那些个干部谁还敢不高看他一眼！

可是，梅子的哥哥想读书。虽然他读不懂书，但他对学校热爱与渴望，路过学校外的马路便不由得大声背书。我想，如果他是大四姨妈的儿子，至少母子商量，会让他去学个技术。如果他是二大姨父的儿子，那他至少能学会做点小生意和手艺，也能懂得待人接物呢。可是没有可是，梅子的哥哥没有同伴，没有少年朋友，没有学习机会，他活在寂寞里，与痛苦相缠！虽然他被爸爸打坏了头，但清醒时便哭诉，你生我干吗？生我干吗呀……呜呜……我一见她的哥哥哭，也不好说什么，悄悄地溜掉。想想我远比他幸运，妈妈说她生我一个孩子，再苦也供我上学。又退一步规划，万一我上不了大学，便早点去学技术以备人生之路。我自己决定还是先读好书。

不久，她的哥哥借了自家堂哥的身份证去了广东打工，临出门，她爸一再交代，赚了钱先寄回家来。哥哥出门后，梅子也开心了好长一段时间，认为他们父子俩分开后再不需吵架，哥哥存点钱也可以读书了，而且她可以每天少洗一点衣服。梅子不爱看吵架，吵架让她感到厌倦。只求不吵架，我不读书也可以。没办法，我家有这么个活宝的爸！梅子常这么简单地对我说出她的想法。她也是这么做的，每天的作业随便写，有时也问一下我，莫不成我四年级还能教她五年级的吗？反正不管它对错，画完了事。读书于她而言，太费劲又费事。

梅子成了我的忘忧草，我甚至不记挂大四姨妈了！梅子还带着我从铁路立交桥下穿过，奇怪的是我固执地认为自己穿越时空，是从应公子的梅山亭子路上穿过的。当然，我不会和梅子说出这种感受和我的想象。我们经过瓷器厂，绕过新街区的后山，徒步走到陌生的近郊农村。梅子说在她很小的时候，很多年以前，她家奶奶带她打那一带经过，说过那里有一位远房的亲戚，虽然早已找不到是哪一家，不知姓甚名谁，但这铸就了她胆敢去这片地的勇气，万一谁问起，就说找亲戚。这个主意非常好！大四姨妈说我的外公、外婆、太外公也埋葬在那一带山林，如果祖坟在那儿，那么活着的族亲肯定近周还有，要不，我也可以说去找亲戚，并且是实打实的亲戚。

看，那里是第九中学。

梅子指着田垄中一个大围院里的房子，对我说。我看出来她来这儿早不止一两回了，这让我陡生勇气，我也不怕，也可以和她一样那么内心强大。我们又绕了几道田路，近距离去看第九中学的大门，梅子说，我要是将来能在这里读高中多好！

原来她内心也是渴望上进的。我们接着向西，远处有一片山崖，它裸露的层崖呈八字向两边塌陷，石层上生出鲜红的印斑，那就是传说中的八字崖。山脚有一片参差的村落，村前种植水稻和莲藕，莲花还远没有到开的时节。我俩痴眼弥望荷田，微风吹拂，想说话肚子里竟搜刮不到一言半语来形容。

我喜欢那片荷叶。

梅子指着荷田说道。

那是一片刚卷开的鹅黄的新叶，娇滴滴的，实在惹人怜爱，梅子决计要去偷来。我们决定各自偷一片荷叶便回城里去。

可偏偏，她要去的田路上有头牛在啃草。梅子左等右等它都不走开。

我去把它推开，要么，推它下水游泳去。

梅子说。但那是一头黄牛，黄牛老不爱游水了，它从来不洗澡的，这从它满身的牛粪疙瘩就能看出来。梅子走了过去，牛连眼也没抬，只一甩脸，便把她撂进了荷田！

我瞬间傻了眼，那看上去平敞的荷田，实际上却是很深的烂泥田，梅子掉进去，吧嗒一声，压折了好几根荷叶秆，还弄得像落汤鸡似的，只剩个湿漉漉的头露在水面。

救命呀。

我本能地大哭大叫起来。看见远处有个男人抬头往这里看，我慌忙招手，一阵叔叔伯伯地叫唤，那人快步跨过一段草路过来，见到水中的梅子，他俯下身一把将她提上来，责怪我们乱跑，又问我们是谁家的孩子？

我们找亲戚。我急中生智，胡乱答道。

哦，是那个谁谁来着，她家淘来的那个外甥吗？男人问。

嗯呢，是呀。我也不知他在说谁，只有顺着他回答，交差应付了再说。

老咸菜婆！老咸菜婆！

男人朝村子里大声叫着一个人。糟了，叫谁呀？如果又来个陌生人，怪我们弄断了他家荷叶秆如何是好哦？还有，眼下梅子浑身是泥，只剩两只眼睛还在放光，其他哪哪看着都面目全非，我想哭了，却还强撑着。

那边一个女人一听到叫喊声，扔下家伙什，火急火燎朝这儿跑来，眨眼就到了。男人还嫌她慢，说，老咸菜婆，你在打鬼脑壳吗，外甥掉烂泥水塘了，亏得我给捞上来了。

那个女人跑近，她是一个五十多岁、脸上皱纹如歪扭的土豆丝的奶奶，一见我们就大声问，这谁家孩子啊？造孽地乱跑。

没等我们回答，她就牵着梅子的手走到溪边，蹲下身子帮她囫囵一阵洗搓，然后又招手叫我，让我跟她走。

她牵着梅子往村里去。我非常紧张，赶紧道歉说对不起，婆婆，我们下次再不敢摔下去弄断你家荷叶秆啦，你放我们走吧。

那婆婆便仰头嘎嘎笑起来，说囡囡儿，没怪你呢，带去我家给她换件干净衣服，要不感冒了老遭罪的。来吧。

她又看向那个男人，说，你这个老宝货，一个孩子捞上来你不会赶紧给人家洗洗呀？谁家的孩子还不是如我们自家亲生的一样？你是块死木杵呀，倒是还记得先把自己夸奖成个菩萨来着。

那个被我叫成叔叔伯伯的男人这下被数落了，他懒得搭理老咸菜婆婆，又走回他自家地里去，老咸菜婆婆则带我们去她家里。

玉米儿，甜瓜儿！

到场囿外，她扯嗓子一叫，哗哗地从屋里跑出一帮童子军出来！

奶奶!

奶奶,这是谁啊?

我们妈我们爸该不会又离婚吧?

三个男孩、三个女孩,一共六个人。顶大的玉米儿和梅子一样大,她下面是两个年龄一样的男孩,一个长得圆脸圆眼,酒窝里直冒笑;另一个瘦脸,下巴如屋檐般向前翘出,长眼睛尽闪点子主意,他们肯定不是双胞胎。最小的那个才两岁,走路稳稳的,站在一边眯着眼打量我们。

是到了幼儿园吗?我问。所有人全笑开来。

甜瓜儿指着翘屋檐下巴的男孩向我介绍,他们是异父异母。

对,我和细妹是爸爸生的,他、他弟弟和玉米儿是妈妈生的。

我们的爸爸是他们仨的后爸,他们的妈妈是我们兄妹俩的后妈。

对,他们都和别人离婚,又和彼此结婚了。

老咸菜婆婆哈哈大笑,半点也不介意大家的七嘴八舌,还指着顶小的老六说,对啊,那只小牛,是我女儿离婚了又再婚和现在的丈夫生的,他是两箩子人的纽珠子。

我是纽珠子,我是纽珠子。

那个两岁的囡囡刚好是爱学说话的年龄,兴高采烈地摇着小拨浪鼓,连说了好几遍。

开工。

老咸菜婆婆一声令下,于是众人散开,剥玉米的,切猪草的,拌鸡料的,抱猫咪的,玉米儿和甜瓜儿负责各捎一只筐去菜地给婆婆把猪婆菜背回来。

老咸菜婆婆叫细妹去找两件衣裤来给梅子换上。那女孩和我差不多大,手脚麻利地找出两件递给梅子。我跟着去了后房间,那里有一溜木板通铺,靠墙每人一只小高柜,每个人的衣物都归置齐整地放在里面,大通铺中间隔一布帘,分开男女。梅子也是非常有眼力见的人,换好衣服便麻溜洗干净自己的衣物,拧干水,往竹竿子上晾好,又去帮着扫后院子的鸡屎鸭屎。

哇哈,到我家来的孩子全是老天爷挑选过了的。老咸菜婆婆哈哈大笑。我问细妹,他们这么多人,都有书读吗?

有啊!她拉着我的手跑到屋前的大路上,指着北面山顶那所学校说,看吧,我们全在那里读书!我们几个人都被评为了三好学生。明年哥哥姐姐就去九中对面的城里读初中啦。

那你们现在的爸爸妈妈干吗去了呢？我问。

打工。我妈妈承包了深圳一小区厕所的打扫，那里的人上厕所一次要给两毛钱，我妈妈赚很多的钱回来的。细妹口里的妈妈是她的后妈，老咸菜婆婆的亲闺女。

你这囡囡不简单，你长大了是用头脑吃饭的。我看出来了。

老咸菜婆婆这样夸我。她直言直语地告诉我，她的女儿很漂亮，头婚嫁到城里，生了一儿一女。那男人在外面乱搞乱花，她女儿想着，再生一个孩子吧，也许三个孩子压下来，那男人会成熟负责任的，结果更糟糕了。那男人变本加厉，动不动打她女儿，他们便离了婚。那男人离婚后照样不养判给他的儿子，造孽呀，老咸菜婆婆一咬牙，都接回来养了，一眨眼他们就都长大了。

后来呢，她这个后女婿找了个好吃懒做的女子，离了婚，别人介绍过来和她闺女成家搭伙过日子。她一想，一碗水端平，人家兄妹俩没有奶奶，干脆也接来，她一窝全养齐！两人又生下这个六宝，快三岁啦。瞧他们，实打实地过得不错，也确实像个幼儿园了。

老咸菜婆婆原来是这么个菩萨心肠的好人。

我主动帮她切土豆，先切薄片，再切成细丝，她大为惊讶，问我是从哪里学来的。

我不吱声啦，对于炒菜，我唯一会的就是切土豆丝、炒土豆丝，我们平时吃的顶多的也只有土豆，它便宜又量多，可以做成各种美味！

开饭喽！

老咸菜婆婆叫了一声，老大玉米儿早已站在田里叫唤，外公，外公咧，吃饭喽。

他们的外公背着一捆猪草绕过田垄，打后坡从后屋门进来，洗过手后坐在屋檐下，翘屋檐下巴的男孩便又去叫他的姐姐，说，喊山还是喊南风嘛，外公打后门回来啦。

玉米儿笑呵呵地用手遮阳，回到屋中。

饭桌摆在堂屋里，婆婆问外公说，今天又捡回两个孙女，你见了吗？

外公不以为意地说，没见着，倒是闻到生人味了。难怪桌子这么挤。

我和梅子坐在一起，忙向后退开了坐。婆婆叫我俩一定要吃饱，粮食是外公种的，他还种了两亩别人落下的田。桌子上，一盘鸡蛋炒辣椒，一盘魔芋炒咸菜加辣椒，一盘豆豉炒辣椒，一盘土豆丝炒辣椒，一大盘茄子油爆辣椒，一盘苦瓜掺干鱼丝炒辣椒，一大海碗的葫芦瓜汤，一大海碗的紫木槿花汤。一只大麻子猫坐在墙边他们写作业的简易书桌上，大黄狗坐在老咸菜婆婆脚边，时不时伸爪子提醒她给点吃的。它不挑食，茄子皮、青椒、辣椒、葫芦瓜片都舔着吃掉。大麻子猫巴望着吃到一两根毛花鱼丝，它同样能吃辣椒。鸡闻到饭香，全聚集到了后门，母鸡们唱着歌，它们轮唱、合唱、独唱，期望得到投喂的饭粒，老五细妹把半碗饭加上水撒向后门，公鸡母鸡们便跳起来抢吃，两只旱鸭子温文尔雅地叫着，宽嘴巴伸向地面，一大口饭粒下肚子，喜不自胜。顶小的六宝早已能独立吃饭，他不等别人来喂，坐在婆婆身边，用勺子舀了点魔芋和茄子，自己吃下一大碗饭。然后，见老五喂鸡有趣，他也舀了点饭去后门。还没等倒泼，大公鸡和大母鸡早已主动伸长脖子探入碗中，吃光，六宝先是被吓了一跳，继而觉得有趣，咯咯咯地笑起来。

老咸菜婆婆赶紧出来制止，说看哪个不听话的还这么惯着鸡鸭，饿他两天不准吃饭。

一眨眼，风卷残云，一大家子，加上我和梅子两个外人，把锅里碗里的饭菜一扫而光，连汤也喝干净了。老三和老四洗碗，他们将碗端到井台边，一人舀水，一人洗。老五和老二负责扫地，擦桌和归置。

梅子的衣服晒得差不多干了,她又麻溜地换回自己的,把借穿的玉米儿的衣服洗了晾上。临出门,老咸菜婆婆问我俩是谁家的孩子,我说是新市场戴胡子家的,婆婆说不认识他是谁,我想戴胡子在那条街上人人认识,怎么到了几里地外就没人听闻了呢。梅子说她家是苍溪山来的,婆婆就更不知道了,干脆交代说到了这里,就说我们是八字岩村老咸菜婆婆家的亲戚更方便。我和梅子一口答应她。

我俩谢过婆婆一家人,又打田埂路上往第九中学方向走去,那头大黄牛又占上了另一条路在啃草。它也不怕晒。知道了大黄牛的厉害,我们乖乖走远路绕开它。

到了九中大门外的大马路上,我们直接从这里走过跑马岭南山脚,至梅山亭,回到城里。

回到大二姨妈家已经下午三点多,没人管我去了哪里或没去哪里。只有唯一与我亲密的那只大橘猫在。我把红领巾在大桌脚凳上铺好,它便躺上去舔毛爬滚,夜里我也必抱住它入睡,半夜醒来,听到它呼噜呼噜的鼾声我就会心里感到温暖,但它总不大安分,是个夜行侠,常神不知鬼不觉逃去了哪里。

梅子家不久后就发生了悲剧,她的哥哥在广东出车祸死了。一个十五岁的少年,人生还没开始便已结束。

梅子的爸妈去广东料理了一下后事，什么结果也没有得到，又回来了。梅子的妈妈伤心欲绝地说只剩女娃子，儿子没有了，老去时依靠谁呢？

梅子的哥哥去广东的工厂后，看见别人快速熟练地操作，他反应不过来，好久不适应，每天东一茬西一茬的，工作没有效率，很快就被辞退了。他一出来，只能在大街小巷流浪，孤苦无依，真不知道最后的日子是怎样的煎熬。不久后，他就被车撞了，失去生命。梅子伤心了好长一段时间，后来她自己想开了，对我说任何时候她都会好好地活着，读不了书便吃苦，又不是没苦过。她问我，她的哥哥明明不会读书，为什么死死抱住执念不放，连过日子的事都既不愿学也不会干？梅子平时没什么朋友，也只有和我才说出很多的话，但她早早地便那么通达。

我在某个星期天，正要去梅子那里，大二姨妈叫住了我，说大四姨妈前两天打医院回三义阁的家里了，问我回去不？我当然答应，自己收拾好书包和几件衣服。舟美表姐说我来了这么久，趁今天有空，带我去河对岸狮子山公园玩一回。可我现在只想见到大四姨妈，赶紧回她身边。于是，仍然是舟美表姐送我回到三义阁。

四

回到三义阁，我看见大四姨妈脸有些苍白，但没那么蜡黄了，她稍微长出点肉，坐在宽凳上，腿上围了块布毯，她怕冷。我扑上去抱住她的腿，眼泪汪汪的，心中五味杂陈。

大四姨妈。

我叫她。

嗯呢。

她还会答应！她没死！她不会死的！她活着，她回来了……我对她叫了又叫。舟美表姐半真半假地说，在我家装哑巴，到这里又卖乖啦。

舟美表姐回去后，大四姨妈便叫自己的女儿把我的衣服、书包、鞋袜都拿来洗，表姐大呼小叫，说多脏啊，哪能洗得掉哇?！我说我自己洗吧，心里想着，梅子能洗全家的衣服，洗不动用脚踩，我有啥难的。大四姨妈翻看我的身上，这下她叫得比表姐还厉害，她让表姐赶紧烧洗澡水给我洗。我的天可怜的，这脏黑得像野驴子了，还遍生疥疮，头发里长满虱子！……于是，她们母女俩忙了一上午给我清洗，两张嘴也自然数落个没停没歇，下午，大四姨妈又打发表姐去买了治疥疮的药膏来给我全身搽抹。

我多么多么思念我的妈妈。她们，不论爱恨都让我难受。晚上，表姐检查我的作业时，狠狠训了我一顿，说我在课本上用指甲抠了很多洞，作业也写得歪歪扭扭，如果不马上改正便不要我了。

我听着很着急，知道错了，也只有我自己知道，当我上课时，当别的同学们在嘻嘻哈哈时，我内心多么怯懦与孤单。我想我的妈妈，每想一次便用指甲抠一下书页，长久下来，每本书的空白处都被抠出了无数的洞。好在又回到大四姨妈身边，有一种稳妥的安全感，我答应改正，不抠书也不去玩啦。

大四姨妈得的是良性子宫肌瘤，在长沙医院就切除了病瘤，真的是万幸。她天天念叨幸好有单位、有政府出了差不多一万块钱，再加上医学技术进步，不然她哪有这么快好。在家休养了二十来天，她恢复体力，能走路了，见小菜园荒废掉，便坐着矮凳把杂草一点点用耙子刨了。表姐一见又和她拌嘴，说，啊，让我服侍你煮饭给你吃，你却拔起这个没用的草来！

拔了，我好了又可以种点菜吃，园子是自己的长流水，哪有那么多钱天天买，有块地就是福气啊。

大四姨妈语重心长，又说自己劳动总归是好的，不动不挪岂不是木头吗？表姐这回也出奇地乖，不争不吵，但她待在家里耗着没钱花，不久后又去广东打工了。

家里剩下她和我、鸡、鸽子。猪和大黄狗都没了。夜晚变得冷清，四大姨父嫌大四姨妈生病的身子残缺，将她赶出那间正卧房，让她睡到小偏屋表姐的小床上，这对于我再好不过，我在旧床上爬来爬去，爬到她身边去睡。

一天早上，我上学去，那时大四姨妈渐渐好起来了，她和我一块儿走到魔芋厂那块坡区才分开，说要从魔芋厂后边下河岸到一块地里去，那还是表姐才出生时菜农队集体分的。我站在路旁，看她走路稳当才放下心。这时打那边屋檐下出来一个女人，和表姐长得很像，是她的姑姑，喜奶奶在时对我说过好几回，那时对不上号，这回一眼明白了。那女人个子不矮，声调比表姐高，扯着嗓门对屋里说，她还活得好好的，都能下河边上地里去了，我说你别再赖在我家，回三义阁去。女人进去，大四姨妈那个男人便打屋子里出来，原来是又去他姐姐家里混吃喝了。

我低头往学校走去。

到了下个周末，他阴沉着脸回家了，大四姨妈去长沙动手术前他笑得那么好看，以为只要没了屋里这个女人，一切幸福便会朝他奔涌而来。眼下他做的第一件事便是去猪栏旁的小隔间看酒坛，大四姨妈每月工资领来，先买三十斤糯米给他在灶上烤酿米烧。在新化，人人都是食品科学家，酒曲里加一味药，便酿烧酒，另换一味药，便酿甜酒。吃剩的酒糟，封口留一条缝，过几天便变成醋。就这么神奇。她往封好的酒里加入些党参、枸杞、黄芪，让他滋补，补好他的身体再来欺负她。

男人去看，那里的一只坛子里还有余酒，另一只陶坛已经空了。他舀了些酒，去小店买了一袋盐焗花生下酒。第二天我正要上学，听见屋里响起吓人的声音，二十年来，那男人习惯了早起便喝酒吃菜，而现在没有了。这日子没法过了！他怨毒地说。原来是他把一只吃空的酒坛子砸向猪圈旁的水龙头，坛子狠狠地碎了一地。

我慌乱地逃出门，见大四姨妈正站在小菜园子和邻居说话，我告诉她我上学去，并拼命向她眨眼示意，可她并没察觉出什么。唉，喜奶奶在时说得对，全说对了，大四姨妈应该少在家里，那男子施暴惯了。已经无药可救了。

晚上回来，那些碎陶片仍摊在那，那根被砸变形了的自来水管时不时发出古怪的呜呜声。有时我俩刚入睡它便开叫，呜呜！哧哧哧哧……噗！

我说，找个师傅来修修吧。大四姨妈说，由它去吧。

由它吧！

下一周，那个男人又按时回来了，我心想，他上次不是说日子没法过了吗？干吗又回来呢？后来我明白了，他在家都没法过，在外边更没法子过。他打开橱柜，见没给他备菜便骂骂咧咧，大四姨妈说自己治病还欠着账，没钱了。现在没上班，也没发工资。他没吱声，抽了两根烟到街上去了。大四姨妈和我吃了饭，我写完作业就去睡觉，她则坐着看电视。我很快睡着了，正在做梦，被惨痛的声音惊醒，莫不成是那变态的水管又在古怪地叫？我打床上跳下，连鞋也只穿到一只。

梅子！我怎么会在此刻想起我那么有力气的朋友梅子？不好！那个男人正在用扁担狠狠地打大四姨妈，嘴里还骂着，人不人鬼不鬼了活着干吗？看我打死你！大四姨妈跑不了，躲在大桌凳下，我想也没想从侧门冲出去，到喜奶奶老屋后猛拍窗户大叫，现在这间屋子归惠珍她爸了。我大喊，三奶奶，三奶奶快起来救命，我大四姨妈快被打死了，求你们救她！

三奶奶躺在床上还没睡，她儿子给单位出差，下火车刚到家一会儿。谁啊？三奶奶还有些没明白，叫她儿子赶紧开门。

三奶奶快救我大四姨妈，她要被打死了。我一个劲地喊她。

她听明白了，从屋里冲出来，她儿子更快，已跑在前头。

挨千刀的，打死她半条命你也得挨枪子！三奶奶大声斥骂。她儿子，也就是惠珍的爸爸冲进去夺下那男人的扁担，将他踢翻在地。那根扁担是大四姨妈多年来去饭店挑潲水养猪用的。旁边几户人家的女人也闻声而来，将大四姨妈从角落拉出扶起来，她嘴唇、耳朵后都是血，手、脸全被打得青肿不堪。三奶奶对那个男人说，只有没用无能的蠢货才打老婆！这种男人不值一根毛！你去街道办事处开个证明，明天扯张离婚证，有本事自由飞嘛，没人拦你。可是打死人你也逃不掉挨枪毙，没人收你的尸。

三奶奶一顿痛骂，可那个男人嘴更硬，说，老子让她死，就不离婚，她敢离我让她死！

我趁乱去床边找鞋子穿上，刚才左脚没趿拉到鞋，大脚趾不知在哪里划破了，这会儿很疼。不管它了。三奶奶推了个脚力三轮车，众人将大四姨妈扶到车斗里，让她在小凳子上坐好，合计着送她去衡阳人开的伤科诊所医治。其余人都回去睡觉了，我一路跟着三轮车。三奶奶个子没喜奶奶高，但年龄也小喜奶奶好几岁，七十出头，仍身板硬朗。和喜奶奶不同，三奶奶属于实力派，凡事向前闯。她说话中气十足，静夜中，小三轮车嘎吱嘎吱地在马路上推行，她回头见我一路跟随，知道刚才也是我去四处叫人，连夸我乖囡囡，长大是有用的人。

路灯映出了我们三人的影子，很长，很宽，晃晃悠悠。初夏的季节，街上吹着凉风，偶有几个年轻人仍在闲逛，吹长哨，还浪唱一两句。三奶奶数落起我家大四姨妈。都四十几岁快老了，儿女也熬大了，累死累活几十年，没有穷死，没有病死，那是天照看你。而眼下要被这个懒鬼、刁鬼、小气鬼、混账鬼丈夫打死，那太不值了。以前喜老四娘也劝过你逃走，想来也是，反正你办个退休，每月多少有几百块钱打到你卡上过日子。我家和你家非亲非故，而你那死鬼丈夫家的婆婆、姑子都在这条街上，她们全装死，只有我一个外人来帮你，还是你外甥女叫我来着。明天太阳升起时，嚼舌头根子的人都要说起闲话来。我劝你如果不想死太早的话，赶紧想办法别回那家了,下次还会打的。打死白死,法律是张纸,人嘴两片皮,真把你打死了,他找个理由一推,说不定活得顺溜溜。你耳朵听进去了没?

她说了一路。

送到南门湾十字街往北胡同巷里衡阳人开的诊所,叫开了门,那位老郎中已经七十几岁了,家里几个儿媳妇全跟着学医制药,有很多偏方良方,妈妈说我一岁时拉肚子医院治不了,就是由大四姨妈带来这里,用灶火土、大路千尘土和泥敷肚脐眼治愈的。老医师亲自起床接待,给大四姨妈敷药、打针。三奶奶一股脑说了大四姨妈遭的罪孽,老医师说,既然是这个情况,你必须尽早离开保命,我治得了你一时的伤,却给不了你以后半世的活路呢。

老医师号完脉,又拣了几服中药,三奶奶知道大四姨妈困难,便主动拿钱给她垫付上,又推着车回来。

一路上我也边走边犯迷糊。她们两人又说了好些话,听大四姨妈说她早想离开这个家了,但苦于没地方去。现在又病残了,打工也使不上力气。

谋事在人,办法有的是。三奶奶说道。

五

三奶奶侠义心肠,她让女儿去找街道办事处的人帮忙,打听到新兴街有一套要转让的出租房,两室一厅一厨,并且和大二姨妈家同一幢,就在她家楼上。三奶奶立即把这事说给大二姨妈,让她去给大四姨妈亲自问妥,这样子,是一家人自己在帮自己。街道办和房管局各来了一位办事员,带大四姨妈和大二姨妈和前租户谈拢,转让费三千二百块,大四姨妈从厂里借来交上,她自己还悄悄留了些过日子的钱。那位前租户的旧桌椅板凳、过时家具通通留下没拿走。星期四下午,在那个男人没回来之前,大四姨妈拿了几件衣服,带上我匆匆离开三义阁,住进出租房。老天有眼,她总算是绝处逢生了。大四姨妈对外称是我妈妈给钱给我租的房子,防止那个男人又跟来混日子。路过大二姨妈家门口,我非常轻松地叫了声:大二姨妈,二大姨父,舟美表姐,时美表姐。所有人都欢天喜地的,我们俩上到二楼进屋,大二姨妈打发表姐送了一大盘五香猪肉、雪花丸,一条红烧大鲤鱼,祝贺大四姨妈从此脱离苦海,过上好生活。

大四姨妈知道三奶奶是好人,但也没想到她这么热心肠，帮忙帮到底，托人这么快问到了房子。一下子到了自己的居室，她的脸上露出由衷的喜悦，面对亲戚送来的两大盘子佳肴，她用小碗各盛出一点来佐饭，剩下的放到一旁，留着明天吃。

那个夜晚，我和大四姨妈躺在上家人留下的旧板床上，用衣服和书枕着头，房间显得很宽敞。看向窗外，我第一次在这座县城的夜晚见到深邃的天空与疏落的星辰，月亮散发着迷雾般紫色的光辉。大四姨妈盖一条薄被，仰卧，她的各种伤需要小心翼翼地对待，我这边摸一下，那边看一下，又翻到旁边将手脚搭在床沿上，如果我的妈妈回来，这回可以来一起睡了吧。我暗暗想着。前面的屋子传来时断时续的叽叽喳喳声：虫的鸣唱，我早已习惯了，在梅子家，它们傍晚就开始唱。梅子说这是蛐蛐唱歌，但当它们在地上爬出来，梅子又叫它们灶狗，捉一只来看，真的生的狗头，四肢粗短，全身狗模狗样的。梅子给我玩了一会儿，又将它塞回灶下的缝里去，生怕它迷失了回家的路。只是我奇怪，它们那么矮小的身躯，是怎么搬到楼上来的呢？大四姨妈有时也叫它们土叽子。这个晚上我难以入睡，又想到梅子，她老问我怎么我读书那么容易，而她却觉得那么难。她的妈妈成天念叨不如赚钱去，可她才十二岁。梅子一到背课文与做数学乘除法就觉得头疼。她也指着自己过几年满十六岁，好去广东打工，打工了才买得起新衣服、皮鞋，买得起好看的裙子，还可以再买一只包。梅子不止一次对我说起她的愿望。蛐蛐又在叫，这时我听出来了，整栋楼甚至整个街区在这个夜晚全是它们广阔的合唱和轮唱舞台。它们自己唱，也停下听别人唱，此起彼伏，这样看来，它们非常有智慧，早就搬到各处定居了。

我不知道自己是什么时候睡着的。

六

大四姨妈因为生了重病又动了手术，单位特准她提前半年退休，这年她四十五岁不到，上班时工资三百块每月，退了休仍然是这个数目。厂工会给她办好手续，把证件送上门来。

那个男人回到家，见屋里原封不动，但大四姨妈人不见了，就和别人打听情况，又过了两星期，才跑到新兴街这里来。他先到大二姨妈家门口，递给二大姨父一根烟，二大姨父不接，也没搭理他。他又问大二姨妈，大二姨妈劈头盖脸将他臭骂一顿，说，你不是说以前穷，迫不得已讨的这个老婆，那现在她没病死也快给你打死了，你何苦死皮赖脸的。放你自由了，你喜欢谁，尽管往你那破棚子屋里带去！与我们陈家没有关系了。

我来找我老婆，你却不说人话。

那个男人依然恬不知耻。只见二大姨父两根手指便把手里的瓷杯捏碎，啪的一声摔在地上！真不愧被人称为戴胡子，大四姨妈的那个男人只好悻悻离去。

可他走开十几步，又回过头来叫嚣道，看这死婆娘，天天窝在楼上不出门吗，她总会出门到街上走的，我总要逮住她，敢离家不侍候老子，给我见着便打死她这贱东西！

大四姨妈在楼上的窗后听着看着，气到浑身发抖，倒到床上，口里恨恨地念叨着，死不要脸的东西，吃我的花我的还看不起我！又要我死，又要我活着侍候他，我活得连牛马都不如！她蒙住被子嘤嘤地伤心哭泣。我劝她不要再哭了，那个衡阳的老医师叫她好好养伤，先把病治好，再做计议。自从上次她被打得死去活来由三奶奶带去看伤，后来几次都是由我陪她去的，每次都在晚上。那个老医师姓邵，是个非常好脾气且爱讲故事的爷爷。晚上人少，我寸步不离地跟在他后边，他问我在干吗，我说跟他学中医技术呀，我家大四姨妈老生病又老没钱，我如果会治病不就解决问题了吗？他轻轻地笑了笑，弯着腰低下头来，凝视我的脸，我想他是不是在考察我像不像学医的，便严肃认真地板着一张脸，正要问他像吗，不料邵老医师突然又仰头呵呵一笑。

好好读书吧，乖儿，你以后前程远大。邵老医师这么对我说。他说我将来前程远大，这让我十分兴奋。

但是，邵老医师朝大四姨妈努了努嘴，说，你可以学医。

我的大四姨妈毫不犹豫地答应了，说她可以天天来，帮忙打扫诊所里的卫生，然后跟着学习。我心想，她退休了，一切可以从头开始。

邵老医师沉吟一会儿，却说起了旧事。邵老医师的老家在衡山和祁阳的交界处。他爷爷年轻时，家里一条狗遭毒蛇咬后，自己奔向山林，他爷爷那时还是二十几岁的后生仔，怕狗走丢，跟了过去。见狗东闻西嗅吃下几种野草，他心疼狗，心想这大老远跑到山上不容易的，不如他每种草采一些回去，狗若再要吃便喂给它。可是狗不领情，第二天又独自上了山，他爷爷又跟着，狗子居然去了另一片山，还换了两味草药。就这样，狗不仅治好了自己的蛇毒，还教会了他爷爷。后来他爷爷以这个秘方为人治病糊口，再后来又用秘方和一位中医交换，让对方教他学中医，他学会后成了看病的郎中，家里的日子也好了起来。

邵老医师有个妹妹，六十几岁，一辈子很不幸。她的前夫人好却死得太早，又嫁了个丈夫，是个打鱼的，三天两头地打她，但那人也四十出头就死去了。她一共生下五个儿女，累死累活抚养大，好了，现在他们都对她推诿不管，还怪她太穷，让他们受苦。她一气之下反而突然想明白了。年轻时她跟着家里人上山采药，啥都会，干脆又住进山里的老屋，采药，给别人免费治病。虽然免费，可她啥都不缺呀，那些被治好了病的人为了表示感恩，时常送只鸡，送一包米，送一块肉。为了方便，他这妹妹后来住到寺庙里去了，和一个修行的老太太一块儿，互相也有个照应。

啊，大四姨妈听到这突然睁大眼睛，追问，那个地方在哪里啊？

在我的衡山老家。邵老医师说。

大四姨妈病未完全好，便独自去长沙复检。这一次临出门，她买了几十斤米、两百块蜂窝煤、几十只土鸡蛋存在家中，又交给我七十几块钱。她叫我把钱藏好，每天买菜的花费不准超过一块钱，如果超支，她人没回来我便要挨饿了；叫我对外人说大四姨妈每天在家，这样没人欺负我；叫我自律好好学习，如果读书不好，气死我妈，她也不养我了；一再交代我不要带同学、朋友回家，怕别人知道我一个小孩在家会坏事；又掏出一把钥匙挂在我脖子上，叫我万不可丢，不然进不了门……她一股脑交代我那么多事，我听得发愣，但鸡啄米似的点头答应，免得她生气。次早天亮她启程赶火车，我去学校前，问她几时回来，病会好吗？大四姨妈说病会好的，好了就回，又一再交代我照料好自己，说完便慢慢走了。

我喉咙一阵酸楚，泪涌下来。可她一步一步向前走，没有回头。

那天放学，我早早按照约好的去了梅子家，她洗衣服我帮她扫地，她煮饭我帮她刨土豆。做完这些，我又向梅子学了如何给炉子换煤。

过几天家里实在没菜了，傍晚我拿着一张五块的钞票去买土豆。土豆四角五分一斤，在市场角落，那个卖土豆的摊主随便捡了几个小的叫我给一块钱，我见他没过秤便犹豫地捏着钱不放手。旁边卖豆腐的瘦男人朝我打招呼，来买豆腐，只剩一坨了，不称，算一块钱给你。

我便不买土豆，转而买了那块豆腐。这个价格很便宜，大四姨妈平时经常这么买，我是知道的。

回到家，我打开火炉，放上小铁锅，第一次煎豆腐，学着大四姨妈的样子将豆腐在砧板上切薄，锅里放油。啊，我太着急，锅没烧干就放了油，油噼里啪啦地爆溅，赶紧下豆腐，其实油还没热咧。火炉刚开封火还不旺，豆腐下去时锅里嗞啦嗞啦的，全是汤汁。大四姨妈做了一陶坛豆豉，我学着她的样子舀了一勺煮豆腐。末了火力上来，汁水干得快，一眨眼豆腐全粘在锅底，被煎得焦黑，又急得赶紧关火，本应该是先端开锅嘛！豆腐炒成了豆腐渣，没办法，我被交代过一天不能花费超过一块钱，豆腐渣也得吃。盛出来一大盘子，吃起来味儿不错，重要的是没人啰唆我。每顿扒一点佐饭，到第三天快吃完时它变得有点豆腐乳的味道，哦哦，腐乳豆腐最初可能就是被这么无意制出来的吧。

煎鸡蛋也是，看着容易，开始做时，蛋没散开，一边焦黑，另一边盐聚成一坨，一吃，咸到发苦。又去找梅子，她先将切碎的辣椒炒好起盘，然后在空碗加些许水将丁点儿盐化开，盐不可多，蛋打进去搅匀，油烧热下蛋液，蛋翻煎至两面金黄时，将之前的辣椒下锅一块儿炒，这样又辣又香的鸡蛋才能做成。

之后我陆续学会了炒胡萝卜、白萝卜、辣白菜、魔芋、豆腐，大不离这几样。菜场里的人和我熟了，老远见我便说，啊哈，一块钱买菜的细妹又来了。

大四姨妈在长沙待了很久都没有回，可是我没有她的电话，也没有地址。幸好现在住在楼里，上下左右全住人，夜里独自睡觉也不害怕。衣服脏了我就自己洗，梅子常说见水为净，她说得完全对，刚穿上也许又脏了，脏了反正又要洗，循环往复，凡事太认真干吗？我只做一件事，读书，它让我快乐。原来生活可以过得如此快乐和自在。我把衣服先在水槽那里沥干水，然后搬个小板凳站在栏杆旁，拿衣叉顶着衣服，晾在走廊外沿的铁丝上，这样衣服上的水不会滴到路人，我也不遭怨言和白眼。

这栋楼每层走廊连通共用，不宽的廊道上堆积着各家的蜂窝煤、旧水桶、花盆、折椅、折叠自行车，仅剩一点走路的空间。到了星期天，小孩子、学生三两聚着玩纸风车、玻璃珠，甚至跳橡皮筋。笑声、叫声、吵闹声不断。我家隔壁的一户人家，是一对三十开外的夫妻，他们的三个女儿都不是生得漂亮的那种，但白净而高。大女儿十三岁，性格文静，读初中一年级。二女儿性格厉害，咋咋呼呼的，脸上有麻斑点。三女儿和我一样大，可是她在第三小学才读二年级，原因是早两年她太娇痴，早晨老拖着，不起来去学校，只好延迟上学，现在她仍爱撒娇、爱淘气，走路时撅着小屁股，伸腿这踢一下那弹一下，人家晾的东西也要去拨弄两下。明明是被爸爸妈妈宠坏了，可她的爸妈却从来不管，还大加夸赞，说这才是小男子汉的脾性。夫妻俩做梦都希望她是个儿子，因此给她取名宜杰。她属于超生，当初他们还为她交过罚款。她们三姊妹的妈妈个子中等，短方脸，大圆眼珠，在汽车站对面的小弄街巷里摆了个香烟摊。她们的爸爸在煤矿工作，是一名机械维修工人。煤矿的机械不复杂、耐使用，所以他大多数时间都很松闲，上夜班时也多在维修库仓里睡觉。每星期他都回来一两天，那个男人高挑白净，瘦瘦的椭圆长脸，女儿们多生得像他，他一回来，那小女儿宜杰就两手拉住她爸爸的手，身子垂吊，小屁股撅着，快乐地一扭一跳，太幸福了。他们一家人去逛街，买东西，然后有说有笑地一路走回来。

我非常羡慕。舟美他们一家人每天傍晚收摊时也同样乐呵呵的，但轮不到寄居的我。人真的是奇怪的，很短的时间，前后两栋居民楼的人都知道了我，他们见我如此独立坚强，大为惊讶和赞叹。于是，宜杰的妈妈说出我是她初中同学的女儿的事，我才知晓原来这个无比幸福的年轻女人是我妈妈的同学，叫刘凤美。人和人不能比啊，我妈妈的生活却是那么艰苦。这里谁家孩子不听话、捣蛋，父母长辈就会斥责说，看看那个小月华，人家也才不到十岁，会做家务、会过日子，读书还那么好。

有一天打大二姨妈家门口路过，我看见妈妈的同学刘凤美在大二姨妈家的机器上加工糯米粉。她和大二姨妈笑呵呵地聊着天，远远地看见我，便不约而同地眼睛一转，嘴巴一努，面露不屑。走近时，我听到她俩在谈命理、运气、财禄，两人互相吹捧对方能力高强，同时当着我的面就以怜悯的口吻贬损我的妈妈，说她命贱、倒霉、走衰运，四处漂泊，生的女儿也苦瓜一条。我头一低，回到楼上开门，小宜杰和她二姐正站在她家门外的过道上，手里拿着个火红的石榴向我显摆。天啊，街上一个石榴就要两块钱，猪肉价也才四块一斤，她妈妈真舍得买。但宜杰不会剥石榴的皮，二姐答应帮她剥，宜杰便说，这是爸爸买给我的，我一个人的，你帮忙剥也只给你吃一点。

她二姐答应她，说自己不吃也行，给她剥，说完便进到屋里去，宜杰快乐地在门外扭来扭去，一边唱一边问二姐剥好没有，快送过来，她等着吃咧。

没有，等等。

里边回答。

我去替换炉灶的煤饼，先把烧透的底煤用铁撮斗提到外边，再将新的换上。哇！隔壁突然响起宜杰尖厉的号哭。赔我！你赔！原来是她二姐在屋里剥石榴时边剥边大口大口吃，在宜杰得意扬扬地等着吃石榴的时候，她姐姐已经把石榴吃得只剩皮瓤子了，宜杰开门一看，立马气得滚到地上大哭。可她一哭，她二姐干脆将剩下的一点也扔到煤灰桶里，这下可好了，她一粒也吃不着。

撒娇！你撒呗！老子伺候你的。

她二姐脚一跺，由她哭去。

我听了不由得扑哧一笑。想到刚才她们的妈妈还在我大二姨妈家挖苦我，我懒得听下去了，锁了门跑到梅子家去。现在我已习惯站着在她家桌子边写完作业，不受干扰。

梅子见我才回去又回来，问我刚才落什么东西了吗？我将邻家女孩吃石榴的事告诉她，我们哄然大笑，梅子虽天天在妈妈身边，可她经常挨数落，哪有撒娇的机会；我妈会让我撒娇，但撒一会儿她就说别撒娇了，

227

并且我们聚少离多,我到哪儿向她撒去嘛。梅子觉得这事非常好笑,居然笑趴到地上去了,她认为宜杰的二姐太有才华了,这么一下就给她妹妹治住了。我却多么想抱住梅子哭,将屈辱哭尽,可又一想,梅子比我更苦,她爸妈本来就放自来水那样一口气生下五个儿女,现在又嫌生活苦,不想给他们读书。我当梅子是个坦诚的朋友,我们两人没有芥蒂,在她面前,我简直可以把心晾在她手上,依旧感觉轻松。她长得粗壮有力,连眉毛都又粗又黑,在年级里没人敢欺负她。

我想妈妈了。

我对梅子说。

七

大四姨妈回来了。

那天放学,她已坐在家里了,那么长时间,我从等她盼她到望眼欲穿,再到差点忘记。现在她到了眼前,我实在生气又伤心,扭头不理她。她笑着哄我拉我,把我抱在怀里,我所有的委屈涌上心头,对着她的肩膀咬了一口,便顾自号啕大哭。她抱着我摇呀摇呀,说这小狗牙齿还学会咬人了呀。

她这么一逗，我即使掉着泪也止不住嘎嘎笑出声。笑一下，觉得自己还没哭够哩，便接着又哭。得哭透才行。

你再哭我又出门去啦。

大四姨妈把我挪到板凳上，一边拨弄几匝青竹叶和粽叶条，一边说道：包粽子啰，快过端午啰。月华乖得不哭了哦，大姨给你包一只很大的五香肉粽子，让你吃得嘴巴冒油哈。三毛表哥没有，表姐没有，我也没有，就你有，好不好呀？

真的？我还从来没吃过五香肉粽，甚至没见过，想象不出来那是什么样子。我止住了哭泣，挨到她身边去，看她泡绿豆、量糯米。我不吱声，只是时不时抽泣一下。

哭醒了没？她问。

没哩，我连肉都没见，五香粉也没见，你就是骗人的！呜呜呜……想起她不准我每天花钱超过一块，我都多久没吃肉了，更伤心地大声哭起来。她马上下楼，去市场买来两斤肉和五香粉让我看，说，到明天下午就可以吃到。我这才放了心。她一回来，长时间以来我所有的担忧全放下了，我也哭累了。吃了点辣子炒肉下饭，我已十分满足，早早便上床，沉沉睡去。

第二天下午放学回来，桌子上果然放着一只菜碗大的扁粽，只有一只，她说到做到，是专门包了煮给我吃的。

这么大一个！大四姨妈，你也吃呀，我俩一块儿。我说。

你吃吧，我吃素啦。

啊！我大吃一惊。她一辈子也没吃几回肉，把好菜全炒给那个男人吃，等他走了去厂里后，那碗里剩下来几片肥肉，她都如吃筵席般拌饭吃下，眼下自由自在的，怎么吃素啦？

我又想，是她生病后医生让她不吃的吧。包五香肉的糯米粽真好吃呀，我一顿吃下一半，又饱又腻，再吃不动了。我早已养成习惯，将粽叶剥去，归置在一只小碗里，留到明天，热了接着吃。我又对她说，大四姨妈，如果你以后又要过很久才回家，你再包一只给我吃，可以吗？

好嘞。她脾气变得十分的好。

又过几天，三毛表哥打广东回来了，他又黑又瘦，也没再长高。三毛表哥在广东的某片城区给人家送煤气，是他自己承揽的活儿。那个地方有很多老旧的楼房，楼梯窄小又没电梯，他扛着钢瓶，挨家挨户地走路送上去，太辛苦了，他根本吃不消。有的人还恃强凌弱，故意克扣他的血汗钱，他也只能忍着。夏季天气炎热，好几回他差点晕倒。但三毛表哥有头脑，赚了点钱便马上回来，他打算继续学做厨师，将来开个酒馆、饭店之类的。表姐没回来，她现在在深圳一家工厂做了组长，工资每月拿到一千块出头，最起码也要到年底才回。见到三毛表哥，大四姨妈满脸笑容。三毛表哥不吃绿豆粽，想吃咸肉粽，她又很大气地买回两三斤肉，加五香粉，用酱油腌制，一半做成米粉蒸肉，一半在灶火上烘至半干。将糯米泡过夜，沥干，洗去肉上的浮料，母子俩一边家长里短地聊天一边包粽子，包好了一小盆。端午节清早，我起床前便闻到满屋子肉粽的清香。待我下楼经过市场，那里人头攒动，有卖高脚艾秆的，卖蒲草的，卖嫩荷叶的（我又想起老咸菜婆婆门口的大莲藕水塘，想起梅子不自量力，要去推开一头倔黄牛），卖鲜粽叶的，卖砂药草的，卖硫黄丹砂粉的，卖老土种胖黄瓜。人声鼎沸，嘈嘈杂杂。经过梅子家门口时，她追上来，递给我一只粽子，是她自己包的。凡是过日子的事她都会做。粽子还热，是由煮饭的粳米做成的，剥开吃，里面包的是红豆沙，有咸味。我当她面把粽子吃完，对她说，梅子，谢谢你，太好吃啦。

其实梅子家的粽子和米饭没什么区别，但我当她是特别亲的朋友，胜过亲戚的那种，像小狗儿可以袒露肚皮的那种，所以理所当然地认为她包的粽子才好吃。

吃完粽子，上楼去上课，今天学校只上半天课。到第三节课时，同学们仿佛已经听见了资江河面上龙舟似有若无的鼓点声。后排的几个男生模仿着赛舟划桨的姿势，在课桌下偷偷表演，有人不小心把课桌都拱翻了，大家哄堂大笑。刘老师说，谁分心不好好上课，待会儿便把谁锁到办公室，晚上才放人。这招很灵，偌大的教室马上安静下来。第四节音乐课大家表现得更加优秀与专注，歌声悠扬、嘹亮，其实这样时间过得更快。

放学时，刘老师交代我们，看龙舟一定跟紧大人，不准离河岸太近，不准乱跑，不准……不准……她每提一个要求，全班便齐刷刷地答应：好。她又重复一遍，我们将声音抬高，又一次答应：好！她当然知道大家的小心思，故意停顿一下，才慢悠悠地问，记住了？

记住了——我们拖长声音，答案肯定。

于是，放学。

那天天气实在闷热难耐，太阳时而藏入云堆，时而又悬于空中。这种天气大四姨妈不宜出门，她也不便出门，她的男人守在那个破庙般的空屋子里，百爪挠心，大过节的，再没人理他。三毛表哥这小半年在广州打工累得够呛，趁过节忙于补觉。

我妈妈的同学刘凤美的丈夫昨天下午从矿山回城，宜杰三姊妹早早换上了花裙子和新衣服。宜杰在楼下院子里练习踢正步，抬左脚伸平，放下，又高抬右脚伸平，放下。我一看，原来又在炫耀她漂亮的新凉鞋，两只鞋的背头上各有一只闪光的蝴蝶，走路时还能扇翅膀。她们今天上午都请假不上课了，一家人坐短途车回农村爷爷奶奶的家里去，她们的爸爸是家中唯一的儿子，回农村会得到杀鸡宰鸭吃大肉的招待，而且将提着很多粽子、桃子、玉米回来。宜杰走过我家门口时骄傲地偏过脸，又回头向我一噘嘴，气得我啪地将门摔上。大四姨妈问我干吗呢，和谁生气？我便把刘凤美和大二姨妈嗤笑我妈妈和我的话说给她听，还告诉她，那个宜杰得意忘形，她爸妈不仅不管，还夸她哪！

别理她，你只当没看见。她不单对你，在别人面前也这样。谁都不爱搭理她，她不就变得孤独寂寞了吗？大四姨妈开导我。她这样一说，我也释怀地笑了，一回想，是啊，这楼上楼下的小孩，没一个愿意和她玩得久的，人家都不搭理她呢。

你昨天的五香肉粽，我早上给你热好了。她对我说。可我不急于吃东西，而是揣了两个小肉粽下楼，往梅子家在的那条胡同去，我们约好一起去看龙舟的。刚到巷子拐口，就看见梅子巴巴地在那儿等着我了。我将带的粽子塞到她手里，她也又给我提了几只粽子，还有几只桃子。于是两人一路飞奔，穿过汽车站后院，横穿马路，打刘凤美卖烟的那条长巷抄近路到达罗盛教纪念馆前门，又沿馆旁居民区内的曲折小路到达资江大桥的桥头，沿长长的斜坡马路下到江岸边。此时正值雨季，资江水位高涨，水面呈黄泥汤色。龙舟赛已开始，二十多条沿岸乡及郊外村来的龙舟在大码头岸集聚，真不知几百年前应公子在世时，龙舟也是这种尖底翘头的细船吗？船队分组列向东西两岸。船队全是自发组织的，十里八乡的陌邻到这里报个村报个姓，吼两嗓子便互相熟悉了，转眼又忘记彼此，又变得陌生了。

中间的河水暗浪翻涌，所以，船只能在靠近岸边的水缓处比画。每个划手都是村里十里挑一的壮男，孔武有力、灵巧，还精通水性。各村的队长、家族长者多提着一大兜子鞭炮跟在岸边，当本村的船只出列开拔，他们便点燃炮仗，炮仗噼啪噼啪地响，他们大喝一声：划赢船！呵嗬！

每一组船都逆流而上，以到达大桥的桥墩处为结束点，水面距离约一公里。每组四条船，分别从两岸竞发。啊啰——哟——起！指挥龙舟赛的声音一响起，顿时鼓声如雷，号腔激越，桨叶齐飞，众长船逆水奋进！每条龙舟船尾都有一个掌舵人，他负责避开巨浪。船头跳龙脑的人最关键，他腰系红幔，赤脚高跳，双手还要击鼓指挥，口里一直激昂地唱着：

划呵，赢呵！

划呵，赢呵！

船至终点，他更是擂鼓声震天，最后高喊一声，呵呀——嗬！船便骤然划停，掌舵人掉转船尾，让船随流水回程。

末了，每组中胜出的又要做最后的比拼，拿第一的那条船每人都会得到奖励，或是一条毛巾，或是一包洗衣粉什么的，反正物质不重要，名声才一等一要紧。当宣布哪个村得了今年第一的时候，那条船上的人便将船桨高举过头，高呼本村庄的名字。没划赢的船上的人跳上岸，眼疾手快地把那些吃的用的奖励品哄抢而光，赢的人也不太在意，反正你输了！

看龙舟的人笑得稀里哗啦，难得开怀大笑。在回程的水路上各村船上的划手依旧用雄浑的声音唱着：

划哟，跳哟，赢哟，呵嗬！

他们回到自己的村庄,将船抬上岸,反扣,放入专用的船屋,不管输了还是赢了,每个人都会受到英雄般的待遇,傍晚,村里会招待他们一桌好酒席。这才是最快乐的时刻。

龙舟散去,河岸边撑伞卖冰棒、卖酸汤、卖李子、卖梅子、卖杨梅的人和看龙舟的人也陆续散去。梅子解开一只粽子的粽叶绑绳将它抛向水的深处,口中念念有词,再抛下一只,又一只,她一共抛了三只。我不明白,问她。梅子说她奶奶说过,把吃的抛在水里,叫她哥哥的名字,他会吃到。

哥哥死了,我再也没有哥哥了,想想他那么可怜,又是那么拧巴的性子,连一个朋友都没有。梅子流出伤心的眼泪。我想起从未见过的二表哥,大四姨妈也常在过节前吃饭时念念有词,叫他同吃。世事真奇怪,那些死去的人我们见不到了,但他们还能吃饭,那些活着的人,有的被我们恨到绝不想见,恨他们再不要吃饭才好。

之前有病,在家中不受待见,死了,幸好梅子还怜念,记得他。

下午仍然很热,我俩抄近路从河岸断壁崖的斜坡石径爬上魔芋厂那垴,再打第三小学前的巷子拐到青石街。到了青石街，两人相伴去沿街的商店穷逛，我们前世今生有缘，同样地穷到身上掏不出一毛钱，可我们又是那么快乐。看阳光炫舞般照在各个玻璃门窗上，变幻莫测，我们比赛盯玻璃门的反光，看谁盯得久。可是阳光太耀眼了，我们被刺得压根睁不开眼，便相视哈哈大笑。大商店都在墙上安了大风扇，吹得我们凉凉的，很舒服。大街上忽然黑下来，刚才还在燃烧的太阳瞬间失了威力，看那头顶，几重乌云隆隆滚来！不好，我俩从青石街飞跑进邻近的市场，那是一个巨大的塑料瓦棚区。穿过市场，梅子从侧门拐小巷往她家去，我打大二姨妈后院上楼梯跑进家。

那雨哗哗，倾倒似的从天泻下，老天爷，我真幸运，能在下雨前到了家。

赛龙舟的热闹好看吗？大四姨妈问我。

没，没有看。我不向她承认。

一摸口袋，梅子给我的桃子还没吃。这是她奶奶打农村摘来的土白毛桃，有黑麻点但很甜的那种，真好吃。

八

小表哥三毛铁了心要学厨艺，在家还没休息几天又去几家酒店应聘学徒工。他买了一件浅蓝色衬衣套在牛仔裤里，黑皮鞋刷得锃亮，抹上发胶，梳了个酷酷的分头。我说，哥哥，你这么一打扮，老板怕你不像个干活的人。三毛表哥神秘地说，扮帅点，做服务员的姑娘们会喜欢，不关老板的事儿。哈哈！三毛表哥还挺来鬼点子。他说做厨师吃得好，不晒黑，找老婆容易，开饭店有资格。我认为三毛表哥打大四姨妈胎里就开始挨饿，十几年来把他给饿坏了。他没去大酒店，而是选了家大排档，认为那儿菜式多，花样变得快，他是有目的地前去的，想在将来自己也开一个排档起家。

夏季到了，白天在家也闷热难耐，大四姨妈给每个房间都买了落地式风扇。她已退休，不再上班，病体稍好便觉得闲得待不下去，念叨着表姐上技术学校时她向别人借的钱还欠一千来块没还，这套旧房转过来也还欠一千多块。表姐在深圳赚了钱，只管买包、买化妆品、买衣服，她既不问大四姨妈的病，对家里债务也充耳不闻。大四姨妈托人给自己在县城里找了份保姆的活儿，雇主是一对老夫妻，退休了，带着一个上学的小男孩，他们的儿女在外工作。他们让大四姨妈去煮饭、炒菜、扫地、洗衣、做家务，包吃不包住，每月工资三百块钱。她满心欢喜，晚上回来计算着用这份保姆的钱来还账，到年底，两千多块的债务便能偿清，她也轻松了，到时候肯定能过一个热闹的年节，不扯皮不怄气还有钱，日子充满希望。三毛表哥每天半夜下班，回家时还哼着调子，轻轻吹着口哨。他偶尔会带点卤牛肉或几块酱排骨回来，扣在小碗里给我吃。我每天上学前都去翻看小碗，一有肉就偷偷把它吃掉。

大四姨妈开心，小表哥高兴，我也变得轻松自在。

六月，夏日炎炎，妈妈给我寄来款式别致的新裙子，我一拿到手就迫不及待地穿上，大四姨妈笑逐颜开，夸我像个小公主。然后，她又拉着我把衣服脱下来，告诉我新衣服经过很多地方，被很多人摸过，必须要洗干净，晒过，让阳光洒上香气才好穿。我们将它洗了晾上，等着星期天穿上，如果宜杰再在我面前扭来扭去又噘嘴，我便穿着这条裙子瞪她！可是，那个星期天我却没见着她，到下一个星期天仍然没见着他们一家人。他们去哪里了啊？她们几姐妹难道不上学吗？

到了两个星期后的一个星期二，我放学回来，见走廊上挤了很多人,他们叽里呱啦地议论着,我小心地挤入人群上了楼,听见刘凤美在撕心裂肺地哭号,屋里屋外围着她家好多亲戚,她大女儿和二女儿也在痛哭流泪,宜杰被挤到一旁,懵懂张望。周围的人说,刘凤美的丈夫没有了!

这是什么时候的事啊?

大人们说,这个男人一个月以前就说自己身体有些不适,到单位医院挂了盐水,开了些药。那天周五轮到他值夜班,周末也没回家,到星期一别人去上班,才发现这个男人从小铁质楼梯上倒下来,人还有一口气,忙送去抢救,又通知了凤美和其他亲戚。他在医院躺了几天,还是走了。

第二天一早,刘凤美由娘家人搀扶着,和婆家的一干亲戚先去矿上。宜杰一直在哭,不是哭她爸爸,而是不想走路,为没人抱她而哭。这时,她那文静的大姐仿佛一夜长大了,拿出当家的姿态,用一根戳蜂窝煤眼的小竹鞭啪啪啪地抽宜杰的屁股,并叱责她,看你死心眼,天塌下来还在作态!

宜杰猛地打地上惊跳起,跟着众亲族边走边伤心大哭。爸爸,爸爸,你背我呀。

到了下个星期天,再到下一个星期天,我真的再没见到她们的爸爸。我也怀念他，我也多么想有一个他那么好的爸爸。其实，我不相信也不大清楚死到底是怎么一回事。比如，喜奶奶是否在某些夜晚还回来睡在她粘满蜘蛛网的老屋里？二毛表哥是否偶尔回到三义阁家的木窗外，在深夜里吃一点饭才走？还有，还有宜杰的爸爸去了农村，将来是否会在那些吹凉风的夏夜在老家轻盈来去，和池塘边的青蛙合唱一些歌？

我多么多么想有一个爸爸，一个像他那样子温和的，老笑着的，可以在假日或过节时，牵着我的手带我去买一块香绵的河南饼，或一块驴打滚。春天去铁路边用竹竿钩下高高的刺槐花，我用篮子接着。又或者，在灶台下捉一只土蝈蝈，放进小筐子，看它粗短的四肢蹒跚地爬，然后把它放归。每次，我都会穿上最好看的衣服站在阳台上，等他们走过去，只为见我想象中爸爸的样子。

刘凤美的丈夫死了，女人们便开始私下议论，就在上个月，每个人见了刘凤美还夸她姻缘好福气好。有天傍晚，刘凤美的三个女儿陆续回家，大女儿煮饭，老二和老三在争执，老二便动手打了老三宜杰。宜杰哭了，哭个不停，老二说，再没人惯着你了。良久，刘凤美买了点菜上楼，她脸色憔悴走路乏力，进门见宜杰冲过来哭着诉说委屈，面对这个她平日最宠爱的小女儿，她伤心地低吼，别哭了，再哭把你扔到马路上去！

很快，刘凤美又另外找了一个男人，那人也三十几岁，长得还好看，是她前夫矿上的，离了婚带着两个儿子。星期天，那人到凤美家里来，给她们买了蜂窝煤端上楼，又买了米背上楼。他像亲爹似的牵着宜杰的手，宜杰这会儿才不想接纳他，一甩手自己跑前面去了。刘凤美和新丈夫一块儿经过大二姨妈家门口时又眉开眼笑地和她打招呼了，大二姨妈每次遇到大四姨妈便说，瞧人家那个命好福好的，那个还没凉透，这个又热上了。前一阵还在嚼舌根的女人又纷纷羡慕起刘凤美，说她这下儿女双全了。

矿山让凤美顶亡夫的指标去矿里上班，拿一份微薄的工资，如果她坚持工作到五十岁，便有退休金。刘凤美决定去上班，她的三个女儿无论如何也照顾不过来，好在放暑假了，可以先让她们去前夫老家的奶奶身边。她去矿山上班，吃住和新丈夫在一起。

秋天开学时，凤美回来了，她的三个女儿也打农村回来了，全晒得脸色黑红黑红的，大女儿已学会了赶牛上山。又要准备开学了，到交学费时，凤美傻眼了，新丈夫拿不出钱给她的女儿们交学费，问他，钱呢？

给我的儿子交学费呀。那人理直气壮地说。

凤美省吃俭用，她赚的工资除了吃饭，剩下的都用来给女儿们买衣服和用品了，再没有钱。原来这个新丈夫说感情好只是嘴上好，办正事却只顾自己亲生的。他还质问凤美说，你摆摊做生意这几年，赚的钱到哪儿去了啊？现在没有你女儿们读书的钱赖我吗？我不就每月见底那点工资吗？

凤美的房子是租的，现在她连房租都交不上了。刘凤美头疼不已，首先把宜杰送到了农村奶奶家去。等矿上给她安排了一间小屋子，她便把老大和老二带去了矿上的子弟学校读书。凤美回来搬家具用品时，她新丈夫也来了。刘凤美人瘦了很多，脸色蜡黄，打大二姨妈门口经过时，只"嗯呢"一声便低头走过。

我无论如何都想知道，人死后去了哪里，问小表哥三毛，他说他们都坐火车走了。活着的人坐座位，不活的人坐在火车的顶上，因为不用买票，来了又去，去了又来，很自由。

原来如此的。

九

我和梅子坐在资江河岸的台地上,秋天的草变得又黄又软,坐上去蓬松舒适,肥地里长出的苦菜与香苋草的细长叶子被秋天染成绛红。

秋天,江水稍落,河流纤瘦而墨蓝,卵石零乱地铺满河滩。应公子不懂坐火车,应该也来去如风,仍在这一带飘来荡去的。水面倒映出高岸断崖上的房子和巨树,浅灰的薄云和鱼肚白的天空都映在水中。水平缓地流动,云轻轻地飘移,到底水在天上流呢,还是云在水中移呢?我让梅子看水面,问她的想法。

梅子说,想那么多干吗?天是天,水是水,各不相干。说完她就去采野菜了。荠菜已长了出来,可惜太小太嫩。细嫩的胡葱从岸脚的石缝长出,香气迷人,炒鸡蛋、炒豆腐、炒炸黄豆、炒腌臭蛋,都好吃得很。梅子快乐地一跳一跳地去扯细葱,她耐心地将它白圆的根头也拔出来,胡葱的根煸炒酸萝卜丝加辣椒更是绝配。梅子仿佛是为过日子而生的,在她眼里,一簇野花,一丛鱼腥草,都是好吃的美味。而我,见到每一株草,每一朵野花,都在欣赏它们无与伦比的姿态和芳颜,还要和它们说话。梅子说你光读书有啥用啊，好像变成一个痴包。我点点头说是啊。

上次妈妈回来带我在小城的边缘走，我问她到底是在哪里出生的呀，我怎么没有外公外婆呢？她大概指了个方向，说那是她娘家，可是生她的外公外婆早早地没了，一间小房子舅舅一家住着。舅舅是什么概念我确实不懂。大四姨妈住到这个出租房来，家里没了狗，没了猫，更没有鸽子。现在我甚至很怀念那只黑猪，我刚去大四姨妈家时它恰好生了一窝小花猪，后来呢，小猪长大卖给了别人，旁边的猪圈里养着它剩下的两只崽子，大黑猪常扒着栏杆，两只前蹄搭出来，嗯嗯哦哦地和它们说话。我走过去，它耸动大圆鼻子拱我的手指头，它其实是那么聪明，在向我讨吃呢。我从小菜园拔下几片菜叶来，它舌头一卷囫囵咽下，我又去扯了些大蒜叶子、芹菜梗子给它，它都津津有味地吃了下去。它不挑食，太好侍候了。这大蒜叶子对于我来说很难吃，还不如多给它点，于是，我把一排蒜叶全拔了，它吃完呛得打了几个大喷嚏，把我逗得哈哈大笑。地里有两棵大萝卜老了，我干脆也费力气拔来给它。它真能吃，吃东西时嘴巴嚼得飞快，掉地上的也舔来吃掉。等到大四姨妈发现时，小园里差不多一小半的菜都被我喂给黑猪吃了，她气得大发雷霆，怪我妈怎么生了这么个小祸精，菠菜、冬苋、莴笋都给我拔秃噜了，七零八落的。这下给猪一顿造完了，家里拿什么吃菜？她叫我打明天开始每天吃白饭，又说下回再如此便将我扔到街上去！我吓得说再不敢有下次了。

后来，那猪吃多了我喂的生料，还拉了一天肚子，谁知道啊。

那两棵大白萝卜是大四姨妈留的种，早已老过头，我抱着丢进栏里，萝卜像个大橄榄球一样，黑猪也啃不动，就当了好几天玩具，等大四姨妈气够了，她回头又说黑猪快成了球员，不过它不懂踢球，而是啃球。

我们把萝卜扔回菜地，春雨滋润，萝卜竟然又长出嫩的叶芽来，我说，大四姨妈快留种吧，大萝卜又活了。

后来呢，我再没干过那事，可私下里想，明明是这么好的事，大四姨妈却气得冒烟，真的是何苦。每每想起来，我都偷着乐。

以前刘凤美一家人每天都嘻哈笑闹的，可是宜杰被送去农村，她的两个姐姐也搬到矿上去了，谁都再没见着，我心中若有所失了好一阵，发现没了她们我显得那么孤单。幸好我还可以读书，天天见到一班的同学，放学后还有梅子在，我们常约好一起偷玩，这让我缓解了许多郁闷。

又去玩了，那个梅子又念不来书，你和她那么爱玩，你便到她家去吧！

大四姨妈今天回来得这么早，好不容易温和些的性子今天又奇怪地大为光火，吃了枪药般没等我进门便数落我。

大四姨妈，你今天又怎么了？我每天只玩了一下下。我问她。

大四姨妈做保姆的那户人家，老两口退了休，条件不错，老太太一双腿老疼，已经走不动路了，老头每天接送一个小男孩，但他不会炒菜做家务，所以才要请人。可即使请了保姆，两口子天天依旧吵架不休，一言不合便开吵，煮饭干了软了要吵，鞋子袜子找不到要吵，油烧得太热也要吵。大四姨妈原以为自己家里是因为太穷才吵，这回见人家家里宽裕却仍吵得厉害，便宽了心。女主人坐在那里，因为走不动嘴巴更唠叨，她也不当回事。到今天，是第三个月满，又该领工钱了，老太太先是说大四姨妈眼瞎，洗衣服不看着，小钢片搅到洗衣机底盘，维修花掉一百六十几块钱。又说她老头子衣服口袋里的两百块钱是她女儿给的，现在却忽然不见了，这不是大四姨妈偷的吗？以前从没有过这事！她还说，她老头子出门打牌碰到大四姨妈家那个男人向他借钱来着。一句话，那户人家不想要大四姨妈当保姆了，最后一个月的工资也不想给了。

这钱呢，二大姨父戴胡子仗义，去给她讨了回来，但戴胡子也把话挑明，说虽然是亲戚，但他帮得了一时帮不了一世。

唉，大四姨妈即使穷，也不想穷得这么尴尬和不自在！

这件事对她刺激不小，但好在凑合着还掉了一千块的债，她总算舒了一大口气。不久，大四姨妈说她的病好像又犯了，她又一次独自去了长沙。

家里只剩下我和三毛表哥。

第四章

一

秋天总有一种莫名的忧伤。我看见街头树上的叶子变得斑斓，从金黄到黄透，再到赭红和绛黄色，一片一片地飘落于树底堆积。高大的苦楝树落光了细碎的云一样的叶子，悬挂着一串串密集的果实，倔脾气地在秋风里瑟瑟发抖。

在星期天，偶尔，我和梅子沿河岸向下走到大码头，那里曾是一片繁华热闹之地，所有人都打那里上下船，装货的、卸货的、卖凉冻的、卖糖人的、挑脚拉车的，将平坦的沙地码头踩成白色。踏过扇形的卵石河滩，继续向下游三里来地，有一座青砖砌的宝塔，高七层，已盖几百年了，仍巍巍屹立于西岸上。宝塔后面的一大片荷田里，荷叶枯败成土灰、苍灰的颜色。水稻已经被收割过了，油菜和紫云英的嫩苗正柔柔地长在稻茬下。对岸，高高的山岭被凿开，那里正在修建由长沙通往湘西的公路。阎罗岭上的黑色石头个个生得突兀，如怪人直立，大概看去就像阎罗，故得此名。它身后的山脉舒缓而威严，如飞龙游入缥缈的青霭碧天深处，名为天子山。

风吹过我们的面颊，梅子搂紧我的肩，我挽住她的手臂，大自然让我们如此享受。

大四姨妈一出门，又好久不回来，三毛表哥除了上班，还去找小姐姐聊天、耍帅。我自己上学，自己炒菜、煮饭、洗衣，幸好有梅子，我现在每天在梅子家写作业，梅子便和我一起写。以前她做作业没信心，常对答案不敢肯定，老要问我是这样吗，是那样吗？为了帮她，我只好更加努力地学习，并且把她的问题带到学校里去问老师。我鼓励她做题和炒菜是一个道理，要大胆下手，梅子得到启发，果真学习进步起来。这会儿她忽然开窍，对我说，原来背书就和说闲话一样，说多了就记得住；做算术题就和家里买菜一样，买来又吃掉，送了煤球又退回一些坏煤球，加减乘除就那么回事。于是，她半学期下来在班里拿了学习进步奖，梅子对我说，这样下去，她一定坚持读到初中毕业。她的妈妈见女儿进步，也高兴起来，说她家梅子是很聪明的人，只是之前不知道。梅子一进步，走路也抬起头来了，难不成从前梅子打内心深处也是自卑和孤单的？肯定是呢。

冬天，确切地说新化下过一场大雪，已经到深冬了，妈妈回来了。离她去年大年三十和我相见，我们已近一个年头未见过了。相见时,我不由得又悲又喜,甚至对她生出半丝恨意,她那么那么长的时间不回来啊!我都差点把梅子当成半个妈,而把亲妈给忘了。

妈妈在学校大门外接到我,她依然是那么瘦。她急切地抱起我,又缓缓放下,她没力气。

妈妈,现在你可以去家里了,大四姨妈另外租房子了。我拉着妈妈往大四姨妈家里走。

妈妈知道。妈妈对我说。

我牵着妈妈的手经过大二姨妈家门口,舟美、时美都叫了我妈一声"小姨",我也叫她们三表姐、四表姐。妈妈又向屋里叫了声,二姐。

大二姨妈没抬头,嗯了一声,口里在哼哼小曲。我俩上楼进屋,妈妈便把我搂入怀里,很久不放开。

想我吗?

想!我马上就哭了起来。

妈妈也想月儿,白天想,晚上想,天天想。妈妈亲我的头发和鼻子尖。

那你干吗不早点回来?我问她。

在外面找份工作不容易啊,还有很多进不到工厂的人在等着,妈妈一走,别人就顶了妈妈的岗位不下来了,你知道吗?

原来如此。我知道啦，妈妈。

妈妈告诉我，她以前也想在县城里开个小生意摊，当然，这需要亲戚帮一下忙，可是大二姨妈夫妻俩如临大敌，生怕多一个人做生意便抢了她家的份额，坚决不予理睬，妈妈无奈，只得外出打工。

她抱着我，眼泪无声地流。

妈妈上午到家，大四姨妈下午就回来了，原来她们两个经常写信，凡事都互相知道。三毛表哥在大排档做学徒工满三个月后，老板给他工资加到了四百多块。大排档都是开夜摊，他每天下午五点工作到凌晨一两点，所以晚上只有我和妈妈还有大四姨妈三人一块儿吃饭。大四姨妈下厨炒的菜，她们姐妹俩终于可以不看别人的脸色生活了。她们坐到一个桌子边，仿佛有说不完的话。大四姨妈先说了妈妈的同学刘凤美的前夫死了的事，过了一会儿，又把话题绕到妈妈身上。

当年我的妈妈在汽车站当临时工，本想着干两年转正式工，谁知运输公司解散了，妈妈直接失业。她去怀化进橘子来卖，去湘乡进土鸡蛋来卖。就这样，她在怀化认识了一个帅气小伙，结了婚，后来生了我。结果妈妈年轻时没过过几天好日子。

在学校里，有一次刘老师叫我到办公室里去，她看我好像不开心，问我是想妈妈了吗？我当然是想妈妈了呀，但我偏不说，反而问她，刘老师，智慧是什么呀？

干吗问这个？刘老师问我。

我妈妈说有智慧就有快乐。但我不懂智慧是什么。

刘老师想了又想，对我说，嗯，它和聪明是两码事，聪明是表象，智慧则更深，它代表生活本来的面目。它犹如生命长河里的灯塔，能够照亮聪明人的语言和行动。

刘老师说的这话我完全没懂，干脆又去问梅子，你说智慧是什么？

智慧不就是聪明吗？她说。

不是呢，我们刘老师说智慧是能照亮聪明的灯塔。我说。

梅子现在对思考也很有兴趣，她绞尽脑汁地想了一阵，说，就像我炒野芝麻菜，把它洗干净一顿搓呀揉呀，沥干水，大火煸，这样它才又香又甜，而如果直接炒它便没有这么好吃。莫不成野草也有智慧了？

肯定是的，梅子，原来你天生就是有智慧的人。梅子嘎嘎大笑，她很少这么开心大笑过。

第二天便是星期天，妈妈和大四姨妈要带着我去很远的农村里的寺庙烧香。坐车出县城约一个小时，我们在一座大山半腰的农村集市下车。那天不逢集，没人，空旷的土场上，一群麻雀在跳跳停停地四处觅食。从这座山南面的半腰直到山顶，呈阶梯状建造了密集的红砖筒子楼，这是煤矿的干部、职工及家属的住宅楼区，山底是矿井采煤区，大四姨妈说刘凤美现在就是顶了前夫的工职在这里上班，她前夫以前也就是在这里工作到去世。我暗暗想起失去爸爸后被送去农村爷爷奶奶家的宜杰，不知她现在怎么样了。

我们开始走路，沿盘山小径从集市下往山谷。大四姨妈一路上和妈妈说个不停，仿佛堆积了一辈子的话，全等到今天见面才说。

我不准备在新化了，去外面待到六十岁，等老了再回也行，那时三毛和他姐姐也都结婚成家了。只要不在新化，那老东西找不上我，也再别想死乞白赖地吃我的血汗和欺负我了。大四姨妈对我妈妈说。

你也赶紧找个合适的人成个家吧，生活没有个根，说不过去。大四姨妈交代道。

总是要成家才行，但人哪有那么好找。妈妈说。

两人放下脚步慢慢地走，大四姨妈说起她这几个月的经历。

原来她一再出门去长沙看病是假的，她其实是去了衡山县，找到了邵老医师那位六十几岁的妹妹，人家独自一人住在农村的山沟里，采药给人治病，被治好的人还给十几二十来块，也有条件好又大方的人，给几十块或百来块都不论。还有人，送点油盐柴米，都行。大四姨妈找到她，跟她同吃同住，学习认药采药，人家也不收拜师费。大四姨妈把采来的药在院子里晒好，切碎，分成小包，给远处的人送药上门，她在外面交了不少朋友。原来老了可以这样过。以前，她因为躲避不掉家里那个老不死的讨债鬼男人而痛苦不堪，不承想听了邵老医师的一句话，想开了，一下子打开人生下一场的局面。她在长沙迷路时曾遇到志愿者为她指路，现在她自己也可以成为志愿者了。她从前以为自己是世界上最悲惨的人，却发现比自己更苦更贫困的人还不少，而自己竟然有能力帮助别人。她十分开心，就如找到了做人的那座智慧灯塔，她的眼前一片亮堂。

所以，我不能给你带孩子了。而且你们母女这样分开下去一点好处都没有，有一个家，一家人在一起才是正道。我这么想好后，就写信让你赶紧回来了。

大四姨妈对我的妈妈一股脑说了很多。

让月华在这里住到这个学期结束吧，我得赶紧去找个合适的地方把她带上，走一步看一步吧。妈妈忧心忡忡地说。

从半山腰走到山谷，回看挂在山梯间的稀疏农舍，远远听见人们晒着太阳，一边干手头的闲活，一边拉扯家常，听见雄鸡鸣叫和母鸡咯咯的唱和声。一条铁路纵贯山谷。另一边，田地平敞，收割后的稻茬变得衰败，呈现出一种有温度的、诱人的苍驼色。紫云英和杂草浅浅地掺杂着长出，田的高处有三三两两的农舍，每家房前屋后都种着冬菜。狗慵懒地站着拱腰甩毛，见陌生人来，它犹犹豫豫的，没想明白是不是该吠叫几声。我一露笑脸，它立马就摇尾巴，仿佛我们曾经认识。一条蛇般歪歪扭扭的石板路打田垄缓缓通向另一座丘陵的坡顶。爬上坡顶极目远眺，四周仍然是无尽的起伏的丘陵，与平缓的地面相连，我异想天开，想要见到天尽头，天的尽头会是什么样的场景啊？

所有的树都落尽了叶，在冬日含糊的阳光里伸着橄榄灰的枝，蓬勃地等待来年。坡顶，有一座孤单的青瓦房舍，它就是石板垄庵。单层连排的五间瓦房，中间有圆拱的山门，瓦顶四角做了翘檐，绘了天青色的云纹图。庵里有一个六十几岁的老师尼，因受不了丈夫的虐待和殴打，跑出来出家至今。还有一个中年尼姑，她个子高，皮肤白皙又长得好看，年轻时病得活不下去，被家里抛弃,也出家了。两个女人在此结伴修行,平日里及逢年过节来拜佛的人们会施些钱和米供她们生活,不过平时来的人也并不多。

大四姨妈和妈妈领着我在佛龛供桌前上了香,跪下合掌拜了菩萨,便去和师尼师徒俩说话聊白搭,妈妈和大四姨妈一起动手帮着做斋饭。

待到快吃饭时,又打山的另一面坡上来了一个男人和一个女人。

啊呀,你们走得快,已经来了啰。一个白方脸、皮肤细腻的高个女人和大四姨妈打招呼。我妈妈马上过去拉住女人的手,叫她,细姑姐,你来啦。月华,快叫表大娘,她是姑奶奶的女儿,我们至亲的亲戚呢。

表大娘好。我脆脆地叫她,有亲戚多好啊,怎么以前从来没见着呢?

那位表大娘年龄和大四姨妈相仿,说话声音好听,面带笑容,她很快便把大四姨妈和妈妈拉到一边去说话。跟来的男人四十出头,穿得体面,个子较高,他心不在焉地朝我们这边看了几眼,一直站在山门外不愿进来。吃饭了,大家齐坐在桌边,尼庵里的午饭,是菜籽油炸豆腐、红豇豆炒泡渍萝卜丁配白米饭。虽然是斋饭,可是香味飘溢。

进来吧，来一起吃顿素饭。大家一齐叫门外那个男人。

来吧，两人看不看得上没关系，吃一顿小饭而已。老师尼也叫他。原来只有我被蒙在鼓里，大四姨妈和表大娘合计着带这个男人来和我的妈妈相亲，两个师尼也已经知道了是这么回事。

那男人走三步退两步进到饭厅里，却并不坐下，只说这没油没盐的斋饭有啥吃头。顿了顿，他又质问似的对我妈妈说，你有稳定工作吗？

没有，四处打工呢。妈妈回答他。

你有房子吗？他又问。

没有。妈妈说。

那还有什么没有的？他接着问。

可能你有的我没有，但……

好了！那男人已不耐烦，没等妈妈说完便打断她，说，算了吧，我本没打算来。原本人家约我去看另一个姑娘，人家身家五十万还搭一辆客车，我来这里就是耽误工夫。说完，那男人扭头便下山去了。

妈妈眼皮都没抬一下，继续吃香喷喷的饭，大四姨妈和表大娘还在介绍那男人，说他还是个堂堂的大学毕业生，分配在河西镇水泥厂医院工作。年轻时阴错阳差地娶了个带儿子的年轻寡妇，两人又生了个儿子。那个女人是城里人，也有份工作，但后来为了前夫的孩子跟男人吵架，两人便掰了。他带走自己的亲生儿子，回水泥厂过了十几年，现在他儿子已上高中，他才又动心思想成家。他和姑奶奶的丈夫在同一个工厂上班，表大娘便想把他介绍给我妈妈。

这人不能要。尼姑和老师尼两人异口同声地评价道。

他说下山找哪个相亲去？大四姨妈问表大娘。

我村子前卖肉的麻老四的二姑娘，她去广东打工，跟了一个有钱的男人，那男人想要儿子，结果连生两个女儿。那男人给了她五十万分手费和一辆半旧的客车，两个女娃儿也让麻二姑娘带回来，连个户口都没有。麻二姑娘想办了手续，请人跑客运赚钱，可车要上路没那么容易。

那男人还比我大十来岁。妈妈不以为然地评价道，她同样没看上对方，大四姨妈和表大娘还在劝她和人家好好说话，她们一心想把这个红线牵成了。

饭还有吗，我闻到香味了。

吃到一半，一个二十八九岁的年轻女人打坡下上来，提了一袋子葡萄和一瓶香油，摆在供桌上，又放上一张崭新的五十块钞票，跪下向菩萨磕头。尼姑忙起身前去接待香客，那女子将钱递过来，尼姑转交给老师尼。

来来，先吃饭，吃饱了再对菩萨说话。

是二姑娘呀，早知道我们一块儿走上来才好。表大娘叫过她，起身让她到自己身边吃饭。

真的是说曹操曹操到，我们正说着你呢，现在想追求你的人好多。刚才下山的那个男子你碰见了吗？他急着去见你呢。表大娘说。

见他个大头鬼！刚才好像是有个老男人迎面走来，和我擦肩而过下山去了，他那个样子算哪根葱呢？婶子，那些人都是奔着我的钱来的，我可不再犯傻了。我要留下钱养大两个女儿，到县城买套房子住。或者干脆，趁年轻再去找个有钱男人过几年，有钱才是真理，哪有什么靠得住的感情？

是啊是啊。表大娘对她这个小村邻的观点表示赞同。

妈妈已吃完饭，不置可否地笑了笑。然后，她也交了五十块香油钱，拉着大四姨妈和我，同老师尼、尼姑、表大娘、麻二姑娘一一道别，沿原路回去。

回家的路上，三个人从矿山谷底往回爬，我们都放慢了脚步，泉水从山间流下，被染成了矿粉的黑色。大四姨妈和我妈妈说起了从前跟着外婆初来这座尼庵拜佛烧香的场景，那时，从县城到这里，二十几里地全靠步行,她们也不觉得累,现如今一大段路都是坐车,来去只走这五里来地,却很吃劲。

妈妈解释说,她每天在工厂里十二个小时,晒不到太阳,又没休息日,睡不够觉,身体坏得很快。两个人又扯到今天相亲的这个男人。

哈!妈妈哧笑一声,不想再提。

这男的四十岁往上,都快老到我这年纪了,大四姨妈说,居然还在梦想找一个有钱的年轻女人。

是谁给他介绍的麻二姑娘,妈妈说,真可笑,他急急地去和人家见面,可麻二姑娘提着篮子上山,他遇到了也不认识。

对啊,我从麻二姑娘的话里听出,已经有好多奔着她的五十万去做媒和追求她的人了。但她上过一次当,已经有些清醒了。大四姨妈说。

人人都有本难念的经。妈妈和大四姨妈边走边说,两人一路都在商量下一步的事。大四姨妈还在为今天妈妈相亲不成惋惜。她自己迫不及待要逃离那个家、那个冤大头男人,又希望我的妈妈能找个好男人成家。

我们在一个梯田小池塘边的石头上坐下,吃了一点老师尼给我们的饼干和糖果。妈妈问大四姨妈以后如何打算,大四姨妈又将跟着邵老医师的老妹子在衡山农村学采药的事说了一遍，妈妈说，知道，问题是人家是本地人，又是快七十岁的人了，她在世时，你可以像个游方僧似的跟着她，但以后呢，你回不了家，在外也没地儿落脚，所以必须要一开始就想清楚退路才好。

她们为彼此操着心，两个人都沉默了。

儿子、女儿、媳妇，我们老去时都不一定靠得上。如果有点钱财还好说。妈妈往后里打算。

那如果有机缘，我也出家去，就在衡山的小寺庙、小尼庵，我都去过好几座没人住的旧庙了，里面都有土屋子，山水风光也别致。说来三毛和他姐姐都已经可以自己谋划生活了。大四姨妈告诉我的妈妈。如果剃度出家，我就可以单独住在尼庵了，或者和别的修行人一块儿住也行。

听了大四姨妈的话，我也感到豁然开朗，以前总担心三毛表哥他爸上门来纠缠，往后不怕了。真为大四姨妈高兴。

她们又是一阵商量，决定先让我在第四小学念完这个学期的书，妈妈则转去浙江打工，找到合适的工作便回来接我去她身边。

天无绝人之路。妈妈自我宽慰着，脸上却忧心忡忡。

会过去的。大四姨妈这么对自己，也对我的妈妈说。她把自己在衡山的地址告诉妈妈，妈妈说到了新地方便给她写信。两个人又交代我，这些话万不可说给外人听，我点头答应。

等我们到达半山腰那里，已是下午了，一辆载客的中巴驶来，下了客，我们便又坐着它回到了县城。

二

回到出租房，大四姨妈当晚就坐火车去了衡山，她真的如一只单飞的雁，一分钟也不想耽搁，便匆匆离开了。妈妈多停留了一天，给我买了毛衣、厚绒裤子、胶底棉鞋，又给我烧了一顿饭吃，交代我明天一早她便要坐火车去浙江找工作，有个熟人给了她一个地址。第二天一早，妈妈又陪我去了学校，她抱着我亲了又亲，说等我放假了就回来接我。然后，她和我挥手告别，去往了火车站。

梅子，我不久后就要跟着妈妈走了，以后长大了，我们还要见面。我首先去告诉了梅子。她怅然若失，久久说不出话。

妈妈一个月后回来时，县城里的人都在准备过新年了。三毛表哥又换了家饭店上班，他当上了厨师，炒的菜别人都点名要吃，老板很喜欢他，他十分忙碌。

学校已经放假了，妈妈带我去资江对岸我的班主任刘老师的家里，给我办了学籍证明。我们提着几件简单的衣服便起程离开了这座我待了两年的县城。

至少，我是自由自在的，应公子在几百年前去不了我那么远的地方。

妈妈，大四姨妈到底在哪里啊，我想她了。

我拉着妈妈的手说。

不急，妈妈正要带你先去看看她。妈妈悄悄说。我非常高兴。我跟着妈妈坐火车到了衡山。下车后，妈妈按照大四姨妈写在纸条上的地址，从火车站前长长的水泥坡道下到街区。那是一座不大的山区县城，建在山丘半坡一片不大的平地上，我们找到了汽车客运站，从那里坐中巴再转往农村。车上坐着好几个挑箩筐、挑编织麻袋的老人，他们在县城卖了菜又往回赶。半新半旧的中巴一路发出突突突的烧柴油的声音。途中，卖票的服务员和一个五十几岁的男人发生了争吵，原因是男人三块钱的车票买不起，他将脏脸低埋在油腻腻的衣领里。

不给钱你就下车走路回去。卖票的女人抬高音量。

我的红薯没卖掉。

那男人低声哀求道。卖票的女人开始说难听的话，妈妈掏出来五块钱递给卖红薯的人，让他买票，又劝那女人别吵了，大家都不容易。不久，我们在一个马路急弯处下了车。

抬眼望去，周遭全是陡峭的山，搭载我们来的中巴在水泥马路上转一道弯，打山坳走远了。我们脚下是一条才修好不久的新路，前面则是两栋红砖农舍，那里有一片不宽的、早已收割了的梯田，路左边是一片错杂的黑石头。我们听见熟悉的声音在叫我们：来呀，上来，在这里！

我们回过头，只见大四姨妈正在土坡路边招手呼唤着我们。我们朝她奔了过去。

姐姐！

大四姨妈，大四姨妈！

啊呀，早知道这里这么偏僻，我该从县城买点菜带上才好呢。妈妈热切地说，我突然有种走亲戚的感觉，这与在新化县城的氛围完全不一样。

大四姨妈完全换了模样。她剃光了头发，穿着深灰色袈裟，脚穿芒鞋，和一个月前我们在石板垄庵里见到的尼姑穿的一样，她真的出家了。

来客人了。一个本地山村的半老女人坐在这里和大四姨妈聊着天，她笑呵呵地和我们打招呼。

阿弥陀佛。大四姨妈也笑呵呵的，和从前比她完全换了一个人似的，脸上红润，眼里有光。她对我们说，才不需要你买菜，我这里压根吃不完。

大四姨妈住的两厢房一堂屋的老屋，是几十年前用牛脚踩捣的那种大块生土泥坯屋。屋子主人的儿子去了城市工作，他们两口子在湘西一座小山城开饭店，这房子给她免费住。

佛寺也在这附近吗？我妈妈问。

不是呢，佛寺在对面山顶，原本是一个石洞，外边搭出来一间小石头屋子。吃了饭我带你俩去看。说着，她让我们去看她厨房里的菜，她用土陶坛封了两大缸。山村里人少，有人种了一小块地的青芥，吃不完快老掉了，那人要挖了青芥栽莴苣，大四姨妈便把青芥全割了，挑回来洗净、焯水、剁碎、晒干，加盐加辣椒封存。还有人把秋豇豆和牛尖椒种在背风的坳地里，吃不完，快下雪便不要了，她又去摘来，以同样的方法做了一大陶坛。

嗨哟，那几时才吃得完呢？妈妈为她犯愁。大四姨妈哈哈一笑，说这么好的过冬菜，拜佛的人来时我便给他们分送些，大家吃得喷香，下次还来讨要呢，来的都是缘分。

再看她桌子上，新鲜的水豆腐、豆腐干、熏干子、魔芋，冬天的山村是个天然冰箱，多放几天也不会坏。大四姨妈说，这些是她给附近村民挖草药治疗个小毛小病时人家回赠给她的。这下，我都觉得她像个真正自己当家做主的人了。

大四姨妈，以后你什么都好了。我抱着她的腰。

那是当然。她信心满满地说。

中午的菜是辣椒炒炸豆腐、辣椒炒老咸菜加魔芋、辣椒炒熏干子，总之，又辣又香，我被辣得满嘴冒火，仍大口吃饭，我觉得大四姨妈以前从来没炒过这么有滋有味的菜。

吃完饭，她带我们去对面山顶的小佛寺，那真的是一个几平方米不到的天然石洞，被历代在此修行的人凿整过后，地平，壁直，洞外还搭出半个石墙小屋，盖了瓦以遮风避雨。我们通过二三十级石阶走到门口，路边古老的爬藤已经嵌入石缝，藤皮上长了灰青和墨绿的苔斑，非常有趣。我不由得伸手去抚摸它的藤根，感受它暖人的温度。石头也染满苔藓，在这个季节干得只剩一层印迹，但摸上去，它们便都会说话似的，仿佛在对我说，哦，我是苔藓，我们是苔藓，我比石头更有温度。

石洞里边雕了一尊观世音菩萨的坐像，就是用这座山的石头雕成的,她表情肃穆宁静,垂下双眼,一手放平端一石瓶,另一手扬起柳枝条。佛像在此受众人顶礼膜拜几百年,浑身被摩挲得黑幽光亮。

大四姨妈点上香,念念有词地启禀佛菩萨和天地众神,妈妈走到观世音菩萨坐像前,先右膝着地,再让左膝一并着地,她虔诚地跪下叩头。我要和妈妈在一起,于是紧跟着她跪下去,却又有些不懂,我抬头看着妈妈。

供完佛菩萨下山,大四姨妈说村里人告诉她,很久以前,这个地方很是穷僻,人烟稀少,天然石洞最早是隐士用来居住避难的。后来,人们慢慢地开凿石洞,把石洞加宽才使它变成佛寺。在大四姨妈住屋的坡下一两百米的位置,一股很大的清泉从岩石旮旯里潺潺冒出,众人围泉筑井,井泉又向旁边流淌,形成一口大水塘,塘的面积在一亩左右,近处冲积为浅潭,稍远处被种上了莲藕,枯荷苍褐色的柄在冬天的风里轻轻摇晃,如山林的诗语。

大四姨妈,菩萨说了什么话呢?我问她。

阿弥陀佛,观世音菩萨叫我们不要怕,有她在。她说。

就这一句话吗?我接着问她。

她还教我们做人,要我们做一个好人。我们只要做到这两点就很足够啦。大四姨妈说。

让我想想，想想。

天黑前，我们吃好了晚饭，我这才发现，屋里没有电灯。大概是因为这个房子荒了很多年，电线没拉过来。大四姨妈关了木门木窗，点亮一盏有玻璃罩的小煤油灯，这灯也还是多年前主人留下的。屋子里昏暗朦胧却很暖和。床不是床，而是一块铺了棉絮的宽木板，妈妈和大四姨妈把我包在中间，我们三个人挤在一头说话，当然是她们姊妹俩火热地聊天，我负责听故事和嘎嘎地笑。后来也不知什么时候，我进入了梦中。

我们又住了一天。到第三天早晨，早起吃了饭，妈妈带我下山，大四姨妈在路边陪我们等车。她依依不舍，一再让我们安顿好了就写信来，到时她也去看望我们。

车来了，大四姨妈拿出两包她酿的辣豆腐干和咸菜干，包得紧紧实实的，交给妈妈。妈妈把它们放进背包，眼里露出泪光，这两包干菜保证我们到一个新的地方时，能有一段时间的现菜吃。

车到衡山，我们又坐了一天一夜的火车，再坐汽车，我晕车，呕吐得一塌糊涂，压根分不清东南西北。妈妈一路背着扶着我，到了宁海县一个叫西塘的地方。

之前，妈妈有个老乡在这里打工，带她来过这里。这是一个离城区不远的镇，镇上工厂很多，妈妈回去接我前，已经提前在镇外的村里租了一间旧屋子。这村里有钱的人都把房子盖到靠近镇边的地方去了，这一片多是留下的老屋，也掺杂少许新楼房。

之前带她来的那位老乡租住在邻村，妈妈打算先带我去拜访一下她，却不承想那个阿姨连招呼也没打就搬走了。妈妈顿时觉得举目无亲。那我们怎么办呀，妈妈？到了这个陌生的地方，我牵紧妈妈的手，寸步不离地跟着她。

在新化，每到快过年，天上都堆着灰厚的云，仿佛给地蒙了布罩，而在宁海，这里的气候比内陆稍暖，太阳明晃晃地照着，仿佛已是春天。我们住的坂庄头村四周平坦，风早晚吹着，妈妈说这里离海近，吹的是海风。虽然还有十几天就到大年三十了，但人们都在不停忙碌。

妈妈带我去镇上买回一架自行车，又给我买了两套新衣服，她把一只上了光漆的小葫芦用细红绳系在我腰间，以企盼福禄吉祥。这个地方的小泥河边长着很多竹子，我自己砍回一根光亮的小竿，当竹马骑。

村子后面有一大片望不尽的田畴，从镇上回来的第二天，吃过早饭，妈妈带我去了地里。收割后的稻田里长着望不到尽头的雪菜，一些女人在割菜，我们向那里走了过去。

来干活吗？三十五块一天，中午管顿饭。一个女人对妈妈说。

我吗？妈妈以为自己听错了，反问对方。

对，问的是你。要过年了，工资当天付，并且比平时高。这菜不收就老了。女人说。

妈妈马上答应，接过女人递来的胶手套和菜刀，跳入干爽的田间，很快便和一群陌生人混在了一起。我站在田边玩着，妈妈割到哪里，我就追到一旁的田垄上守着她。

冬天的天空晴朗无云，但冬天的白天短，天空又显得低矮，太阳仿佛火力不够，泛着晕乎的弱红。干活的人们都热了起来，陆续脱下一些衣服放在田垄边，妈妈脱下一件毛衣让我拿着。太阳偏西时，送饭的车来了，开到田头水泥路边，妈妈领了一盒饭菜，准备带我回村里的出租屋去，收菜的老板娘叫住妈妈，说饭有多的，拿一盒给孩子，吃完在地边坐一会儿就接着割菜吧，别来回走，耽误工夫。

所有人都吃了饭,把衣服垫在路头田间,晒着太阳眯了一会儿。早已收割过的冬田里长出碧油油的浓密的野草,这里的地似乎比内陆更膏沃。衰朽的稻茬在暖和的阳光里散发出近似米酿的香味。田垄间的泥土小路爽净有弹性,周围挖的疏水渠巷阡陌交通,盛水塘遍布。我唱起我在新化的小学里学来的歌谣:

> 家乡呵门前的小水塘,
> 夜夜在我的心间荡漾。
> 白云呵红莲呵,映照石板的台阶,
> 木杵捣衣声声呵,我的妈妈娘……

这支歌妈妈也会唱,她唱过无数遍,以至于在没人唱的时候,我仍能时常听见它在角落里流淌。

来了一个女孩,白净好看,高出我半个头。她在我身边坐了一会儿,邀我去前边的一处水塘边玩。去不去?她问。我想,她应该是这一伙割菜工人里谁的女儿吧,于是便跟着她一起去了。

田垄中有片水塘,它干净又寂寞,橄榄绿的水面波纹细闪,可以看见水底藻草摇动。塘边有石砌台阶伸向水底,以便人们在枯水期走下去洗菜洗衣。我扯下一把嫩碎的草扔在水面上，便有小杂鱼儿游来抢食，哇，真有趣。

这种水塘从前是被人们用来挑水喝的，女孩对我说，因为井里打出来的水都是咸的，只能用来洗东西，不能喝，所以人们挖了这样的水塘蓄雨水烧茶喝。

但我现在喝的水不咸呀。我说。

现在都是自来水了。

离我们不远处，有一只白羊在地头吃草，它的头上拴了一根很长的绳，方便它在足够大的空地上转圈啃食。见到我们，它抬起头，咩咩咩地叫唤着。

你能去摸摸它吗？我问。

我们可以去试一下。她也拿不准，但向我建议道。我俩走上前去，学着它的样子咩咩咩地叫唤，它信任地停了下来。它的双眸浅黑泛蓝，华美到了高贵的程度。我俩先牵住它的绳子，再靠近，我们轮番抱它、亲它，它顺从而温暖，每叫唤一声，还要抬尾拉下一把羊粪粒，像撒黑豆子似的。

我们把名字说给羊听好吗？我说。羊羊，我叫陈月华。

羊羊，我叫付维安，他们叫我安安。她牵着羊的绳子，羊咩咩咩地答应着，付维安便咯咯咯地又笑了起来。她的眼睛不停地向割雪菜的那片田望去。

是在找你的妈妈吗？我问她。

不是，我等着去背菜，从田里往车上背一捆可以赚五毛钱。她说。

那我也去，我说。付维安答应帮我去问。她带我去找在田里捆菜的老板娘，那个胖黑的女人低头看了看我，说，这么瘦小，哪里扛得动一捆菜呢。她顺手提起一捆，往我肩上压一压，可真够沉的。

付维安，看来我吃不消。我说。

叫我安安就好，大家都这么叫。那待会儿我干活，你边玩边等我哦。付维安说。

才说着，装菜的车便从路上开了过来。老板娘抬起头，见太阳西沉，快五点钟了，叫大伙收工，背菜装车。女人们把刀往大塑料桶里一放，都来背菜。有两手各提一捆的，也有摞了两捆扛着走的，每把一捆送到车边，都能从一个男人手里拿到一片硬纸签。付维安抱起一捆近处的菜，顶到肩头跑向车子，领到一片纸签，我的妈妈也在背菜，她一次背两捆，后来只能背一捆。等车装好时，大家排队等老板娘发工钱，又照五毛钱一张纸签领了零钱。付维安背了九捆，但老板娘见她是孩子，一共给了她五块，并且是一张新票子，她高高地举起给我看。

安安，你真牛。我为她高兴。

妈妈来找我回家，叫我猜她今天赚了多少钱。看她的神色像发了财似的，我说，五十块钱！

月华，你猜对啦！

看来除开工钱，妈妈还背了三十几捆菜呢。她前几天还在为老乡不辞而别愁眉不展，今天找到了赚钱的机会，又开心啦。

明天，后天，还能干两天，妈妈说。付维安一直跟在我们后面走，我告诉妈妈，这是我今天交到的朋友安安。

安安，你的妈妈呢，你不跟她走吗？我妈妈问她。

阿姨，我是本地人，你们租的是我二伯婆家的老房，我家就在你们隔壁的隔壁。我妈妈没在这里好几年了。安安说。

啊？我大吃一惊。你妈妈去哪里了？怪不得她要去背点菜挣零花钱。

我妈妈回宁波外婆那里了。她声音低了下去，一低再低。

第二天，妈妈又去割雪菜。快过年了，很多工厂都放了假，得等过了年开门招工时妈妈才好找工作，所以这个时候能有点活儿干妈妈肯定不会放过。我跟着她到了田边，玩了一会儿又跑回家里去。付维安正在门前的马路边走来走去。安安。我一和她打招呼，她就朝我跑了过来，说，一块儿玩吧。我答应了。

她十三岁，读五年级，细看起来长得很秀气，弯眉凤眼的，就是穿的衣服太土了。她裤子宽大，上衣也又长又大，衣服旧得都分不清颜色了，本地也有这么可怜的孩子吗？我心里疑惑地想。

你的爸爸呢？我问她。安安告诉我她爸爸是一个做打捞的水手，谁家的小货船在河巷或浅海翻沉了，便会找他去打捞物品。今天他去海边的礁石那里采牡蛎去了，平时他没事做就去讨海，只是从我们这里到海边有些远，来回好几十里。我想起来了，前几天傍晚，在井台上洗贝壳的那个男人便是她爸爸。

安安带着我在这片偌大的村庄里转悠，原来我们住的地儿在村子最西边，与九里坪村相邻。走到村的东头，那里有一处高台地，被老竹、高大的椿树、槐树和苦楝树合围着，里面是一座低矮古旧的大四合院。我爸爸说，这是我们付姓太爷爷的祖辈留下的房子。安安告诉我。我走进寂静无人的空院，原来，老四合院旁边还有一个更古老更窄矮的小四合院。

小四合院很矮，一个成年人踮脚伸手就可摸到屋檐的瓦，屋顶上的瓦缝里长出苔衣和各种杂色小草。院子里用卵石子铺出了莲花富贵的图案，整个四合院如同一本尘封的故事书。

旁边的四合院犹如她亲生的儿子，比小四合院稍宽稍高，分为两层，第二层像阁楼那样大概有半层高，在底层的窗楣上往外搭出半片瓦檐以遮风雨。大门和窗框都刻了浮雕花纹，是宝瓶、石榴的图案。庭院中有一棵看起来有上百年的老柚子树，仍然活着，树身长满了斑驳的苔藓。人们喜欢新居，已经很久没人来这里了。

在这座古老院子的对面，有一个土地庙，庙不高，旁边还盖了几间平房，作为坂庄头村的文娱活动中心。这时，悠闲的人们聚在那里打牌摸麻将，好不热闹。

人们总是不断地迁徙。

我问付维安她在哪里上学，她说在九里坪小学，那是村里的小学，不仅收本地的也收外地的孩子。当然，镇上的中心小学最好，但人家只收本地孩子，如果我们村里人去就读，不但要求考试过关，还要收借读费。晚上妈妈回来，我便把安安的话转告给了她。

转天，房东的弟弟开车接来一位奶奶，进了隔壁屋的门，原来是房东的妈妈从成都回来过年。她在成都开螺丝工厂的儿子那边住了一年，想家想得厉害，无论如何要赶回浙江过年，还说明年不去成都了，人老了离不开故乡。

安安的爸爸和隔壁的另一个奶奶都上门来探望她。

妈妈主动过去帮忙打扫擦洗，房东母子见状便很欢喜，说我妈妈这个房客懂做人。妈妈麻利地给她收拾好房间，两个人就已经熟了。她问我，你爸爸呢？

没有爸爸，我妈妈和他离婚了。我告诉房东奶奶。

那容易，到明年奶奶给你妈妈介绍一个人。房东奶奶说。

付婆婆，过年后，我还想请您帮我找份进厂的工作呢。妈妈对她说。

工作也不愁。我大女婿在镇里包工程，和很多老板是朋友，开春给你找工作。房东奶奶给妈妈打了包票，妈妈顿时开怀地长舒了一口气。

付维安吃了饭才走过来，她对房东奶奶说，大奶奶您回来过年啦。

嗯呢，安安，你过年没穿上新衣服吗？房东奶奶问她。

安安头一低，小声说，大奶奶，我有，不穿。

房东奶奶还要问，安安就跑回去了。

次日又是个好晴天，房东奶奶把被子、绒裤抱出来晒，留在柜子里的几斤棉花也拿出来晒。我问她，晒它干吗呢？房东奶奶说，准备拿来缝个靠枕，又软和又舒适，比海绵枕头好多了。妈妈去帮她翻晒，她的一只猫在她不在时挨家挨户地讨饭蹭吃，我们来租房时，它熟门熟路地走了进来便不再外出，妈妈一直养着它。房东奶奶一回来，它还认识她，又主动住回她屋子里去，现在寸步不离，喵喵叫着跟着她。

安安提着一包新衣服过来让奶奶看，但仍坚持地说，我不穿她买的，大奶奶，她扔下爸爸走了，我不要她的东西。

房东奶奶看了那两套新衣服，劝安安道，快穿了过年吧，你妈妈不容易的。房东奶奶又问她这衣服是怎么送到她手里来的，安安说是镇子上她妈妈以前的朋友捎来的。说完，安安又把衣服提了回去。

房东奶奶把安安家的事说给我妈妈听，原来安安不是她这个爸爸的孩子，而是她家叔叔亲生的孩子。

十几年前，安安的叔叔去宁波做事，遇见了她的妈妈，两个人相爱了。安安的外公外婆劝女儿放弃，认为这个年轻人不可靠，但安安的妈妈就认定他好，两人便私奔了。直到安安在她妈妈肚子里已经八个多月快生了，安安的叔叔才带她妈妈回到镇上的家里。

其实，安安的叔叔在家里早已定下一门亲事，那姑娘的家里明知道他带来的女孩都快生了，却还逼着他和姑娘结婚。

安安的妈妈当时只是一个二十出头的女孩，大着肚子，背叛了父母，又面临被抛弃，她连死的心都有了！这还不止，安安的妈妈被叔叔推给了大他十几岁仍打光棍的哥哥。两人去登记结婚，一个月不到，安安就这样生在了大伯的家里，顺理成章地叫他爸爸。

安安的妈妈隐忍地过了十年，安安十岁时，外公外婆原谅了她妈妈，找上门来接她们回去，但付家人一拥而上，不允许对方带安安走。

安安被留了下来，跟着被她叫爸爸的大伯。家里不断向她灌输她妈妈是坏东西的想法，安安便相信了，而且每次她妈妈托人捎来衣物、食品、用品，她亲爸爸的老婆还会上门骂她，阻止她接受。

后来见到安安，我悄悄地问她，如果见到妈妈还认得出来吗？

认识的，但是……她低下头去。

我肯定，你妈妈买东西给你，说明她是好人，她爱你，安安。我对她说。

真的？她问。

当然啊！我说。你妈妈买来那么好看的衣服，你开学时如果穿上，就洋气得跟换了一个人似的呢。

我们住的这一排老屋，一小部分是外来租户，三分之二都是本地上了年纪的人，因为年轻的都搬进新楼去住了。安安家旁边的那户人家去镇上盖了房子，但留下了这里的两间老屋开家具厂。他们家有个小男孩才五六岁，外号八柴，真名我不清楚，因为没有玩伴，他常跟着安安，自打我来了后，安安就带他来我家一块儿玩。安安告诉他我的名字，八柴便用大人的口气叫我，陈月华，陈月华。

八柴爱哭，他要吃东西，奶奶不给，他就哭，他要单独去玩，妈妈不让，他也哭，他想抱那只白猫，猫不愿意，他还哭，但和安安到我这边玩，他保准不哭，因为我俩说了，如果他没理由乱哭，下次便不和他玩了。这招很灵，他不但不哭，还止不住地嘎嘎笑。这下好了，只要开始哭，他的妈妈或奶奶就会说，看月华在吗？到她家里去。

八柴眼泪还没干，便叫着跳着到安安和我这里来啦。

在我们的住房后，有一条深深的河巷，也叫泥渠，河的对岸也是一长沿的村居旧房。两岸间有好几座不大的拱桥连通。

过完年，新学期报名的前一天，我求妈妈送我去西塘镇的学校上学，因为安安说那所学校远比九里坪小学好。妈妈想了想，让我自己拿着学籍证明和上学期的成绩通知单，去西塘镇中心小学问他们校长。我二话没说便去了。安安怕我对路不熟，跟着我，我俩各骑一架自行车。

到了那儿，我看到校园的大门敞开着，里边宽广的操场比我以前就读的第四小学还要大一倍，两栋三层的教学楼和一栋教务楼围起来像一个巨大的四合院，门墙也刷得雪白亮敞。我很憧憬这所学校。因为还没开学，校园里没几个人，我向门卫大伯询问校长办公室的位置。得到指引，我在二楼的一间大房间找到了他。校长是一位四十几岁的中年男人，很斯文和蔼。他问我来意，我将简单的材料递上，说我想来这里上学，问他是否愿意收我。校长伯伯十分惊讶地看着我，弯下腰，和气地对我说，他愿意破例收我，只要家长来交一千块借读费。我听他答应，马上开心得要蹦跶了，赶紧谢过他，回家告诉妈妈。

谁知妈妈正急于找合适的工作，一听我说需要一千块钱便拉下脸来。她耐心告诉我，她前几个月来回奔波，不单工作不稳定，还花了不少钱，现在付不起这一千块钱。

没办法，只好去九里坪吧。安安一听说我去九里坪，可开心了。月华，九里坪小学五年级有两个班，不知我俩会不会同班呢。我们这个小学也很不错。安安安慰我说。

安安的爸爸性子沉闷，头发凌乱，脸色黝黑，衣服褪尽了颜色。他总是低头走路，闲时就去村东边打个麻将，早晚按时回来烧饭，和安安一块儿吃。安安会煮饭炒菜，也会洗衣服，但她常不愿意干那些事，而是喜欢去镇上的工厂领一些手工活回来赚零花钱。我也想去，妈妈不让，说干这个太浪费时间，耽误读书，我便打消了念头。

妈妈到了镇上，有人让她去做保姆，工资高还包吃住，妈妈不去，说这样子就不能陪伴我了，其实她哪有时间陪我，开学第一天，就是安安带我走着去的。我们走过八柴家西边的一片田，跨过一座没栏杆的秃拱桥，再从田垄里走上一片高地，远远听见一里外镇木材厂电锯刺耳的声音。学校里，由青砖砌成的两排平房容纳了一至六年级的十二个班。走进教室，我发现班里才三十来个人，几乎只有第四小学班里三分之一的人数。老师也不管我是不是新来的，让我坐在前排，就开始用本地土语授课。数学老师管三角形叫"三果罄"，把画图说成"哇土"。语文老师管中午叫"炎灸"，看看再说叫"芒芒虾"，不灵活叫"杵头"……好在我天生对语言理解得很快，一面听一面笑一面学习，功课还不错。老师们很快便喜欢上了我，还说，我们浙江话和标准普通话基本无差别。

只有我这个从隔着三千里路的外省来的孩子知道它们的差别，这件事过了很久，我想起来还会暗自发笑。

妈妈找到一家做坐垫和装饰品套的工厂，厂里用电动缝纫车缝坐垫和桌椅的布套。春季订单不多，空闲的时候妈妈便待在家里。妈妈怕赚不到钱，很着急，可一比较，也并没有更好的去处。她看着屋前的一大片农田，想起自己年少时也种过田，便问房东奶奶，谁家有不种的田？房东奶奶过年后没回四川，而是每天在家织草帽，织一顶五块钱，有时三天才织成两顶，实在只是为了打发时间。她在屋前种了一小片菜地，种茄子、豇豆、南瓜、丝瓜，绿藤都已爬满了架子。我妈妈一问起，她便忙去村里打听，下午就回了信，说在我们前面半里地的田垄中有两亩地，已翻耕好了。地的主人要外出做手艺活赚钱去，地可以白给我们种，但需要还他拖拉机翻地的一百二十块钱。下半年收谷也有机器可以用,给钱就行。妈妈答应后,那人就来了,带她去看那块田的位置所在。

种秧也迟了呀。妈妈准备给钱时,才忽然想起来。那人忙说有秧,他自己已经育好了,有现成的。妈妈给了他机耕的钱,回头眉开眼笑地对我说,乖女儿,妈妈这会儿种下粮食,再在厂里赚点钱,我们就不愁吃穿了。

三

安安和我天天一起上学。有一天,我们走到灌溉渠那里时听见小狗凄惨的哭叫,忙循声跑去,原来是一只小奶狗陷在了半干半稀的烂泥巴里,不知是被抛弃的还是自己掉下去的。小狗头上的泥巴都已干硬了,也许还是昨天掉下的哪,真可怜。我俩把它捡上来,又去水里洗干净。它浑身哆嗦,是害怕了,饿了,还是冷了?管他迟到不迟到,先把小狗送回家吧。我们商量了一下,估计安安的爸爸是不懂如何养一只狗子的。我心想,她家太埋汰,把狗狗都糟践了,还不如养在我家,到时安安来抱它摸它都可以。安安答应说行,于是她先去学校，我将小狗抱了回来，把一件旧冬衣垫在了放它的小筐子里，旁边摆上一点饭和水。

等我们放学回来，一开门，这小东西竟然认出了我。它把这里当成了家，剩饭也已吃完，它舔着我的脚尖来回跟着我跑，小嘴哼哼地叫唤。安安来抱它，它也伸出舌头舔她的鼻尖。

哦，好痒。安安说。

妈妈回来见到小狗，我跟她说了来龙去脉，她说我们做得好，还给它取名叫喜宝。

很快，八柴也得知我们养了喜宝。他非常喜欢喜宝，老把啃完的鸡腿骨拿来喂它。等喜宝长大了一点，知道了八柴有很多好吃的，便经常跟去他家，八柴趁机把一整条鸡腿夹给它吃，被奶奶骂了一顿。喜宝变得更聪明了，下一次如果得到鸡腿，便叼着飞跑回来，在自己窝里慢慢地、有滋有味地吃。吃完还用小舌头把两腮舔干净，不留痕迹。它逗得我们哈哈大笑。

又过了两个月，喜宝长到半大，我们上学时它偷偷跟在后面，用竹棒赶它才回。后来，我们发现它追过几间房便会自动回去，以为它懂事了，不久后才知道，原来是小拱桥旁边那户人家有一条大麻子灰狗，一见喜宝便张开大嘴冲来，似乎要一口吞下它，喜宝吓得差点没命，亏得八柴见到，搭救了它。另外一个原因，它一走到拱桥旁就吓得胆战心惊，幼时掉进泥巴里差点没命的事让它记忆犹新。但喜宝实在太聪明，它开始去村东头玩，慢慢地结交到五六只半大的黑狗、白狗、黄狗和花狗，它们组成一伙队伍，摇晃弯曲的尾巴如同举起杂色的旗帜，在路头和田间来去穿梭，并且试着越过九里坪的村界。

拱桥旁的大灰狗凶狠地打屋子冲出来，宣示地盘主权时，喜宝的狗队友们可不会放过它。它们冲上去合围住大灰狗，喜宝更是跳上去，前爪搭在它背上，才长齐的利齿从大灰狗背上一排排咬过去，像机枪一样。大灰狗败下阵来，挣脱逃去，喜宝它们也不追，又原路返回坂庄头村的地界。

我见证了一只小狗的成长，真的是大开眼界。

妈妈在出租屋后面的空地角落搭了个草窝，买来几只小鸡养着，平时随手在地边割一捆嫩草，切碎喂它们。结果，两只小鸡被房东奶奶的猫咬吃了，还有一只长到半大时突然不见了，怎么也找不着，只剩下一只小母鸡，才四个月大，它就能咯咯地唱歌了，有天生下一个拇指大的蛋，妈妈把它抱进来，做了个小窝。喜宝的窝就在后门旁边，这只鸡夜里不落窝，每晚跳上狗窝旁的旧台凳上过夜，它和喜宝成了伙伴。母鸡每下一只蛋便要咯咯唱歌，喜宝都听厌了，见它下蛋，赶快跑出门去。

农历的六月初六，坂庄头村的人们都要去一个叫雷公岭的地方赶庙会，这是几百年传下来的乡节。这天是这方土地上的雷神寿诞，老人们去祈福，大人们去凑热闹，小孩子们跟去玩。房东奶奶提前一个月就邀我妈妈去走走，告诉她那里有一座风光十分奇妙的山。妈妈当时就答应了，说到这里打工讨生活，总该看一看这附近的风土人情啊。一翻日历，恰巧那天是星期天，再好不过的。

这天一早，安安和她爸爸、八柴、他妈妈和他奶奶，加上房东奶奶，我们吃好饭，到村西头的九里坪村去坐短途公交车。一个多小时后，我们看到一片巨大的平田中横亘着一条龙似的大山脉，下了车走近，只见它重峦叠嶂，风光奇秀。我们沿山脚走了几里地，才远远见到半山腰有庙。路上行人很多，这附近的人们已经烧好香供拜后往回走了。

房东奶奶叫八柴奶奶二嫂，她们是妯娌。八柴走到山野石子路上，高兴得上下跳，他奶奶拉住他，劝他好好走路，小心绊到石头。八柴听不进去，他见我和安安走在后面,说要变一通孙悟空。他向前跑了段路,看见石阶,猛地往上跳,一脚踏空,倒头栽在地上。亏得一个路人扯了他一把,但八柴的头已经在地上磕了一个大包,还冒出了血。他已经好久不哭了,这回疼得难忍,哇哇哇地大哭特哭!他的妈妈便说不走了,先带他回去贴膏药。

抬头看着半山腰的寺庙香烟缭绕,山岚秀婉,八柴不答应回去,又哭着往前走。

其实他纯粹在干哭,压根就没掉泪,只是在转移疼的感觉。他真的在我们前面一步一步走了上去。

到了庙里,点香的人特别多。八柴的妈妈抱住他怕他乱跑,安安的爸爸也和安安在一起,房东奶奶和八柴的奶奶去上香。

而我的妈妈没动,她在看别人。有一对中年夫妻站在不远的坡边,男人在喂女人吃削好的菠萝,女人的肚子隆起,看上去是个孕妇。

妈妈定定地盯着他们,当女人无意转过脸来时,妈妈大叫一声"喜宝",脸上悲喜交集。

喜宝,你去哪里了?

妈妈又叫了一声。那个女人起初很尴尬,后来见回避不掉索性走了过来,她轻轻对我妈妈说,凤玲,我又跟他了，你今天见到我的事绝不可以去老家说，我也实在没办法，但凡以前那个男人会动点脑壳子、花些力气赚个钱，让我和孩子好好生活，我也不会离开。不说了，伤心透了。这个人好，我便跟他来了。她摸摸肚子，表示这孩子是眼前这个人的。她继续解释道，凤玲，这个人没结过婚，对我好，还会种大棚西瓜。她拉着丈夫的手要走，又叮嘱我妈妈说，凤玲，今天的事你当没看见，我是顾虑家里的孩子，以后别找我，也别再提到我啊。

说完，他们下山去了。

妈妈看着他们远去，怅然若失，显然，妈妈当初是想着和她住得不远，老乡间互相有个照应的。怪不得妈妈给家里的狗儿取了和她相同的名字，还在抚摸它背上的毛时唤它，喜宝，你别乱跑啊，让我见着你。

八柴头上的大包变得青肿，他疼呛了心，回头时，他自己走下来，闭着嘴不说一句话。我们一行人回到马路上，等到中巴来，又坐回坂庄头村去。

一到家，八柴的妈妈马上带他去打针拿药，处理他那个装孙悟空摔跤造成的包。

我们回到家，忽然发现前厅地上放了一只塑料包。因为是租房，反正家里又没东西又没钱，我们开始进出还锁门，后来习惯了，白天出去只关门不落锁。

谁会给我们送东西啊？

打开，里边有张硬卡纸，上面写着：

请帮我转交给付维安，我是她的妈妈。我相信你。

没有落款。

世界上的妈妈都是爱自己孩子的。妈妈说，安安的妈妈肯定是回西塘镇好几回了，并且清楚知道你和安安成了朋友，才托我们来捎东西。

我们打开袋子，里面装的是夏天的新裙子、凉鞋和好吃的东西。妈妈决定先不拿过去，而是由我慢慢说服安安，让安安懂到她妈妈对她煎熬的母爱。

其实这事已并不难，安安来我家玩时，我妈妈会旁敲侧击地告诉她有妈妈的好处，幼稚单纯的安安被她点得有些开窍了。

果然，后来，安安悄悄接受了她妈妈的礼物，穿着新裙子和凉鞋来上学。

你的妈妈保准已经看到你了，她会很欣喜的。我对安安说。

真的吗？可是，她从哪里看见我呢？安安问我。

以后你们见面时，你问她，你妈妈会告诉你的。我说。其实我也是在说我自己，我在新化的第四小学读书时，我的妈妈也在广东天天望向我呢。

秋天，妈妈种的田被机器收割后拉了回来，装了五六只麻袋，倒在前厅，占了半间屋子，妈妈脸上的笑容如彩霞般好看，她每天轮流晒轮流收。房东奶奶来看，说这谷子不对劲啊，不是粳米，倒像糯谷呢。妈妈也没在意，这么多年头一回打下这么多粮食，她像得了个金元宝似的乐呵呵。房东奶奶果然没说错，我们后来发现是人家买错了谷种，育给我们的秧全是糯谷，妈妈只好把糯米碾出来，拿去镇上集市卖了，再买粳米回来吃。

那一年，糯米的价格空前地涨到两块一斤，两亩多地的米和糠加起来卖了两千块左右。发财啦。月儿呀，如果当初有这笔钱，妈妈就给你交借读费去上西塘镇的小学了。

是啊，我很想去那个学校，后来我还去那个校门口看过好几回呢。不过妈妈，九里坪小学也不错，有学上已经很好啦，还能和你在一起。更重要的是，我在这里学了一口流利的宁海农村土话，对将来学外语绝对有好处，因为它没有几个音能和普通话对上。

我们在这里住了快一年，我读到六年级，快要考初中了，房东奶奶说要给我妈妈找个人成家，要不没有户口，我没有地方上学。初中的借读费太贵，这且不说，到头来毕业了同样没地方读高中，考大学就更别提了。

是啊。妈妈其实一直为我没有户口读书的事煎熬不已。那也得有人帮我找呀。我一个男人也没有见着。妈妈说。

房东奶奶笑了起来，答应改天托人帮忙找个人来相亲。

不久，真的来了一个人。

那人中等身高，体形偏瘦，长得又白净又秀气，才三十岁，小我妈妈四岁。他笑眯眯地来和我们见面，介绍说自己有三个孩子，因为做生意亏本，老婆和他离婚，扔下孩子走了。他是房东奶奶娘家的堂侄，家住海边。

他来了两三回，妈妈再三考虑，还是拒绝了。妈妈对我说，他住得离海太近，海风终年无休地吹，她受不了。其次，他才三十岁便哗啦啦地生下三个儿女，说明他对人生没有规划。他说是因为生意亏了老婆才离的婚，不大可信，一个女人不到万不得已，绝不会扔下一堆孩子走人，只能说这个男人的人品有问题。再退一步讲，如果真的去了这个家，加起来有四个孩子，在别人的地盘上，一旦经济条件不允许，首先倒霉的就是我的女儿，辍学没书读，何苦呀！

妈妈这么分析给我听。她自打我小时候起，就凡事和我说清楚，让我明白事情背后的道理。

因为这个红线没牵上，房东奶奶好长时间对我妈妈爱搭不理的，弄得我妈妈尴尬得想搬家，另外租房子去住，结果被她听见风声。想想我妈这人没错，她就又送了一顶帽子厂染了色彩的草帽过来，妈妈回送给她自己家里的土鸡蛋，两人都安心啦。

房东奶奶的屋子后面，有一口长方形的大石缸，是祖上为装牛饲料打造的，后来弃用了。缸四周爬满了茂密的藤蔓植物，到了秋天，藤叶干枯落尽，又裸露出石缸壁和缸底。有几天，喜宝对着那里吠叫，我妈妈走去想看个究竟，老天，竟是一只小鸡！

是夏天家里走失的那只鸡，它一丁点儿也没长大，骨瘦如柴的。老天爷，它一定是飞上爬藤后掉进了缸底，被密叶遮住，再没被我们见着，几个月来，它靠着一丁点儿雨水和飞虫，奇迹般地活着。妈妈跳进缸底，小心地捧出皮包骨的它，心疼得直掉眼泪。拿回来喂食喂水，又用我的小衣服包住它，可是到了第二天，它还是静静地死了。

我和妈妈都为它哭泣，它如此坚忍地熬到和我们再见一面，却还是离去了，这是一条不朽的鸡命，我会永远铭记它。

三毛表哥从湖南来找我们。分开一年，哥哥长高了一些，也健壮了一些，他一直坚持把头发打理得光亮蓬松，穿着得体。他来这边找工作，我们看得出他心事重重，自从大四姨妈离开新化不再露面，三毛表哥的亲爸就赖上了他，每个月按时去儿子的饭店借钱，开始还有顾忌，后来直接把三毛表哥一个月的工资借光，用于吃喝。店里本来有个大三毛表哥两岁的漂亮姑娘和他谈恋爱，后来知道了他有这么个混账的爹，很快便辞去工作，和他分手了。三毛表哥备受打击，跑去衡山农村见他的妈妈，大四姨妈除了劝慰一场，只告诉他路还得自己走，要不先去小姨那边找找工作，这样那老东西谁也找不见、赖不上。小表哥刚到，大四姨妈写的信也寄到了。现在西塘镇上包括附近农村里很多人都用上了手机，外来打工的人也至少一户人家合用一部手机，但妈妈买不起，三毛表哥也没有，联系还用的是写信的老办法。

对于小表哥的到来，我高兴不已。可是，他不再像从前那样哼着调子走路了。他变得沉默寡言，第二天便到镇上去打听找工作的事情。妈妈所在的那个坐垫套厂，上半年又逢淡季，妈妈仍然忙于种田，晒得又黑又瘦。三毛表哥劝她，这样过日子不就是在走大四姨妈的老路吗？赚不到钱，人又衰老得快，来到这里应该对自己好些，妈妈才三十三四岁，该注重外形，打扮合时。

这一句话惊醒梦中人，妈妈决定等到五一放假，带我去西塘镇最繁华的老街区给我们买几套好看的衣服，我这一年长得很快，去年的衣服通通太短，不能穿了。

西塘近海，这里的人任何时候出门都带着伞或者雨衣，安安也是，她的书包侧面固定地插着一把折伞。开始我不知就里，只觉得好笑，后来才发现海边的天空和内陆不一样，特别是春夏季节，刚才还天空晴朗，不知从哪里吹来一阵风，灰色的云就奇妙地涌来，冷不防地一阵雨下来，浇在头上，待会儿又晴了。妈妈抬头看了看天，天空如此湛蓝，她说，看样子它上午肯定不会下雨，但中午回来时便会热，我们可以带把伞挡太阳。于是我拿上一把折伞，和她出门。

刚来这边时，妈妈只去棚区市场里逛，因为那里东西便宜。我也喜欢去那里玩，因为西塘镇中心小学就在它对面的街上，虽然我后来去了九里坪小学，但却一直向往这里，不由得常来探看，想着那位戴眼镜很斯文的中年校长对我的微笑。从这个棚区市场侧门出来便到了镇子的老街口，两条小河巷和两座古石拱桥都在此交汇，如果遇上赶集的日子，这里从早上到中午都人挤人，附近村子里的女人、老人会提着篮子在这里销售货物，老奶奶们卖栀子花和小木莲花，把红线穿在花柄上，栀子花一块钱五朵，木莲花一块钱两朵，将用红线穿好的花挂在脖颈上，一天都能闻到香味。安安陪我在这里买过花，再往前，她就不去了，后来我才知道安安的叔叔一家就在街道尽头的小码头边开店卖酒，村里人都知道那个叔叔才是她亲爸，他的老婆和一双儿女白天在店里吃饭，见到她就没好脸色。安安的内心一定是受了不少屈辱，对那里避而远之。

妈妈在坐垫套厂上班久了，本地的同事告诉她，老街店铺里的衣服不论款式还是材质都比棚区市场的好，而且价格不贵，又方便打折。妈妈这才带我来到这边，我们边逛边玩了好一阵子。卖海鲜的在西南角的大菜市，平时我们也不去，这样一来，来这里一年多了也还没尝试过吃海货，平时就买点肉和豆腐，这些在村口小菜摊上就有卖。这是一个有几百年历史的老镇，从双桥到河巷码头中间有一条约半里长的旧街，它两边的店铺仍是老桐油色的砖木质二层楼，上面住人，下边开店，街道也仍然是红白条纹相间的大石板路。这里作为古文化建筑的保护对象，暂不允许拆修和改建。街的尽头处，又是一座石拱桥，它是西塘镇上最宽最大的一座单孔石拱桥，约四米宽，两边有雕云纹和莲花的石扶栏。岁月悠久，桥面铺的石阶被踩得低洼和光亮。这座桥通向西塘高中的学校大门，那是镇里唯一的一所高中。妈妈隔河对着它看来看去，也许在想象将来我在那里读高中的情景。可是明年我能在哪里上初中还不确定呢。果然，妈妈的眉头又开始拧巴，因为没有户口，她内心焦虑不安。西塘镇西面的新区正在将原来的初中拆了重建，建好后，那里将升为重点初中。那所学校的录取分数线很高，考不上的只能去东面靠海的下玄庄的学校就读。但我内心希望明年能考进西塘的重点初中。

妈妈带我逛了好几家店，给我买了两套新衣服，方便我换着穿。她又带我去码头的短街遛了一圈，一到秋天，这个地方十里八村的农户就会挑新米来卖，妈妈也是去年来卖糯米才熟悉这里的，估计她又在打算下半年卖米的事了。

果然，上午没有下雨，但时间一晃到了午后，天空开始变阴，云层快速涌来。我们的自行车就停在棚区市场对面的街边，万一下得太大，就先进市场躲一阵吧。

回到双拱桥的三岔口，雨忽然像跳下来似的倾盆直泻，我们的伞压根撑不住，妈妈拉着我赶紧躲到了一家商铺的屋檐下，这个拐口的人家为了方便自己赶集设摊，屋檐撑出来的部分很宽。雨来时，很多人已挤在那里躲避了。

这时，一个老盲人穿着破烂的衣裳，走在桥坡下，空洞的双眼朝天，他被雨淋浇，找不到方向，突然，他开始用乡语悲怆地大声吟唱：

> 蓝采和哇踏在海上，
> 那浪啊，一浪压过一浪。
> 礁石上踏不住脚板嘢，
> 海湾里，仍是风吹巨浪捶打。

撑伞路过的几个男子都向他施了钱，五块、两块或是几个硬币，老人接了钱，接着吟唱：

> 台风击倒了茅草屋嘢，
> 我没剩下一把伞。

妈妈忍不住了，她撑开我们带的那把伞，走过去把伞递给老人，又给了他五块钱，这才退回来和我继续躲雨。

那我们呢？我问妈妈。

等雨停了再走吧。妈妈说。

旁边一个年轻的女子看了我们一眼，她的眼睛泛着光亮，我不由得向她笑了笑。

是湖南人？老乡？她主动和我们搭话。

妈妈一听见乡音，马上报以笑脸回答，是的，新化人，你呢？

汨罗人，我姓李。她们俩一人一句地聊上了。雨似乎没有要停下的样子，那位老盲人打着我们的伞向老街那边蹒跚移步。妈妈还在看那把伞，原来她只是借给老人，想着等雨停了再拿回来。不是妈妈小气，而是我们确实太穷，家里一毛钱一块钱都是算着花的，这个我懂。可是老人在雨中边唱歌边远去了。

走吧，我家离得近，既是老乡，认识一下当个朋友。李姐姐才和我们认识十分钟，就邀请妈妈去她家，她的信任正来自于见到我妈妈把伞和钱都施给了一位瞎子爷爷。妈妈孤单太久，见到老乡十分高兴，当然乐意，于是我俩跟着她走。

妈妈把我背在背上，李姐姐有一把大伞，她撑开挡住我们三人头上的雨。李姐姐家很近，就在双拱桥三岔口右边老街的巷子里，是一间旧木板屋。妈妈还以为是她租的，问每月租金多少，李姐姐说这是她丈夫姑姑的房子，现在给她住。她老姑姑住在女儿在新区的新楼里，顺便帮忙照看她外甥。说话间，她递来干毛巾，我们擦干身上的雨水。

哐当一声，木门被推开，进来一大一小两人，浑身被雨浇透，正是她的丈夫和儿子。她的丈夫和儿子平时住在海边，丈夫在那里租地盖大棚种西瓜，儿子也在海边的小学读书，李姐姐则在镇上的汽车零部件厂上班，今天是星期天，父子俩给她和老姑姑送西瓜，顺便来团聚一下。雨停了，妈妈带我和他们告别，李姐姐把我们送到门口，交代妈妈再来玩。

在这种举目无亲的地方，见到一个和善的老乡，我和妈妈都十分开心。

四

夏季，我们住的出租屋十分闷热，因为妈妈买不起电风扇。有一天我觉得不舒服，便向老师请假回来，可是家里一个人也没有,妈妈去上班了,三毛表哥在离我们很远的一个家具厂当油漆工学徒。他本来打算继续做厨师,到这里来,听说做油漆工赚钱多,他就去学了,为的是能攒够钱将来开小饭店。从十六岁起,他的目标从未改变,做什么都是在为开饭店做准备。

我浑身没劲,难受得顶不住了,打开洗浴间的水龙头,坐在小板凳上淋水降温,哭着等妈妈回来。

妈妈偏偏回来得那么晚,我左等右等,眼睛都要望穿了,妈妈直到中午才回来。看见我的样子,她抱着我就哭出声来,埋怨我早不生病晚不生病,赶在家里一分钱没有的时候生病了,这可咋办啊。

我俩都没有手机,我没法打电话告诉她我病了。本来我也可以直接去厂里找妈妈,但要命的是妈妈厂里那个外号叫"七仙女"的老板娘。她把家里几个种田的姐姐都安排在厂里上班,干的都是轻松活,外来打工的员工却动不动就要被扣钱。自打上次三毛表哥劝妈妈打扮,妈妈便去镇上的店里花八十块钱,把她因营养不良和过度劳累而变得干枯蓬乱的头发拉直烫平,又穿了连衣裙配高跟鞋去上班,整个人看上去年轻又漂亮。没想到,七仙女见到妈妈这样子,气不打一处来,开口就是一句,扮这个样子,勾引谁呢?哪个外地佬!

她一下把我妈妈气得要吐血。妈妈受了这气,回来一再交代我别去厂里,她不想让我的耳朵被玷污。

妈妈虽然一直在打工,但每月都要付房租、煤气、油米,五百块钱出头的工资,紧巴巴的。无奈之下,她飞快地骑着自行车去了厂里,想求老板娘借她一百块钱去给我看病。七仙女恰好在午休,好容易见到她那负责管家的三姐,正在做家务的女人头都没抬,没好气地打发她道,开工资少过你钱吗?哦,对了,去找你的老乡啊!你们那么多的外地人!她推开那扇办公室的门,把我妈妈推了出去。

打厂里的二楼下来,妈妈把靠坐在墙边的我抱上自行车后架,我一看她脸如死灰便知道她没借到钱,强打起精神安慰她说,妈妈,我等一会儿就好了。这么不好的工厂你别去了,换一个地方打工吧。

妈妈放声大哭起来,抱着我说,妈妈的工作难找呀!别看有那么多工厂,大多数效益都是不好的,我还有几个不熟的老乡在街上的饭店、小吃店打工,每天干十四五个小时,洗猪大肠、小肠,累死累活,工资还更低,他们好几次求我帮忙换工作,我没办法啊。

我们到了九里坪村通往镇上的偏街,那里有一家小诊所收费便宜,是安安以前介绍给我们的。妈妈带我进去，扶着我坐下，求那个女医生赊账给我挂点盐水。我根本不认识你。医生冷漠地说。明明上次来买药时，她还笑眯眯地说知道我们租住在八柴家隔壁。

妈妈只好把自行车押给她，钥匙也交了，她想了想，这才给我开药打针。回家的时候，是妈妈背着我走回去的。

妈妈硬是每天走路上班，直到好容易领了工资才去赎回自行车。

春天养的几只鸡长大了，妈妈捉了只大的带我去见李姐姐，自打那天在雨里认识，她俩便来往起来。这次去主要是因为妈妈想请她帮忙另找份工作，妈妈有多讨厌那个七仙女！

李姐姐只小我妈妈一岁，长得十分漂亮，并且那么善良。她对妈妈说，找好的工作不容易呀，要等待机会，一般外地人干的都是又脏又累、工资还低的工作。不过，她姑姑的儿子马上要开厂子了，准备让她去那边，到时妈妈可以一起进厂，估计过完年便可以去了。妈妈顿时觉得有了希望，把脸上细小的皱纹都笑平了。

三毛表哥在宁海，五个月换了三份工作，原因是老板们都当他是打工机器，做什么他都能一眼望到头，没希望。他年少青葱，来日方长，可以自己奋斗成为老板。妈妈曾经也想创业做点事，但她以我能读好书为更重要的目标，眼下，我的前途就是她的理想。她忍辱负重，工作上不敢有偏差，但她全力支持三毛表哥的想法。三毛表哥每月发工资后都会来我家，妈妈给他单独开户，存入他的工资，用作将来开店的资金。

我们出租屋的门前是一条东西向的主路，用泥土夯实，铺垫碎石，村屋沿路北侧排列。雨季一过，来了很多人，挖掘机、搅拌机也开来好多台，机器噼里啪啦地将旧马路挖开，用粗石碴、水泥坯灰垫底，再铺盖细沙、水泥浆，磨面割纹，不到三个月，一条又宽又长的大马路便告修成。每个人都欢天喜地走上这条路，跺起脚试它有多大弹力。由于这条村路就是连接坂庄头和九里坪用的，平时没什么车，秋收后沿途都是村民在晒谷子。

三毛表哥学过车床工、油漆工、叉车工，后来又去承包了一个工厂的食堂，他急于当老板，急于赚到钱。妈妈劝他说，工厂里南来北往，众口难调，你谨慎些。但哥哥太年轻，哪里听得进妈妈的话，虽然身无分文，他去接了手就开始干。也好在他身无分文，亏本也没什么大不了的，他打工赚的一点钱妈妈从来不让他动。

过了约三个月，小表哥脸色郁闷地回来。看见他，我格外开心，跟他说，哥哥你看他们的新马路。小表哥说，这马路好啊，只可惜是别人的，但既然是别人的，也就机不可失。我没明白什么机不可失，一条大路，谁来了都能走。第二天，他给我买了双旱冰鞋来，我这才明白，他打算把这新马路当成滑冰场。

我穿上旱冰鞋，等他来教。

傻子都会滑。三毛表哥说，鞋都穿上了，试几下，它的轮子会自己走，你掌握着点就行。

莫不成我还不如傻子吗？被他一激将，我便对照着说明书开始研究，原来旱冰鞋可以伸缩，又有前后刹车，很安全。我一试滑，安安就立马骑车去街上也买了一双旱冰鞋回来。她回来时，我已经学会滑顺溜了，便搀扶着她教她。

安安远比我胆小，她战战兢兢的，扶着她如同和鸭子跳舞似的，跌倒又爬起，爬起又跌倒。安安的性格这两年变化太大了，以前她老低头，说话像蚊子声一样细，总穿着破旧衣服让她爸爸宽心，现在她已习惯穿她妈妈寄来的衣服了，还会大胆地向她爸爸提到她的妈妈，开心了则会仰头咯咯笑。

安安才刚掌握到一点儿技巧，就从自家场圃的水泥地冲到了水泥马路上,在接口处的一个小坎儿边摔倒了,幸好又是擦破了牛仔裤。她坐在地上,膝盖都青了,她疼得厉害但没有哭。我滑过去扶她时,她问我,陈月华,我学会了滑冰又有什么用?

滑去找你妈妈呀。我脱口而出,不知缘由。

真的吗?安安眼里放光。

当然是真的。我说了,但其实说出的是我自己的感受。于是,我又补充道,你的爸爸也会心安的,你长大后可以带礼物回来看他。

我明白了。安安缓缓地说,流下一行泪珠,不知是被疼痛还是被矛盾折磨的。她爬起来开始独自滑行。

五

第二天下午放学,我看到八柴站在他家门口哭,他已经读一年级了,也好久没哭了。一见我,他便月华、月华姐姐地边叫边哭,对我充满信任。他上学刚开始做作业时,便会在老师不在的情况下为了一个答案来找我,又好笑又麻烦。我想了想告诉他说,当我们长大后,有的问题答案我们懂,老师却不再懂,所以我们应该相信自己,自己拿主意。

现在他哭的原因是家里不答应给他买旱冰鞋。他爷爷、他爸爸、他三代单传，奶奶宠他宠得不行，可他颇有主见，偏要滑冰。他的爷爷奶奶、爸爸妈妈都吓坏了，说他太小，得等再长大些。八柴一听直接气饱了，饭也不吃，作业也不写，以一己之力对抗上面两代四个人。听见八柴叫我，八柴的妈妈便走了过来，问我，可以帮忙教他滑冰吗？我答应了她。

我理解八柴，无论他想学点什么，他的爷爷奶奶、爸爸妈妈都会齐刷刷地看着、指点着、操心着、啰唆着，他烦都烦透了，哪有我和安安这么自由自在。我和安安如果在外发生了糗事，很快就会被我们抛到九霄云外，而八柴如果有点什么事，比如跌破脚指头，他家里又是给他请假又是带他去镇医院包扎、打针、吃药，还要一再交代他要这样走路，不要那样走路，走这条路，不要走那条路！

八柴取得胜利，他妈妈带他去买了旱冰鞋，第二天放学时，他妈妈陪着他，他挂着两根棍子，不是在滑动，而是穿着旱冰鞋在路上慢走，看起来十分滑稽。当我和安安在马路上滑起时，他扔了棍子跌跌撞撞地奔过来，我和安安便一人一边扶着拉着他，一个小时后他就学会了，他高兴得大呼小叫。

小心着点，我们放手你自己滑去。傻子都会。我想起三毛表哥的话来。八柴的奶奶和妈妈一直站在路边看着，她们也看懂了，小孩子们在一起时，内心的力量便会自然地涌出。八柴的爸爸也抽空从家具厂里跑出来看儿子的溜冰技艺。

为了跟着我们，八柴摔了几次都迅速爬起，没哼哼半句，因为他早就知道我们不喜欢他哭。当他脚下的小轮骨碌碌滚动时，想必他的心底也升起了奇妙自由的感觉，这种感觉让他战胜了胆怯和犹豫。从他家门口滑过长长的路，经过石拱桥到达九里坪村口，又沿原路滑了回来，我们仨全都大汗淋漓，头发和衣服都湿透了。八柴已经可以自己滑行了。

他的妈妈和奶奶笑得合不拢嘴，婆媳俩在那儿一个夸孙子一个夸儿子，说八柴太有才干了。

没过几天，家住我们出租屋后的沟渠那边的、我的同班同学付豪永，在学校问我我的旱冰鞋是在哪家店里买的，我说给他听。他说他知道。

既然你知道，那干吗又要来问我一遍呢？我说。

我爸爸在家就这么干，明明知道，偏要再问我妈妈一遍。他说。

我不禁觉得好笑，心想怪不得他不大会读书，这么个呆木头。付豪永又说，今天这句话是他的妈妈让他问的，这让我高兴不起来了。他的妈妈和我的妈妈差不多大，人又漂亮又直爽，她老到我家来玩，还曾好几次对我妈妈说，月华一个女孩子不要读太多书，长大嫁给永永，户籍身份的问题一次性解决完毕。妈妈笑笑没吱声，等他妈妈一走就问我，刚才的话听见了吗？我知道妈妈下一句要说什么，我干脆给她表态，好啦，妈妈，我定会坚持读书的。

还有一位同学，在离马路对面较远的水塘边住着，那里是九里坪和坂庄头的田地交垄处，因为他又黑又瘦，所以外号叫小倮黑。安安叔叔的傻儿子，其实算来是安安同父异母的弟弟，因为脑壳小身子宽，外号叫苔苔。一个老村土地庙那头的男孩，手生得格外长，说话声音又大又快，人送外号机关枪。还有几个我不大认识的，组成了另一个溜冰队，各自买了旱冰鞋鼓捣，每天下午，只要不是雨天，都哗哗啦啦地滑到路上去。

我们这一组，九里坪的一位女同学蜜蜜加入进来，她大我两岁，生得高挑、纤瘦、秀丽，心思细腻善良，待人真诚，是我的朋友。付豪永、小倮黑、苔苔、机关枪、八柴、安安、蜜蜜和我组成了铁杆团队，但看上去，一队人高的矮的、胖的瘦的都有，很不整齐，路人的笑点全在我们体貌特征的反差上。八柴一定要滑在前面,他年龄最小,生怕掉队,因此他总想办法刹车后身子一横挡住大家。我们很快想明白他的目的,嘻嘻哈哈地笑着让着他,还叫他:队长。八柴乐得嘎嘎嘎笑个没停。

马路东头,付义新在离路五十米处盖了新的红砖楼房,他家和我们的房子在同一排,但距我们两百米左右。新马路修建时,垫高的路基高出他家宅基一两米,他家没办法,只得把一楼变底层,从二楼开大门搭平台,斜伸出去,与马路连成一片,以便于摩托车、三轮车直接从马路上开到二楼家门前。付义新个子高,长得一副女相,声音有些尖细,外号叫噎娘娘。他的老婆反倒长得像男人,身板粗嗓门大,夫妻俩都很小气。他家辛辛苦苦修了一个大平台,喜欢得不得了,女儿女婿带着外孙回来,傍晚就坐在平台上,开着大风扇纳凉。我们溜冰队很快就爱上了他家平台,但噎娘娘夫妻是安安的堂伯堂婶,也是八柴的堂爷爷堂奶奶,顾及亲情,他们没大敢溜旱冰滑上去。付豪永虽然调皮,却讲规矩,他听他妈妈的话照顾我和八柴,当村东头的那些男孩飞扬跋扈地滑行时,他挡在我们旁边,保护我们不受他们冲撞。但小猓黑人小鬼胆大,早就心痒地盯上了噎娘娘家的大平台，见他家没人，便俯身再俯身，加速滑行冲上噎娘娘家的平台，完美地滑了一圈，冲回马路，回头再重复一次。机关枪觉得这场行动太酷了，立即跟上，并理所当然地想，人家既然造了平台，怎么会摆着不让滑旱冰呢？于是，准备要冲上去时，他还学着电视剧里的样子，喊了一声战斗中的台词：是男子汉的，给我上！

当他滑回马路时，他又说了另一句台词：敌人太猛，撤下。

很快，噎娘娘夫妻俩收工回来，发现了他们家平台上满地的鞋轱辘印圈痕，心痛得半死不活，叨咕不止。他们老远见到我们，就说要缴没我们的旱冰鞋。可是男孩们已玩得上瘾，胆子又大，见门口没人，便呼啸着冲上去，小倮黑还来了一个金鸡独立，单脚旋转七百二十度，原地耍酷滑圈，八柴觉得他太厉害了，自己还要向他学习。没想到噎娘娘的老婆没出门，专门躲在屋里等着抓他们现行，她忽地打屋里冲出来，手拿一个长柄扫把，边追边骂，抽烂你屁股，抽烂你屁股！

小倮黑见状，吓得顺坡而逃，没想苕苕晃悠着跟在后面，也想冲上来，他的脑袋是块榆木疙瘩，指望他避人不现实，小倮黑向右急转弯却已来不及，横跨大马路，直接摔进了路另一边的水稻田里。苕苕不过脑子，一路随行也飞了下去。机关枪个子最高,他认为自己是我们实际上的队长,看这阵势他就要去奋勇救人,也不想想自己脚上穿的是旱冰鞋,他唰的一下就跳了下去!

那块水稻田正好就是噫娘娘家的责任田,金黄的稻谷还没来得及收割,它种的是浙江海边人爱吃的糕米稻,可以到很晚的季节才收。这下子,三个人哗啦啦地全栽进了田里,因为这里地势太平,常年有水不干,伙伴们掉下后全陷进烂泥巴里,想爬出来也使不上劲。安安的爸爸、八柴的爷爷和爸爸恰好在门口,几个人下去把溜冰队员们一个个抱了出来,扶上马路,每个人都浑身裹满烂泥,弄得面目全非,人不像人了。安安的那个弟弟还在哇哇哭着。本来全是他给害的,可他边哭边说,他们害我,都是他们害我。

噫娘娘的老婆对浑身烂泥的男孩们没有半分怜悯之情,又心疼起她家糕米稻被压倒糟蹋了好一片,说,这几十斤稻谷成烂泥啦。这些小子太皮,这回屁股还没抽到,下次再抽。

付豪永帮小馃黑脱下旱冰鞋送他回家,机关枪脱了鞋自己走了。其余的人决定今天不滑冰了。听说八柴回到家,兴高采烈地举起双手,说,哦哦,我们胜利啰,我们胜利啰!

三毛表哥承包工厂食堂三个月，没赚到钱，却也积累了经验。他不辞而别，回到了长沙，接手了别人的一家小饭店开始创业，这是他后来给我们写信我们才知道的，他让妈妈把给他存的几千块钱电子汇兑给他。

我已经读到六年级，妈妈愁得要命，还是为没有户口的事，初中我能上哪里读书呢？如果有钱，去哪里都是可以的，蜜蜜说她的表姐跟随做生意的父母在外，都是交高价借读费读当地最好的学校，即使将来她表姐考不上大学，她父母也早备好了让表姐出国留学的钱。我一听，既然钱能解决那么多不确定的事，那么很多不确定的事情肯定是可以改变的，但前提是我要先把书读好。这个学期，老师让我们写一篇关于理想的作文，我似乎没有确立过理想，没内容写，便写我的理想是能得到一个本地户口，好让我读书不要交借读费，妈妈打工赚的钱能省下来交房租，等等。我们的班主任茅老师是个四十出头的男老师，他同时也是校长，看完作文他便找了我去谈话，了解情况。数学老师也在，他们平时就很喜欢我，对我很好。这个问题，说难也不太难，校长说，要是你成绩一直好，等考上大学，你就会得到一个公民户口，可以在国内的任何地方工作和生活。我一直认定自己将来能上大学，于是我不再为这事发愁。

但妈妈仍然止不住要发愁。

在这个秋天快过完的时候,安安跟她的妈妈走了。她妈妈的朋友来看安安,得知安安愿意跟妈妈走,她的妈妈便马上向法院申请离婚判决,几年前安安的外公外婆来接女儿回去,安安被付家留了下来,现在她的妈妈走法律程序,那个装叔叔的亲爸再不敢吱声。安安和养她的爸爸吃了一顿饭,便流着眼泪跟妈妈回宁波去了。

这个女人受尽屈辱,终于等到女儿判给了她,但愿她们从此平静幸福吧。妈妈感叹道。对于安安的离开,我很长时间心里空落落的,很不习惯。我总觉得自己头顶的海风吹呀吹呀,都是从陌生的地方吹来的,又会吹向更陌生的地方。我找不到方向。和安安做邻居的两年里,我们每天一起上下学。即使有时候我们见不了面,她在她家,我在我家,我们都能感觉到彼此的存在。她性格柔弱,美丽的细长眼带着躲闪,每月做厂里领来的手工活,赚到二三十块钱便笑得像春天米白色的碎草花那样,钱放在口袋里,过几天便要拿出来看一回。我和她不能心意相通,但确实是彼此的慰藉。早在一年前,她妈妈就给她买了手机,并定期充值,她离开时,我妈妈也买了手机。我们留了电话号码,但她才走几天,就拉黑了我,我再打不通她的电话。为什么啊?我问妈妈。

妈妈说，她们母女在坂庄头村过得太尴尬，越少人知道她们的过去越好，你别去打扰就是对她们最大的祝福。

我似懂非懂。

在安安走后不久，班里来了位新同学茅也，她有着椭圆的脸，微胖的身材，长得很普通，个不高。她话少，读书很努力但成绩中等，看得出她有些着急。见她的脸上写满了寂寞，我便主动走近她，把她当成了另一个安安。

你名字中的"也"很特别，有什么意思吗？一天，我开门见山地问她，想要知道答案。

她脸一红，拉我到了学校墙角的树下，告诉我，她爸爸有个初恋情人，因为没考上大学，和她爸爸分手了。她爸爸毕业后回到西塘，经人介绍和她妈妈结了婚，有了一个女儿也就是茅也。"也"是他爸爸初恋情人的名字，这还是她听爷爷说的。

我是傍晚生的，鸡进圈，狗归窝，月亮升起来光华四照，就叫月华。我也把自己名字的由来告诉她。我们两人就这么简单地成了朋友。有时我想，我和安安虽然见不到彼此，我们之间的友谊隔着空间仍然存在，它就像一块被割裂的肌肤，让我感到疼痛，现在我扯着茅也来修补伤口。

月华，我看你学得那么轻松，怎么做到的，有方法吗？茅也是个有上进心的女孩，她向我问的第一件事便是学习。

有的，我告诉她，所有功课都必须先弄懂重点，然后再把围绕这个中心展开的问题一一解决，这样子效率高，不费力。

我俩一起待了三个星期，面对难题，我都是让她先自己找重点，再想办法解题与加深记忆。茅也豁然开朗，竟高兴到哭泣，她告诉我自己打小没交过朋友，没人真心待过她。茅也大我几个月，有个星期天，她带我去她家玩，她家里空空的，没有其他人。我俩坐在沙发边的小布墩上，她告诉我她的成长经历。

她家所在的这栋房子在镇政府机关办公楼后面的街道上，是栋新楼，高四层。她妈妈在镇政府机关工作，爸爸在西塘高中教物理，兼任学校教导主任。茅也出生时家庭幸福，可没过几年，她妈妈就患上了精神分裂症。这让茅也挫折连连，妈妈发病时情绪失控，她心里备受折磨。她爸爸不敢将她交给外婆带，交给爷爷奶奶带也不行，她妈妈会为此大吵大闹。于是，他将她送到姑姑家、叔叔家、舅妈家，轮流寄养。和我差不多，只是原因不同。

马上要进行升初中的考试了，爸爸将她接了回来。茅也的妈妈当初是文科的高才生，唯一的缺点就是长得不太漂亮，她当时给茅也取名茅塬，但没被丈夫采纳，后来她明白了"也"字的含义，一时郁结难平，这是她生病的起因。茅也在磕磕绊绊的成长途中学会了照顾自己，自己煮饭、洗衣、打扫。

她家的厨房在二楼，仅仅是厨房，便比我妈妈租的房间还要宽敞。巨大的原木环形餐桌她抹擦不到，留下毛巾甩过的灰尘印，我俩关上门，穿着袜子爬上桌子，来回好几次才合力把桌子擦干净。为打开高大的双开门冰箱，茅也要站在不锈钢的短扶梯上，但其实上层空空的，什么也没有，她的爸爸经常在学校吃食堂，有时给她带一份回来。她的妈妈常年待在娘家，由她外婆照顾。地板上也全是灰尘。茅也睡的房间不小，但上衣、外裤、袜子、帽子都扔在地上、沙发上，零乱搭在衣架上，还有的摊在床上，简直一塌糊涂。我劝她把不穿的打包扔掉，只留几套喜欢的，归置一下，挂到衣柜里去。这个建议对茅也很受用，她当场用大塑料袋塞了一大包衣服，提出去，然后我们俩合力把地拖干净，又擦了窗台，房间里顿时简洁亮敞不少。

我今天有点像公主吗？她流露出放松的笑容。

有点像个八戒家的二公主。我说。

猪八戒好像没生女儿。我爸爸长得又高又帅。茅也争辩道。她去照了照镜子，有些气馁和不自信，低声说，好像是，没有人夸过我漂亮，我长得不好看吗？

不会，女大十八变。我记得妈妈的话，好话一句三冬暖，赶紧调节她的情绪，补充道，长到十八岁时，就和你爸爸一样好看啦。

真的？茅也对她自己的未来充满期待。

去过她家几回，两个邻居老太太盯上了我，得知我是外省来的打工人的孩子，便惊慌不已，两人对视一眼，尖声长舌地说道，啊呀不得了了，这么个傻女孩，带个外地的女孩回来，等哪天家里的东西就被偷着搬完了。这可是干部的家里啊！

从此以后，我不再去茅家，而是邀请她来我家，茅也欣欣然接受，常来我家。我俩不约而同地对大自然，对田野和水塘亲近和喜爱，常沿着陌生的田间土路徒步和戏耍，我俩都被看不见的海风浸染，被带咸味的阳光晒成健康的黑红色，她一改从前病恹恹的神态，成为自信开朗的女孩。

我们要做一辈子的朋友啊！茅也对着太阳大声说。

好的，我愿意。我答应她。但忽然之间我又低头叹起气来，内心充满担忧，不行，茅也，我没有户口，说不定会去哪里读初中。

我张开口，迎着海风，海风吹进来，又咸又腥的味道，我一瞬间理解了妈妈的忧愁和痛苦。也许我没有书读了，也也。我止不住地放声痛哭。

也也。一个男人在不远处叫着。

爸爸。

茅也冷不丁地回头，一个四十岁不到的男人站在田边靠马路的地方，旁边停着他的车。

爸爸，你怎么在这里？茅也看着她爸爸，又放不下我，对他说，爸爸你过来，这是我最好的朋友和最优秀的外地同学，她快没书读了，太伤心啦。

后来我才知道，茅也星期天不着家，放学也不急于去找他，他就暗地里跟踪了我们好一阵子。

要不，你不读初中，直接到我爸爸的学校里读高中，让我爸爸帮你。茅也说。

没想到她这么幼稚简单，连我都被逗得笑了起来。我又不是天才，哪有这种可能！茅也去和她的爸爸说了我和妈妈的处境。

茅老师好，我是陈月华，和茅也是同学，每个星期天我们都会约着出来玩半天。我是湖南来的孩子，我的妈妈在这里打工，带我来到这里。我主动向茅也的爸爸打招呼和介绍自己。我们九里坪小学的校长常说，君子坦荡荡，我告诉校长，我长大后要做君子。至于君子是什么我还没大明白。

不要害怕和担心，你会有书读的，国家会照顾好每一个孩子。茅也爸爸和气地对我说，升学前我帮你去看看。

真的？我大喜过望。

上车吧，我带你们回去。他说。

我低下头没吱声，因为还清楚记得那两个老太太对我的诋毁，于是说我自己走回去。茅也坚持要和我一起走回去，因为她的自行车还停在我家。

好吧，早点回来。爸爸带你去街上吃大餐。茅也爸爸交代他的女儿。

我的妈妈在年初就由李姐姐介绍进了她家亲戚的工厂。她的新工作是给裁剪机打下手，把整匹的布剪成约三米长度，一层层码齐摊平，用大夹子夹紧，送去电裁师傅那里。这个工作不太累而且天天有活干，每月六百块钱工资。

这个时候，外地来打工的很多人都会回去照顾自家正在备考的孩子，但大部分的人都没多大所谓，认为读不了多少书没关系，大不了也去打工，或干点别的，只有我妈妈特别愁我上学的事。李姐姐安慰说，找人成个家吧，弄个户口。

没有遇到合适的人呢。妈妈说。

茅也一直在为我读初中的事上心，她唯一能做的就是找她爸爸说。但她也只是个孩子，我不能指望她。她家隔壁的老太太连我去找她玩都反对，我再也没敢去她家。离开学的日子越来越近了，妈妈的嘴巴都急得上火了，干到脱皮。有天，茅也着急地跑来，自行车一放，兴冲冲进门，那时，天色已近黄昏。

有好消息了。她朝正在彷徨的我热切地说。哎呀，你家啥时候才用得起手机呢？我完全可以先打电话告诉你们这个好消息呀。你有书读了！

我妈妈有一个二手的手机，但平时没事用不着，便连话费也不充，省钱。

茅也的爸爸是当地有头有脸的人，重点初中里的一些老师是他曾经的学生，几位领导是他的同学兼朋友，九里坪小学的校长也和他是表兄弟。因为我是他女儿的朋友，他也了解我的情况，便查了我的升学考试成绩。小学里的老师们都喜欢我，说我很懂事，会友爱同学。校长说，所有努力奋斗的孩子都是社会的未来，学校就是为了培养每一个孩子,让他们成才而设立的。

之前,西塘中学也破例收过外来的没户口的孩子,后来,他们升高中时才回原籍去考试。

妈妈下班回家时,神色茫然,她还不知道我的事。茅也刚走,我把这事说给她听,她直到坐下来都不敢相信,竟然高兴得愣了半晌才喃喃道,看来天下还是好人多。月华,你将来读书做人都要对得起帮助过我们的人。

夕阳早已沉入地平线,最后的一抹光明停留在天边,久久地映出金红的颜色。远处肯定在下阵雨,云层幻化,白亮的光在天边闪动,送给小水塘那片树林昏黄的斜照。

六

西塘中学校园占地面积宽广,光是它巨大的操场面积便足有第三小学两倍不止。高大的教学楼与供寄宿生住的楼都是上下四层,因为是新建的,各安装了两部电梯。过道门廊的墙面被刷成柔和的土黄色,而教室里则被刷成耀眼的亮白色。进了大门,迎面的是一个环形的花园,穿过它,才能进到教学楼的走廊,初一的教室全在一层。开学那天,茅也的爸爸带着她和我进去,他打好招呼，我俩拿着录取通知单去报到领书，我和她又分在同一个班级。

在二楼教务处门外，排了满当当两行长队，他们都是西塘镇海边与远处村庄的、孩子刚经历过小升初考试的家长们。西塘镇有十七八个村子，还有另外几处初级中学，但大家都想让孩子到这所重点初中来就读，分数线没达到的，一万块一分买入，低于重点录取线十分的，便不允许买。家长们的黑色塑料袋里拎的全是一万块一扎的现钞，我偷偷庆幸自己考了高分，又得到茅也爸爸的帮助，才能进到这里读书。

读初中了，功课很快便会紧张起来，茅也、蜜蜜和我三人商量了一下，决定趁目前暂时轻松再玩一回。我们去到池塘旁的树林子底下，那里有废弃的大石碾盘，我们一盘一盘地摆上野睡莲、石片子、野灯笼果、矢车菊，又用小树枝、小竹枝在碾子旁搭了座小房，三个人各扮一个角色，把爸爸、妈妈、奶奶的角色轮流表演了一遍，玩得有滋有味。

太好玩了，到二十岁时我们再相聚玩一次好吗？茅也依依不舍地提议，我和蜜蜜都答应了。对我们来说，世上再没有比这更让人入迷的游戏了。

进入初一，我发现很多同学英语学得比我好，便很着急，上英语课时特别上心。英语老师见到了我的努力，很是在意，要求我周末上她家去学习。英语老师姓肖，三十五岁左右，脸宽嘴也宽，脸上最好看的是她那双杏眼。她头发扎成马尾，身材中等偏胖。她就住在学校旁一间不大的屋里，那是教学楼改建前学校分的一间教师宿舍。为了肖老师的召唤，天蒙蒙亮我便赶到她家。

肖老师比我起得更早，一大早就去海边的娘家看她儿子去了。我到她家时她的门掩着，我只看到了她的女儿罗鸿，罗鸿也读初一，此时正坐在椅子上仔细地缝自己的布娃娃。她有个姐姐在县城读重点高中，肖老师是她姐妹俩的继母，她们的妈妈很早以前便生病去世了。

罗鸿生得温柔秀美，和我同班，常面带微笑而话不多。屋子里一层的灰尘。肖老师还没回来，我便向罗鸿提议一起打扫房间，她欣然同意。小房子里只有两间屋子，前面那间靠墙处有一个灶台，屋里还有饭桌、椅子和一个大书柜，后面那间是睡屋，一张中等大小的双人床和一张罗鸿姐妹的双层床。衣柜嵌在墙里。大小床之间夹着一个写字台，上面堆积着教案、书，还有罗鸿的课本、作业，床上摊满衣物与用品。

我带着罗鸿，先把灶台的油污擦干净，把桌椅窗台擦干净，把屋里旮旯的积尘碎屑扫掉，把地板擦干净，然后把书、生活用品归类整理，床单抚平，被子叠齐。有我和她一起收拾，罗鸿很快乐地干着这些家务，她还不断问我，这些事我是怎么会的。

我和她说，做家务和读书一样，功课要归纳整理后存到记忆中，家里的琐碎也要时时料理好。读书也是为了更好地生活。这是我妈妈说的。

肖老师在十点钟前回来了，她看到家中窗明几净，我和罗鸿也在迎接她。

肖老师。我毕恭毕敬地叫了她一声。

陈月华同学，看得出来你的家庭把你教育得很好。肖老师的杏眼里流露出温暖的笑意。

都是我妈妈教的。我自豪地告诉她。

那天，肖老师给我单独讲了一小时的课。她做了个比喻：你从湖南来，浙江话不好学吧。到了宁海，先学宁海土话，你现在已经会了，就自然懂了宁波话，其实各地偏差不大，浙江话你也差不多会了。学英语和学方言同一道理。你不要怕出错，大胆地开口说、动手写，不断积累词汇，句子和文章就不过如此了。

我学英语的基本功全是从肖老师这里开始练的。

自打我顺利进入西塘中学读书，妈妈便有了信心，见人也能抬头说话。李姐姐带她进的这家工厂老板娘人好，自己也每天亲手干点活儿，妈妈慢慢地也敢带我去厂里玩了。

你是谁？来干什么？老板娘故意问我。

我是陈凤玲的女儿，来找我妈妈一下子。我站在办公室门口对她说。

我给你糖吃，要吗？她笑嘻嘻地问。

我不吃糖，怕坏牙齿。我说。她和办公室里的人都笑了起来，我就跑到妈妈干活的大台桌旁边去。

那个做裁剪的叔叔头顶光秃，脸上却长着胡子，他很少说话，但是爱笑。我妈妈和李姐姐说话时他都在一边听一边悄悄地笑，他笑起来两边脸上各有一大酒窝。

叔叔，我妈妈有两个酒窝，但没有胡子。你有胡子，但你酒窝里也没有胡子。怎么回事呀？我说。

李姐姐和我妈妈都笑了起来，问我怎么观察得这么仔细，她俩都去看那叔叔的酒窝和胡子了。

水田里长草，你酒窝里不长胡子。我妈妈仔细看过他后这么评论。那个叔叔一听，关了机器跑了。

坏了坏了，以后再别说他了，有些人不能说的。李姐姐对我妈妈说，这个老卢是新来的，我也和他不熟，他不像以前那个人那么随和。

话还没说完，这个李姐姐口中新来的老卢又回来了，他把手里提着的一包削好的甘蔗给我，说看我这么会说话，买给我吃。

原来他是喜欢小孩，跑去厂门口给我买吃的去了。

老卢，你的孩子多大了？李姐姐问。

和凤玲的女儿一样大。他说。怪不得，他是想自己的孩子了吧。

你先回去写作业去吧。见我得了甘蔗，妈妈有点难为情，觉得占了卢叔叔便宜。

下次来，叔叔我还给你买。那个叔叔笑了笑。

啊哈，问她吃糖她不吃，却提着一袋甘蔗去吃了。出门时见到老板娘，她又爱怜地看着我说。

茅也小学几年辗转南北，耽误了很多学校的功课，现在她在初中学得很吃力，她的爸爸也尽力抽空给她补课。相比于小学阶段，初中功课很多，我越来越忙，常写作业到晚上十点半以后。妈妈以前总是问我，作业完成了吗？现在反倒同情起我来，说怎么这么多作业呀。也许还是因为在九里坪小学学得太少，西塘中学是重点中学，一上来要求就更高一层。

一个星期天，我和茅也去镇上逛，反正我们身上也没钱，就是那种自由散漫地逛，只为释放一些压力。我们从西塘北大街，拐进东横街，再折向南大街，西大街上有我们的学校。这是绕老镇的环形新路。茅也走不动了，问我还要去哪里，我也不知道，只是暂时不想回去写作业背书而已。但我们最后还是回去了。

那个下午，我快速地写完作业，又快速地背完英语课文、语文课文、数学定理和公式。吃过晚饭，我去找妈妈。她在厂里的食堂吃一顿饭，再加三小时班，这样每个月可以多挣三百块钱。这回我绕路打小侧门进去，一进去就看见了卢叔叔做裁剪的机器长台，因为吃了他几次东西，一见面我就笑眯眯地轻声和他打招呼，卢叔叔好。

他看见我，笑得一脸阳光，肯定是想起他女儿来了。上次我问过他生的是女儿还是儿子，他说是女儿，并且和我同年同月，太巧了。

卢叔叔炒了花生米，他努努嘴巴，示意我去拿放在台角的小袋。妈妈和李姐姐在另一头的木桌上一成不变地铺布、量布、叠布，见我俩说话，妈妈露出甜甜的笑。

哪天我也得带我儿子来。卢师傅你不能偏心，啥都留给凤玲她女儿吃，我们大人一口也没吃到。李姐姐说。

好啊，都带来吧，有什么吃什么，不嫌就好。卢叔叔说。

我走过去，把卢叔叔的炒花生米往她们每人口里投喂一点，她们两个便只顾着吃，不说了。

妈妈一直念叨，来西塘三年了都没有真的到达海岸见到海水，卢叔叔便提出带她去，他对这里熟，之前还跟人家在船上讨过好几年海。三人不能一块儿请假，李姐姐说她留下，因为她早就去过海边好几个地方了。沙滩、石岛、海浪岛，每到过年，他们一家三口就会去不同的地方玩。我妈妈听得更加羡慕了。李姐姐提议卢叔叔陪妈妈去看海浪岛，那里海水深蓝，奇崖陡壁，惊涛拍石，渔村、海船什么都有，还能在海边的小饭馆里吃到刚上岸的海虾、海蟹。妈妈头天下午赶做了很多第二天的活儿，请好假，第二天大清早就在镇马路口搭上了去海边的班车。听妈妈说，他们尽兴地玩了大半天，晚上回来天都快黑了，又赶回厂里干那些白天落下的活儿。卢叔叔要裁出很多布，电动缝纫车间的师傅等着领料去加工。因为是妈妈要去看海耽误了他的工作，这时她便心甘情愿打下手，帮他把裁下来的布料依序码分别放进塑料筐。两人干活时有说有笑，还谈论了他们今天在海边的见闻。

这时，卢叔叔的弟弟来找他，一上来就很生气地问他白天死哪儿去了，人家等了他一天都没见着。

我自己有数。卢叔叔说。

到第二天，卢叔叔刚来上班一阵子，他的弟弟又来了，这次是夫妻俩一块儿来的，还带着一个年轻女子。卢叔叔的弟弟刚三十岁，老婆高挑美丽，他带来的女子二十八九岁，是别人托他介绍给卢叔叔的，姓名不知道，反正是本地人，会切割技术，她人不高，一米五几的个头，体重却超过二百六十斤。原来卢叔叔不愿意接受对方，为了回避，就陪我妈妈去海边玩了一天。

全厂的人一下子知道了卢叔叔原来家里没有老婆，但是有个女儿。他的前妻是和他离婚了呢，还是生病没了呢？大家不得而知。而且全厂的人都开始风传，说原来卢叔叔和我的妈妈在悄悄谈恋爱！难怪他对我很好。我认为他和妈妈非常合适，卢叔叔长得不错，而且会为别人着想。

可是卢叔叔的弟弟不乐意，而且是很不乐意，那个姑娘是他老板的侄女，他当然乐于成全她和自己的哥哥，没想到卢叔叔偏不同意。

卢叔叔的弟弟很生气，没过多久，他找到妈妈的朋友李姐姐说明情况，他说一方面，卢叔叔才三十二岁，我妈妈三十六岁，大他哥哥四岁；另一方面，我妈妈又是外地人，带着个半大孩子。而他介绍的姑娘，家里有钱，未结过婚，两人一比，天上地下，差太多了，如果卢叔叔和我妈妈成了,那他们卢家就丢脸了。

但李姐姐偏向我妈妈,就对卢叔叔的弟弟说,她没觉得这有什么丢脸的,清油炒菜,人各有爱,女人比男人大十几岁过得幸福的都有。再说,你嫌别人带孩子干吗呢,那个小闺女很漂亮很优秀,过几年很快就长大成人了。他弟弟游说不成便灰头土脸地离去了,李姐姐回头又把这话重复了一遍说给我妈妈听,表达她对两人的支持。

妈妈在看卢叔叔的态度。

卢叔叔的老家离西塘一百来里路,他本来在家里做些手艺活,他弟弟叫他来西塘就是为了给他和那个姑娘做媒牵线,却怎么也没想到卢叔叔来这里不到两个月就看上了我妈妈,这让他弟弟烦恼不已,吃饭睡觉都不得安宁。

卢叔叔把自己的家庭住址、名字详细写下,悄悄交给我妈妈,说是请她自己去调查看看他是不是个可靠的人,由她自己决定去留。我妈妈吃了定心丸,对李姐姐说,时机到了,我就去。

李姐姐说,宜早不宜迟,这个人很合适,你要抓住机会。

卢叔叔一再说,他的小名叫井平,因为家门旁有一口大水井,那是他爷爷和爸爸挖的,井边有一棵长了八十几年的桂花树，全村人都知道。

你是怕凤玲走错，找到别人家去了吗？李姐姐打趣他。

对啊，我就是这么担心的。卢叔叔老老实实地回答。

七

卢叔叔的弟弟怕夜长梦多，到了月底，就强行让卢叔叔辞职离开加工厂，去他自己的工厂做汽车齿轮，和他吃住都在一块儿。他把哥哥这样子看管起来，让哥哥和那个老板的侄女培养感情。卢叔叔离开前，表面上再没和我妈妈说话，却写了一页纸折好托李姐姐交给她，说他打算以退为进，让我妈妈等我这个学期结束，就跟他回老家去。他堂弟在镇上的重点中学教书，我学业的事也不用担心。

虽然卢叔叔给妈妈吃了定心丸，但她仍度日如年，变得沉默寡言，天天划日历。她先是把秋天收割的谷子送去加工成米卖掉，又让我去请同学蜜蜜到时收养我家的狗狗喜宝，不过就算蜜蜜没有收养它，八柴的奶奶也会投喂它吃的。房东奶奶曾去成都住了三年多，她养的猫一直在这附近活动，等她回来又跟着她。其余的就没什么了。

从十月中旬到十二月底，一个多月的等待中，妈妈每天用忙碌来麻痹自己，唯一安慰的是李姐姐能给她打听到一点消息。可李姐姐说，有一次看见他们一行人去电影院，那姑娘和卢叔叔走得很近，他还和她说着话。

不会弄假成真吧？李姐姐很担忧。这倒把我妈妈一棍子敲醒了，说听天由命吧，大不了继续单身。

元旦，西塘镇上所有人都会放假。元旦前两天的晚上，天空下着雨，卢叔叔由李姐姐陪着匆匆来到我家，他交代我妈妈，元旦一放假便带着我去他家。他明天一早就坐车先回去，这里的东西都不要了。他的弟弟为了让他服从，把他上班的工资全攥在自己手里，太没意思了，他不会低头的。

放假就来，卢叔叔一再交代她，和李姐姐分开走。

妈妈带着我直到一月二日才去，李姐姐不放心，还是专门陪着她去了。妈妈和卢叔叔的事在他们厂已经是一个公开的秘密了，大家都想要看结果。

卢叔叔的村子在宁海最偏远的卢塘村，站在山腰就见到大海，海水每天潮涨潮落，涌进村前的小溪又消落。

我们三个人照地址找到小村，见一个富态的中年女人打一个房子里出来，想向她打听又不便直说，李姐姐问那人，这里有橘子卖吗？

橘子？都摘下拿回家里了，要挨家打听。

那女人老实回答。

那有桂花卖吗？我妈妈接住话头，问了一句。那女人有些摸不着头脑，抬眼望天。

买一棵老桂花树也可以，种老井旁边的就行。我妈妈提醒对方。她醍醐灌顶，笑出声来，说明白明白，又走回屋里叫出另外两个女人，快，快，好事好事，井平的那一位来了。

好几个女人马上跑了过来，笑呵呵地说，都听说啦。一时间，有帮忙去找卢叔叔的，有帮忙去找人烧饭招待的，又有人解释说，卢叔叔的爹妈都过世了，村里人都是关系很好的邻居。有人带我们去卢叔叔的姐姐家，他姐夫因为这里条件方便，就把房子盖在了老婆的村里。

到了他姐姐家，发现卢叔叔就躲在后房里。昨天，他的弟弟追回村里想和他吵架，却找不到人，就满村子说卢叔叔坏话，骂他没脑子，有钱人不找，喜欢那谁谁。村里人一听，反倒弄明白了，特别是他姐姐、姐夫，都很支持他的想法和态度。妈妈决定今天来是正确的，她如果昨天来，遇上卢叔叔的弟弟，说不定当面就冲撞起来了。

卢叔叔和他姐夫去街上买菜，卢叔叔的姐姐和另外两个跟来的女人和我们欢欢喜喜地聊着天，他姐姐说卢叔叔多年来和谁相亲都跑路，好容易看上了这个女人，认定她，说明是真正的缘分。

对啊对啊，真感情来了挡不住，很圆满。

妈妈和李姐姐完全没想到能打听到这么多好评，都放下了心。

那顿饭吃得时间很长，卢叔叔家里来了好些人，大家从下午吃到晚上，然后卢叔叔和妈妈、李姐姐、叔叔的姐姐姐夫，说了几小时的话。

第二天，李姐姐一早坐车回西塘去，妈妈和我便留了下来。我初中一年级上学期的课程还有一个月未完成，如卢叔叔所说，卢叔叔的堂弟就在镇上的重点中学教书，我就在那里接着上课。

我们来得匆忙，李姐姐回去后给我把衣服寄了过来，打电话请茅也把我的课本、作业、肖老师开的学籍证明也寄了过来。

卢叔叔把家中的一切都准备好了，这么做，就是要宣示谁也别想再把他和我妈妈拆开。他要有一个自己热爱的家。

海边的冬夜，一轮明月晃晃地从海的东边升起，照亮山塬，仿佛地上的一切都是一片朦胧的花海。

图书在版编目(CIP)数据

风吹起了月光 / 王柳云著. -- 北京 : 北京十月文艺出版社, 2025. 6. -- ISBN 978-7-5302-2472-4

I. I247.5

中国国家版本馆CIP数据核字第2025KJ1798号

风吹起了月光
FENG CHUIQI LE YUEGUANG
王柳云 著

出 版	北京出版集团
	北京十月文艺出版社
地 址	北京北三环中路6号
邮 编	100120
网 址	www.bph.com.cn
发 行	新经典发行有限公司
	电话 010-68423599
经 销	新华书店
印 刷	北京盛通印刷股份有限公司
版 次	2025年6月第1版
印 次	2025年6月第1次印刷
开 本	880毫米×1230毫米 1/32
印 张	10.75
字 数	174千字
书 号	ISBN 978-7-5302-2472-4
定 价	52.00元

如有印装质量问题,由本社负责调换
质量监督电话 010-58572393

版权所有,未经书面许可,不得转载、复制、翻印,违者必究。